LE CORBEAU DE NUIT

LES ENQUÊTES CROW, TOME 1

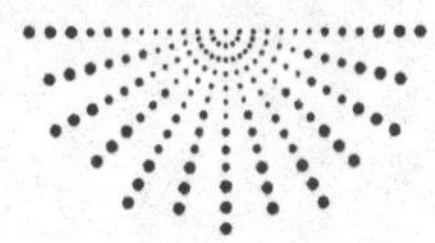

SARAH PAINTER

Traduction par

SYLVIE COHEN ET VALENTIN TRANSLATION

CHAPITRE UN

Plantée sur un trottoir mouillé de Londres, Lydia Crow regardait par la vitrine sale du café *La Fourchette*. Sa vue était brouillée par des rideaux miteux et des affiches placardées sur la vitre. Elle plaça les mains de part et d'autre de son visage et colla son nez sur la surface crasseuse. Il faisait sombre à l'intérieur, mais elle pouvait distinguer des tables, des chaises et un comptoir en arrière-plan.

Quand oncle Charlie lui avait expédié un trousseau de clés en déclarant que le temps était venu de rejoindre l'entreprise familiale, Lydia avait opposé un non catégorique. Trois mois plus tard, après une filature qui avait mal tourné, elle avait reconsidéré la question. Sa patronne, Karen, lui avait conseillé de s'absenter quelque temps d'Aberdeen tant pour sa santé physique que morale quand, avec le sens du timing dont il avait le secret, oncle Charlie l'avait appelée sur son portable (elle ignorait qu'il possédait le numéro) pour lui proposer un logement à Londres. Il lui avait fait croire qu'il avait besoin de son aide et qu'elle lui rendrait service. Plus exactement, la Famille avait besoin d'elle. Il mentait probablement comme un arracheur de dents et avait refusé de s'expliquer au téléphone mais, au point où elle en était, Lydia s'en moquait. Elle avait envie de changer d'air et ne voyait pas d'autre solution. À présent, en respirant l'odeur familière des pots d'échappement et des canalisations mêlée aux vagues effluves de sang provenant du marché de Camberwell voisin, elle se demanda si elle n'avait pas été un peu trop vite en besogne.

Elle avait rendez-vous avec son oncle le lendemain. D'ici là, il lui restait à faire le tour du propriétaire et à se réadapter à la ville. Même si une seule nuit serait franchement insuffisante sur ce dernier point. Lydia s'éloigna de la fenêtre et chercha vainement une autre issue. En deux coups de bombe, un voyou avait transformé *La Fourchette* de l'enseigne défraîchie en *Fourchue*, mais le numéro du bâtiment était bien celui indiqué sur le trousseau de clés. Il n'y avait pas d'erreur.

« Un endroit où se poser. Un petit service. » À la réflexion, oncle Charlie avait menti par omission. C'était sa faute si elle avait cru qu'il s'agissait d'un appartement et non d'un bistrot désaffecté. L'immeuble possédait quatre étages... Et si un petit studio coquet avec un jardin en terrasse l'attendait en haut des escaliers ? On pouvait toujours rêver...

Les yeux fixés sur le bâtiment, elle sortit son téléphone de sa poche.

— Je ne sais pas gérer un café, déclara-t-elle dès que son oncle eut décroché.

— Lydia, ma chérie...

La voix de Charlie était chaleureuse et, malgré elle, Lydia entrevit une lueur d'espoir.

— Si c'est pour ça que tu as besoin d'aide, tu as frappé à la mauvaise porte, poursuivit-elle. Tu as parlé d'un petit service, d'un court séjour, pas d'une installation permanente.

— Tu as besoin d'un endroit où loger, oui ou non ?

— Oui, mais...

— Alors tu peux habiter au café. Il est fermé depuis des

mois et il y a un appartement à l'étage. Que tu t'y installes ou non ne fait aucune différence.

Lydia ouvrit la bouche pour s'enquérir du loyer, mais Charlie continuait sur sa lancée du ton persuasif qui avait bâti son succès en affaires et faisait dire à certains membres de la Famille qu'il aurait presque pu naître dans le clan Silver. Ils l'affirmaient très sereinement, comme il se doit.

— Tu me rendras service. Une locataire réglo. Un petit commerce. Tout ce qu'il y a de plus légal.

— Je croyais que je te rendais déjà un service. Ce mystérieux problème pour lequel tu as besoin d'aide...

— Pas au téléphone, interrompit oncle Charlie avant de raccrocher.

Lydie avait l'estomac noué. Rendre service dans sa famille n'était jamais gratuit. Elle devrait renvoyer l'ascenseur, elle ne se faisait aucune illusion, et même si tout le monde savait qu'elle n'était plus « dans le coup », il pourrait bien s'agir de quelque chose d'illégal, mais avait-elle le choix ? Pour l'heure, c'était soit le calice empoisonné d'oncle Charlie, soit retourner vivre chez papa-maman. Cette dernière option était la plus raisonnable, bien sûr. Seulement, elle avait eu tant de mal à quitter la maison qu'elle doutait d'être capable de recommencer. En outre, quelques semaines de confort douillet risquaient de saper sa motivation de sorte que, au lieu de retourner travailler à Aberdeen, elle accompagnerait sa mère au bridge et ne repartirait plus jamais. Sans parler du fait qu'elle avait fui l'Écosse et ne voulait pas aggraver son cas en se terrant dans sa chambre d'enfant. Elle pouvait loger au café pendant quelques semaines et régler le problème imaginaire de Charlie, le temps de se sortir de l'invraisemblable guêpier professionnel dans lequel elle s'était fourrée et de pouvoir retourner en Écosse.

La peinture noire de la porte d'entrée s'écaillait, mais la serrure haut de gamme était neuve. Charlie avait dû la faire remplacer récemment ; Lydia en fut touchée. Il veillait à sa sécurité et cela lui réchauffa le cœur.

Elle allait vite déchanter. L'endroit était un trou à rat. Quand elle alluma, les néons blafards révélèrent des murs jaune nicotine, des tables recouvertes de plastique et un sol qui semblait animé d'une vie propre.

Elle avisa un comptoir le long du mur du fond, percé d'une porte qui s'ouvrait probablement sur la cuisine. Elle aurait dû inspecter les lieux pour vérifier s'il s'y trouvait quelques ustensiles et autres appareils en état de marche, mais le courage lui manqua. La pièce devait être dans le même état déplorable que le reste. Or une cuisine crasseuse attirait la vermine, c'était bien connu. Londres était infestée de rats, elle le savait et n'avait aucune envie de vérifier ses craintes.

Des symboles masculins et féminins étaient gravés sur une porte, à gauche du comptoir, et un panneau plastifié, cloué au-dessous, signalait : « Toilettes exclusivement réservées à la clientèle. »

Lydia espérait qu'une entrée indépendante mènerait à l'étage, un accès privé qui lui éviterait de traverser la salle déserte, mais le loyer était très correct et c'était au fond l'affaire de quelques jours. Elle n'en mourrait pas. Une atmosphère à couper au couteau semblait planer derrière elle quand elle ouvrit la porte, telle une créature blottie dans un coin et prête à lui sauter dessus.

Elle aperçut un escalier étroit, couvert de linoléum bon marché. Des photos encadrées en noir et blanc du Camberwell d'autrefois ornaient les murs et elle compta trois portes menant à un petit palier. Deux étaient à l'évidence les toilettes et la troisième affichait « privé ». L'escalier montait toujours, puis le lino laissa place à une moquette marron. Lydia ouvrit la porte donnant sur un bureau uniquement meublé d'une table supportant un ordinateur qui ressemblait à un rebut des années 1990, hérissé de fils et dépourvu de clavier. Un store métallique à moitié déglingué était fixé devant la fenêtre ; ses lames tordues et poussiéreuses complétaient cette triste illustration de la récession économique.

Lydia referma le battant sur ce lugubre tableau et poursuivit son ascension sans tenir compte de l'horrible moquette et de l'air vicié qui flottait autour d'elle. Les bureaux de Karen, qui embaumaient l'essence de néroli, étaient lumineux et nickel, de même que l'appartement qu'elle-même occupait à Aberdeen, tapissé de livres et doté d'un plancher en chêne. Assise dans son salon, elle avait contemplé ces étagères avec le sentiment d'avoir réussi son entrée dans la vie d'adulte. « Secoue-toi, bouton d'or », s'admonesta-t-elle tout haut. Sa voix résonna curieusement dans l'espace vide et elle se sentit encore plus mal à l'aise.

L'escalier débouchait sur un palier percé d'une seule porte, sans doute l'entrée de l'appartement, même si rien ne l'indiquait, hormis une sonnette électrique fixée au mur. Lydia la pressa machinalement et perçut un faible bourdonnement de l'autre côté du battant, qui s'entrouvrit quand elle tourna la poignée. *Pas de serrure. Génial.* Elle nota mentalement de mentionner la question du dispositif de sécurité à Charlie.

À l'intérieur, un petit couloir et une voûte menaient à une volée de marches. Une porte donnait sur une salle d'eau munie d'une cabine de douche et d'accessoires blancs, tandis qu'au fond, une autre porte débouchait sur un vaste salon doté d'une grande fenêtre à guillotine et d'une vieille cheminée qui aurait eu besoin d'un solide nettoyage. L'ameublement se résumait à un sofa et une chaise pliante IKEA, poussée contre un mur. *Très confortable.* Lydia se concentra sur la fenêtre en assez bon état, s'efforçant d'ignorer la moquette verte constellée de taches. Elle observa la rue, histoire de se rappeler qu'il y avait un monde en dehors de ce trou pourri, ce qui lui donna un regain d'énergie pour poursuivre l'exploration des lieux.

Elle repéra une autre porte qui donnait sur une petite cuisine. S'attendant au pire, elle constata avec soulagement que la pièce était quasiment nue et poussiéreuse avec des éléments blancs, un évier rond en inox et un plan de travail en stratifié gris moucheté.

La dernière porte conduisait à une chambre, qui tenait plutôt du placard, avec un lit étroit et une petite commode. Terrassée par la fatigue des dix heures de route qu'elle venait d'accomplir, Lydia sentit sa détermination faiblir. Oppressée par un sentiment de vide et de solitude, elle eut soudain besoin d'entendre une voix humaine.

Sa mère répondit immédiatement.

— Ma chérie ? Tu vas bien ?

— Très bien, assura Lydia en montant l'escalier. Je voulais juste te dire que je suis revenue.

— Tu es enfin de retour à la maison ?

L'espoir mêlé d'inquiétude qu'elle décela dans la voix de sa mère lui rappela pourquoi elle préférait s'installer dans cet appartement sans âme au lieu de rentrer chez elle.

— Pas pour l'instant. Je suis en ville.

— Pour combien de temps ?

— Je ne sais pas encore. Écoute Maman, je ne veux pas que tu l'apprennes par quelqu'un d'autre, alors...

— Tu es enceinte ?

— Mais non ! Quelle idée !

— Désolée. Mais ce ne serait pas la fin du monde, tu sais.

— Je loge au-dessus d'un vieux bistrot. L'immeuble est désaffecté.

Lydia avait atteint le palier du dernier étage et l'escalier s'arrêtait là. Les plafonds étaient bas dans ce qui avait probablement été à l'origine des combles ou les quartiers des domestiques.

— Tu squattes un appartement ? s'enquit sa mère sur un ton plus perplexe que désapprobateur.

Lydia ressentit un élan d'affection pour elle. Elle devina qu'elle éloignait le téléphone de son oreille pour informer son père : « C'est Lydia. »

— Je ne fais rien d'illégal, expliqua-t-elle. Oncle Charlie...

— Ne me dis pas que tu es avec Charles ! s'écria sa mère d'une voix dure, dénuée de sa chaleur habituelle.

— Non, je ne suis pas avec lui, rétorqua Lydia en poussant une porte.

Cette chambre, la plus vaste, se trouvait exactement au-dessus du salon. Elle était munie d'une fenêtre semblable, quoique plus petite, et meublée d'un lit double avec des draps, des oreillers et une couette neufs, encore dans leur emballage plastique, posés sur le matelas. Lydia n'avait pas menti. Elle ne se trouvait pas avec oncle Charlie en ce moment précis.

— Dieu merci ! s'écria sa mère.

Lydia l'entendit répéter à son père. « Elle n'est pas avec lui ! »

— Pardon, ma chérie, reprit sa mère. Je sais que tu ne ferais jamais une bêtise pareille.

— J'ai besoin d'un endroit où me poser et il me permet d'habiter ici jusqu'à ce que je trouve une solution.

— C'est ridicule. Tu peux t'installer chez nous. Tu n'as pas besoin d'être à Camberwell. Ce n'est pas un endroit sûr.

— C'est plus pratique de loger en ville, rétorqua Lydia, de plus en plus embarrassée.

— Pratique ? En quel sens ? Tu viens de dire que tu n'as pas encore décidé ce que tu allais faire.

— Ça va aller, dit Lydia, devinant les angoisses de sa mère. Il n'y a aucune condition. Pas d'échange de bons procédés. Je lui rends service en séjournant ici et en gardant un œil sur l'appartement, c'est tout.

— Le jour où ton oncle se montrera généreux, les poules

auront des dents et les morts sortiront de leurs tombes.

— Je sais, dit Lydia, agacée. Je ne suis pas stupide.

— Personne n'en doute, ma chérie. Mais il ne faut pas jouer son jeu. Il te fera croire que tu as toutes les cartes en main, et puis il te plumera.

— Oncle Charlie m'aime bien ! protesta Lydia avec véhémence.

— Bien sûr qu'il t'aime, comme chacun d'entre nous ! rétorqua sa mère, piquée au vif.

— Alors tu vois...

— Mais ça ne l'arrêtera pas.

Lydia avait grandi loin du clan familial. Conscients que ses nombreux oncles et cousins auraient exploité ses talents, aussi modestes soient-ils, ses parents ne voulaient pas prendre de risque. Quand Lydia avait demandé des explications, ils s'étaient bornés à secouer la tête, les lèvres pincées.

— Mais il s'agit de notre famille, s'était rebellée Lydia, devenue adolescente. Oncle Charlie est ton frère.

— J'aime mon frère et Charlie est probablement le meilleur d'entre eux, avait rétorqué son père avec un sourire triste, mais pour lui, la famille passe avant tout. Depuis toujours. Il se servirait de toi sans hésiter, comme les autres, avait-il ajouté avec une véhémence inhabituelle chez cet homme d'ordinaire si posé. Ne lui révèle jamais ce que tu es capable de faire, d'accord ? Il t'aime, mais il trouvera le moyen de t'utiliser et je refuse que tu sois mêlée à ça.

Lydia n'avait pas discuté. Elle avait beau être curieuse, elle n'avait pas très envie d'être mêlée aux affaires du clan Crow. Certains de ses proches étaient des hommes et des femmes à vous glacer le sang, des tantes et des cousines qui paraissaient complètement décrépites, et d'autres encore plus terrifiantes que leurs costauds de maris. Lydia n'était plus une enfant, ni une adolescente révoltée, mais une adulte avec des compétences limitées, des finances au plus bas et le désir de repartir de zéro.

Après un dernier coup d'œil à la chambre, elle décida d'y dormir. Elle déposa son sac à dos sur le lit et ouvrit la fenêtre pour aérer. L'endroit était somme toute agréable avec, par chance, le sol en parquet et non une moquette crasseuse. Réconfortée, elle poussa une troisième porte de l'autre côté du palier et s'immobilisa. Une odeur acidulée, étrangement familière, lui monta aux narines. L'ameublement consistait en un grand lit recouvert de draps rayés bleu marine et quelques affiches de films encadrées au mur. Au fond, elle repéra une porte vitrée, à moitié dissimulée par un voilage. Lydia avait l'impression d'être une intruse, comme si elle pénétrait dans l'espace privé d'un inconnu. Ce qui était absurde, puisque l'appartement était inoccupé et le restaurant fermé depuis au moins six mois. À moins qu'il n'y ait un squatter ? Elle pêcha son portable au fond de sa poche. Elle ne voulait pas déranger Charlie pour un oui ou pour un non, mais peut-être avait-il permis à un autre parent de loger ici en omettant de l'avertir ? Mieux valait vérifier avant d'appeler la police. Soudain, ses poils se hérissèrent sur sa nuque. Quelqu'un se tenait derrière elle ; elle sentait sa présence dans son dos. Elle fit volte-face en réprimant un cri, mais la pièce était vide. Il n'y avait personne. Elle pouvait distinguer le palier désert par la porte entrouverte.

Elle était à cran. Se retrouver à Londres, seule dans cette bâtisse à moitié en ruine... Elle se dit que son imagination lui jouait des tours. Voilà tout. Elle se retourna et poussa une exclamation de stupeur en avisant un homme debout près de l'armoire, de l'autre côté du lit. Il portait une veste gris pâle aux manches retroussées, dévoilant ses avant-bras légèrement hâlés, il avait les yeux bleus et une épaisse crinière blonde, reflétant la lumière qui pénétrait par la fenêtre.

À la frayeur se substitua un sentiment de colère. Il devait s'être caché derrière le lit quand elle était entrée.

— Bon sang, vous m'avez fait peur ! s'écria-t-elle. À quoi jouez-vous ?

Bouche bée, le regard vitreux, l'homme avait l'air aussi surpris qu'elle.

— J'habite ici, rétorqua-t-il. Qui êtes-vous ?

Sa voix avait quelque chose de curieux, mais Lydia n'avait pas le temps de s'y attarder. L'odeur d'agrumes était plus pénétrante à présent, détail important, elle le pressentait.

— Lydia Crow, répondit-elle. L'immeuble appartient à mon oncle. Il ne m'a pas parlé de vous.

— Je vois.

L'inconnu était à peu près de son âge, peut-être un peu plus jeune. Elle l'avait d'abord cru plus vieux à cause de sa tenue : veste démodée, pantalon gris et souliers étincelants. La plupart des garçons de sa connaissance portaient des T-shirts, des jeans et des baskets.

Les bras croisés, elle le toisa du regard. Elle s'attendait à ce qu'il se présente et lui explique qu'il était l'ami d'un ami, ou que Charlie lui avait permis de séjourner ici, mais il la fixait en silence, les pupilles dilatées d'effroi, comme si c'était elle qui se cachait dans des bâtiments déserts pour effrayer les gens.

Ce parfum d'agrumes réveillait des souvenirs dans sa mémoire. Il avait la fragrance pénétrante du citron avec une légère odeur de fumée. Pas de tabac ni de bois, mais un goût de brûlé. Elle n'avait pas senti cette odeur depuis des années. Quand elle avait vu grand-mère Crow assister à ses propres funérailles.

Lydia s'apprêtait à lui demander s'il était bien réel, lorsqu'un bruit derrière elle la fit sursauter. Un nouveau venu se tenait sur le seuil de la pièce, vêtu d'un T-shirt noir moulant qui soulignait ses gros biceps. Il avait les cheveux coupés ras et un nez qui semblait avoir subi de multiples fractures. Armé d'un pistolet, il visait Lydia.

CHAPITRE DEUX

Lydia n'avait jamais vu une arme à feu d'aussi près, encore moins braquée sur elle, et elle ressentit un reflux acide dans l'estomac. La sensation se dirigea vers le bas de son anatomie et, craignant l'humiliation de mouiller sa culotte, elle contracta ses muscles pour éviter un désastre. Une partie de son cerveau lui soufflait de s'inquiéter davantage du tireur que d'une tache gênante, mais elle préféra l'ignorer pour ne pas s'évanouir de terreur.

— Asseyez-vous, dit l'homme en désignant le lit du menton. Il faut qu'on parle.

Chambre à coucher. Homme armé. Lit. Cela ne lui disait rien qui vaille. On aurait dit les terrifiantes péripéties d'un reportage tragique et violent. Le type ne paraissait pas pressé. Ni particulièrement excité ou fébrile. Il n'avait pas l'air blasé non plus, mais ce n'était visiblement pas un novice. Lydia avait eu beau vivre loin de sa famille élargie, elle avait quand même croisé un ou deux pros à l'occasion de mariages, de baptêmes, etc. Tous avaient le même regard fixe.

— Allons-y, insista l'homme d'une voix affable.

Lydia comprit soudain qu'il allait la tuer. Elle se

demanda si Veste Grise le connaissait. Pourquoi n'avait-il pas réagi ? Elle glissa un coup d'œil en espérant trouver de l'aide, voire du réconfort de ce côté-là, mais elle ne vit que l'armoire. Le garçon à la veste avait disparu. Avait-il cédé à la panique et plongé sous le lit ? Elle ne lui en voulait pas, mais espérait qu'il aurait l'idée d'appeler la police depuis sa cachette.

Elle décida d'obéir de peur qu'il ne lui fasse du mal, mais ses jambes ne lui obéissaient plus, à croire que ses pieds étaient collés à la moquette.

Le tireur promena un regard circulaire autour de lui avant de se poser sur quelque chose derrière Lydia.

— Ouvrez la porte, lui intima-t-il.

Lydia ne voyait pas de quoi il parlait, puisqu'il se tenait dans l'encadrement de ladite porte. Puis elle se rappela le battant vitré et se retourna. Pour l'atteindre, il lui faudrait contourner le lit. Si Veste Grise s'y cachait, il serait vite découvert. Lydia avança dans cette direction bon gré mal gré. Arrivée au pied du lit, elle détourna les yeux pour ne pas révéler la présence du garçon, espérant que le tireur demeurerait de l'autre côté de la pièce.

— Ouvrez-la lentement, ordonna l'homme d'une voix atone.

Lydia savait qu'elle devait enregistrer chaque détail. Karen l'avait entraînée à développer son sens de l'observation, mais il lui semblait que son cerveau déraillait. Au visage de sa mère, les sourcils froncés, décorant le gâteau d'anniversaire en l'honneur de ses 10 ans, succéda l'idée que le rideau était d'une couleur pêche fort laide et que la porte à double vitrage serait probablement verrouillée. Ce n'était pas le cas. Le battant pivota silencieusement vers l'extérieur et l'air frais lui éclaircit les idées. Elle distingua une petite terrasse aménagée sur le toit et entourée d'une balustrade en fer forgé noir.

L'homme se tenait derrière elle ; elle pouvait sentir

l'odeur de son après-rasage. Il appuya le canon de l'arme dans le creux de son dos.

— Allons-y, dit-il. En silence.

Lydia franchit le seuil, descendit une marche et posa le pied sur la terrasse pavée. Elle nota les toits à sa gauche et, à sa droite, une forêt de cheminées qui s'élevaient vers le ciel gris, ainsi que la façade en briques rouges du bâtiment. Le toit de la maison voisine, plus élevé et en pente raide, était percé de chiens assis. On avait construit une extension en maçonnerie sur la terrasse et il n'y avait pas de fenêtre en vis-à-vis. Lydia se demanda si les lieux étaient occupés. L'entendrait-on si elle criait ? Et dans l'affirmative, quelqu'un aurait-il l'idée de contacter la police ?

Les jambes flageolantes, elle se reprocha sa faiblesse. *Réfléchis, Lydia, ce n'est pas le moment de flancher. Réfléchis.*

— Avancez, proféra le malfrat dans son dos. Six pas.

Curieusement, Lydia apprécia sa précision. Elle avait l'impression que tout irait bien si elle suivait ses instructions. Une seconde plus tard, elle pressentit qu'il s'agissait probablement d'une tactique enseignée à l'école des assassins.

— Vous n'êtes pas obligé de faire ça, souffla-t-elle d'une petite voix. Je peux vous donner de l'argent.

Elle se détesta aussitôt. Les Crow n'étaient pas du genre à supplier.

L'arme lui meurtrissait le dos. Elle se dirigea vers la balustrade et risqua un regard en contrebas. Elle avisa une cour, où s'alignaient des poubelles et un mur percé d'une porte. Une ruelle étroite longeait la terrasse et, en face, elle repéra une autre rangée de bâtiments dépourvus de balcons ou de terrasses. Les fenêtres étaient obscures et les stores fermés. Personne ne risquait de la voir ni a fortiori d'alerter la police. Ou Charlie.

Lydia était transie d'effroi. Cet homme n'était pas un

voleur, il n'était pas là pour de l'argent ou des informations ; c'était un tueur.

Elle ne sentait plus l'arme dans son dos, mais c'était une maigre consolation car elle savait qu'elle était toujours là. Un assemblage mécanique d'acier capable d'arrêter son cœur qui battait à tout rompre dans sa poitrine.

— Grimpez sur la balustrade, ordonna l'homme.

— Pardon ?

L'esprit de Lydia bégayait, ça n'avait aucun sens.

— Vous allez sauter. C'est un suicide.

Elle pivota sur elle-même. Il se trouvait à quelques pas à présent, l'arme toujours pointée sur elle.

— Je ne crois pas..., protesta-t-elle.

— Bien sûr que si. Vous allez l'enjamber. On va voir si vous savez voler.

Lydia pensa à ses parents. À Charlie et aux histoires qu'on lui avait racontées. Elle était peut-être un maillon faible de la Famille, elle avait grandi hors du nid et était sans doute une sorte de monstre génétique, mais elle n'allait pas déshonorer son nom. Les Crow ne mouraient pas si facilement. Ils se battaient bec et ongles.

— Non, dit-elle.

L'homme haussa les épaules.

— Retournez-vous

— Non, répéta Lydia d'un ton plus ferme.

Elle voulait voir son assassin. Le regarder bien en face et l'obliger à faire de même quand il l'achèverait.

C'est le moment que choisit Veste Grise pour surgir. Le garçon se matérialisa soudain, comme venu de nulle part. Lydia n'eut pas le temps de revenir de sa surprise qu'il fracassait un grand pot de terre cuite sur la tête du tueur.

Le type se plia en deux et s'écroula de tout son long dans un craquement sourd, tandis qu'un flot de sang s'étalait sur le sol.

Veste Grise lâcha son arme improvisée qui se brisa, éclaboussant la terrasse de terre. Lydia ne pouvait détacher son regard du sang et du pistolet, que l'homme n'avait pas lâché. C'était le moment ou jamais. Elle allait grimper sur son dos pour essayer d'attraper l'arme, mais l'idée de s'approcher du gaillard et de toucher ce morceau de métal diabolique lui paraissait au-dessus de ses forces.

La vitesse à laquelle il récupérait était sidérante. À quatre pattes, le visage ruisselant de sang, un rictus aux lèvres, il se releva tant bien que mal et braqua son arme sur Lydia, qui plongea sur le côté, espérant atteindre la porte pour s'enfuir au plus vite.

Veste Grise bouscula l'homme qui tituba, luttant pour se redresser. Le garçon ne le lâchait pas. La frayeur, la concentration et une sorte de joie féroce se lisaient sur son visage. Lydia éprouva un frisson glacé. En une fraction de seconde, l'homme heurta la balustrade et, emporté dans son élan, il demeura en équilibre instable au-dessus du vide. Lydia se précipita. Pour le pousser ou l'empêcher de tomber, elle n'aurait su le dire. Elle savait seulement que c'était l'occasion ou jamais.

Elle n'eut pas le temps de l'atteindre que Veste Grise l'avait devancée, moitié tirant, moitié poussant jusqu'à ce que le grand corps bascule par-dessus bord. Il était affalé sur la balustrade, et une seconde plus tard, ses cuisses, puis ses pieds se soulevèrent et il disparut. Il émit un son dans sa chute, à mi-chemin entre le cri et le hurlement, suivi d'un bruit sourd, écœurant, puis d'un autre.

Sous le choc, Lydia dévisagea le garçon à la veste.

— J'ai réussi, je l'ai fait, déclara-t-il d'une voix qui résonnait étrangement, comme s'il se trouvait dans un espace clos et non à l'air libre.

Brusquement, il se volatilisa.

Lydia risqua un œil prudent par-dessus la rambarde, veillant à ne pas la toucher. L'homme était étendu dans la rue, baignant dans son sang, ses jambes formant un angle bizarre. Une poubelle verte à roulettes s'était renversée, des bouteilles en plastique, des couvercles et des boîtes de conserve rouillées qui s'en étaient échappées jonchaient le sol.

Lydia sortit son téléphone de la poche de son pantalon et appela les secours. La police. Une ambulance. Les urgences. « Venez vite, s'il vous plaît. »

Son cerveau s'était remis à fonctionner, même si ses pensées étaient encore fragmentées. Elle sentit un grand froid l'envahir et son estomac se révulser. Elle se pencha et vomit de la bile, se rappelant qu'elle n'avait rien mangé depuis la veille. Elle était à bout de nerfs ; son intuition lui avait soufflé que retourner à la maison serait dangereux. Apparemment, elle ne s'était pas trompée.

Refusant de s'attarder sur la terrasse une seconde de plus, elle franchit la porte et rentra dans la chambre. Elle se laissa tomber sur le lit, les bras étroitement serrés autour du corps. Dans combien de temps la police et l'ambulance arriveraient-elles ? L'homme était-il mort ? Elle fut de nouveau saisie par la peur. Et s'il n'était pas allongé sur le sol, immobile dans une mare de sang, s'il s'était relevé d'une manière ou d'une autre et allait revenir la tuer ? Comme Terminator.

Une poussée d'adrénaline la traversa. Elle bondit sur ses pieds, retourna sur la terrasse et se pencha par-dessus la balustrade. L'homme était toujours dans la même position. Inconscient. Ou mort. Solidement campée sur le sol, elle se cramponna à la barre métallique. Un pigeon atterrit sur la terrasse et, pour penser à autre chose, elle le regarda se pavaner en gonflant le cou.

Des sirènes retentirent non loin. L'oiseau s'envola. Lydia se redressa et avisa le pot en terre cuite brisé en deux et la terre éparpillée tout autour. Un garçon vêtu d'une veste grise avait surgi et assommé le tueur. Il avait disparu comme il était venu et lui avait sauvé la vie.

Lydia alla à la rencontre des policiers stationnés dans la

rue, qu'illuminaient les gyrophares de l'ambulance. Elle percevait pêle-mêle le bruit de lourdes chaussures sur le macadam, des voix qui parlaient à la radio, le hurlement des sirènes.

S'aidant de la rampe, elle descendit les marches avec précaution pour ne pas tomber. Elle fit le tri dans ses idées. Elle ne pensait pas à l'inconnu armé gisant dans son sang, ni au fait qu'elle venait de frôler la mort, mais au garçon qui lui avait sauvé la vie. Elle venait de comprendre pourquoi son comportement lui avait paru si bizarre et en même temps familier. C'était un fantôme !

PLUS TARD, ASSISE À L'ARRIÈRE DE LA SECONDE AMBULANCE, enveloppée dans une couverture de survie, tandis qu'un infirmier prenait son pouls, Lydia imagina ce qu'elle allait raconter à propos du garçon. Elle pouvait difficilement expliquer qu'elle devait la vie à un poltergeist.

— Elle va bien, dit l'ambulancier à un officier de police qui s'approcha et se tourna vers quelqu'un d'autre, hors du champ de vision de Lydia.

L'homme de grande taille n'était pas en uniforme. C'était probablement un haut gradé.

— Comment vous sentez-vous ? demanda-t-il.

— Il est mort ?

Le malfrat démantibulé avait été transporté dans la première ambulance qui avait démarré, gyrophares allumés et sirènes hurlantes. Cela signifiait qu'il était encore en vie, songea Lydia, mais elle n'en était pas sûre.

L'homme secoua la tête.

— Je suis l'inspecteur Fleet, responsable de l'enquête. Et vous êtes...

— Lydia...

Elle avait déjà décliné son identité à une policière du nom de Moorhouse. Cette dernière lui avait tapoté le bras en affirmant qu'on l'interrogerait après que les ambulanciers l'auraient examinée.

— Lydia Crow, compléta l'inspecteur Fleet. C'est bien ça ?

— Oui.

— Pouvez-vous me donner votre version des faits ?

— Il avait un pistolet. Il m'a obligée à sortir sur la terrasse et il a essayé de me balancer par-dessus la balustrade. Je me suis débattue et il est tombé.

— S'est-il servi de son arme ? demanda Fleet, le visage dénué d'expression.

— Non.

— Pouvez-vous préciser où ça s'est passé ?

Lydia avait pris la terrasse en horreur. La pensée qu'elle n'y monterait plus jamais lui traversa l'esprit, tandis qu'elle indiquait la rampe à Fleet et à Moorhouse.

La policière désigna le pot cassé.

— Et ce pot ? A-t-il joué un rôle dans la bagarre ?

Lydia hésita. Les médecins ne manqueraient pas de constater que le blessé avait été frappé à la nuque avec un objet contondant. Or ses empreintes à elle ne figuraient pas sur la poterie. Allait-on prendre les siennes ? Après tout, c'était elle la victime de l'agression.

Elle secoua la tête.

— Il m'a obligée à traverser la terrasse jusqu'à la balustrade, précisa-t-elle.

L'inspecteur n'avait pas l'air de l'écouter. Il examina la terrasse avec attention avant de poser sur Lydia son beau regard brun, perspicace. Elle oscilla d'un pied sur l'autre et détourna les yeux en se demandant si elle avait l'air coupable.

— Voulez-vous vous asseoir ?

Elle ne s'attendait pas à ça et sentit ses genoux se dérober sous son corps.

— Mademoiselle Crow, si vous nous accompagniez en bas ? proposa la policière. Nous pourrions discuter autour d'une tasse de thé.

Quelques minutes plus tard, Lydia se retrouva assise sur la banquette en cuir légèrement poisseuse d'un des box, en face de la fenêtre. Devant elle était posé un grand gobelet en carton fumant dont la vapeur s'échappait par le trou du couvercle en plastique. Quelqu'un, peut-être la policière, était allé lui chercher du thé au bistrot le plus proche. Lydia sentit les larmes lui monter aux yeux devant tant de gentillesse.

— Je vais prendre votre déclaration et ensuite, nous vous laisserons tranquille, déclara Moorhouse sur un ton d'excuse. Une bonne nuit de sommeil vous fera du bien après un tel choc.

Lydia se demanda si elle parlait en connaissance de cause.

— D'accord, dit-elle en serrant le gobelet entre ses doigts, comme si sa chaleur pouvait la réchauffer.

La policière la pria de récapituler la chronologie des événements en posant des questions de temps en temps pour éclaircir certains points.

— Avez-vous entendu l'homme entrer dans l'immeuble ?

Lydia secoua la tête.

— Non. Je venais d'arriver et je visitais les lieux pour me repérer. Je me trouvais dans la chambre et... (Elle s'interrompit. C'était à ce moment-là qu'elle était tombée nez à nez avec un fantôme.) Je me suis retournée et il était à la porte. Avec une arme.

Moorhouse prenait des notes.

— A-t-il dit ce qu'il voulait ?

Lydia secoua la tête.

— L'avez-vous reconnu ?

Lydia but une gorgée de thé et fit un effort de réflexion. Il lui avait rappelé certains des associés de la Famille en raison de l'impression de puissance et d'assurance qu'il dégageait. Elle ne se rappelait pas l'avoir déjà vu.

La porte de l'appartement s'ouvrit devant Fleet, dont la présence imposante envahissait l'espace. Il prit un gobelet sur le plateau et échangea un regard avec l'agente Moorhouse.

Celle-ci bondit sur ses pieds.

— Ça suffit pour aujourd'hui. Vous devrez signer votre déclaration, mais ça attendra que vous vous sentiez mieux.

Lydia se leva à son tour. Elle lui serra la main, soulagée que l'épreuve soit terminée, quoique peu désireuse de rester seule.

— J'arrive tout de suite, dit Fleet au moment où sa collègue prenait la porte.

Lydia consulta sa montre avec étonnement. Très peu de temps – une heure à peine – s'était écoulé depuis qu'elle avait poussé la porte de sa nouvelle maison.

— Un nouveau record, souligna-t-elle.

— Pardon ?

— Avant que les choses tournent mal. C'est une de mes spécialités.

Il sourit, les rides autour de ses yeux transformant totalement sa physionomie.

— Cette fois, vous n'y êtes pour rien.

Lydia l'observa plus attentivement, notant qu'outre sa haute taille et sa large carrure que l'on devinait sous sa veste de costume, il dégageait un éclat particulier. Une sorte d'aura.

Elle sentit son cœur se serrer en le voyant sortir un petit calepin de sa poche. Encore des questions.

— Vous habitez ici depuis longtemps ?

— Je suis arrivée aujourd'hui. C'est la suite de l'interrogatoire ?

Il secoua la tête avec un semblant de sourire.

— Simple curiosité de ma part, désolé. Je venais très souvent ici avec ma tante quand j'étais petit.

Lydia imaginait mal l'homme assis en face d'elle « petit » garçon.

— Ça sentait très bon, précisa-t-il avec un autre geste de dénégation, comme pour chasser les souvenirs de son esprit.

— J'ai emménagé aujourd'hui, répéta Lydia, sur la défensive. Le restaurant est complètement à l'abandon.

L'inspecteur désigna les chaises retournées sur les tables.

— Vous projetez de le rouvrir, à ce que je vois.

— Pas moi. Je ne suis là que pour une semaine ou deux. Ensuite, je compte rentrer chez moi.

— En Écosse, c'est bien ça ?

Il prononça ces mots comme s'il s'agissait du monde fictif de Narnia et qu'elle se berçait d'illusions en croyant à la réalité de l'endroit.

Lydia attendit pour voir s'il allait ajouter quelque chose, mais il se contenta de tapoter son bloc-notes de la pointe de son stylo avant de le refermer.

— Au cas où vous vous rappelleriez d'autres détails...

— Je vous le ferai savoir.

— C'est ça.

Il rangea son carnet.

— Merci pour votre coopération, mademoiselle Crow.

— Et merci d'être venu, répliqua Lydia, réprimant l'envie de se gifler. Ce n'était quand même pas une invitation à prendre le thé !

— Saluez votre oncle de ma part, ajouta Fleet avant de franchir la porte.

— Mon oncle ?

— Charlie Crow. L'immeuble lui appartient, non ?

— Comment le savez-vous ?

— Je suis un natif pur jus, répondit-il avec un regard appuyé.

Lydia reçut l'avertissement cinq sur cinq. Il connaissait sa famille. Elle sentit son moral dégringoler encore plus bas.

UNE FOIS SEULE, ELLE POUSSA LE VERROU DE LA PORTE d'entrée et donna un double tour de clé avant de monter à l'étage. Si elle ne réintégrait pas aussitôt les lieux, elle se dégonflerait, sauterait dans le premier train et réintégrerait sa chambre chez ses parents, en banlieue. Il était hors de question de leur attirer des ennuis. Contrairement à Michael Corleone, son père, le benjamin, avait été autorisé à prendre ses distances avec sa famille. Il avait épousé une gentille fille de Maidstone et s'était construit une vie tranquille en banlieue.

La pièce était déserte. Debout sur le seuil, Lydia se sentit stupide. Elle lança un « Bonjour ! » qui n'eut pour effet que d'accroître son malaise.

— Merci d'être intervenu, crut-elle bon d'ajouter. Et pour le reste aussi. Vous m'avez sauvé la vie.

Le fantôme ne se manifesta pas et aucun bruit ne se fit entendre. L'air ne sentait rien de spécial et l'odeur d'agrumes n'était qu'un vague souvenir.

— Je vais m'installer dans l'autre pièce, poursuivit-elle. N'y entrez pas, sauf si vous voulez que j'aie une crise cardiaque.

Elle ferma la porte et appela Charlie en montant l'escalier conduisant à sa nouvelle chambre.

— Un type s'est introduit dans l'immeuble et m'a menacée avec son arme.

— Tu as besoin du service de nettoyage ? répondit Charlie du tac au tac.

Lydia préféra ne pas approfondir la question. Quand son père avait bu un coup de trop, le samedi après-midi, il se mettait à raconter des histoires au sujet de la famille Crow. Ce n'était pas joli joli.

— Non.

— Tu n'es pas blessée au moins ?

Elle battit des paupières pour refouler ses larmes.

— Non. Ça va.

— Tant mieux. Qui était-ce ?

— Aucune idée. Qui peut savoir que je suis là ?

— Tu as identifié le type ?

Lydia regardait par la fenêtre tout en parlant. La rue était calme dans la lumière jaune des lampadaires qui s'étalait en flaques sur le trottoir, les magasins étaient fermés, les devantures sombres.

— Je ne connais personne. Je viens d'arriver, comme tu sais.

— L'un de tes anciens clients ?

Elle tira les rideaux. Londres lui semblait si loin de sa vie d'avant qu'elle n'avait même pas envisagé cette éventualité.

— Lyds ?

— Je ne crois pas. Son visage ne me disait rien.

Elle ferma les yeux pour mieux se rappeler l'homme au pistolet. Entre deux âges (40 à 60 ans), chauve ou le crâne complètement rasé, la peau hâlée avec de petits yeux.

— La Famille ?

Lydia se doutait qu'il ne parlait pas de leur famille, mais de l'un des trois clans qui opéraient à Londres. Suggérer que l'une des trois autres Familles s'en était prise à un Crow pouvait mettre le feu aux poudres.

— Non, non, je ne pense pas.

Elle mentait, sachant pertinemment que l'inconnu n'était pas un Pearl, ni un Crow, ni un Silver, ni un Fox. Sentir ces choses-là relevait de la magie des Crow, mais elle avait promis à son père, il y avait bien longtemps, de ne jamais, au grand jamais, le révéler à Charlie. Ni à personne d'ailleurs. Lydia ignorait si c'était de la gêne de la part de son père ou sa volonté de la protéger.

— Je vais me renseigner, dit Charlie d'un ton grave.

Lydia savait qu'aucune personne sensée ne menacerait un membre de sa famille, à moins de se mettre à l'abri dans un blindé, par exemple. Même si elle ne voulait pas l'admettre, elle trouvait réconfortant d'entendre la voix de son oncle, de savoir que la nouvelle se répandrait comme une traînée de poudre et que la protection assurée en tant que membre de la famille Crow était toujours d'actualité. À Aberdeen, elle était seule, pas vraiment sous les feux des projecteurs, mais à la périphérie. Son retour en ville signifiait replonger dans un monde qu'on lui avait appris à redouter. Elle se demanda si l'attitude surprotectrice de ses parents n'était pas sans fondement après tout.

LYDIA DÉBALLA LES DRAPS AINSI QUE LA COUVERTURE ET entreprit de faire son lit en réfléchissant à toute allure. Même si le type n'était pas de la Famille, ce n'était pas un amateur. On ne travaillait pas comme un pro et on n'atteignait pas un âge mûr à moins d'être hautement qualifié ou de bénéficier d'une protection. Elle frissonna en étalant les draps, les mains tremblantes. Elle ôta son blouson de cuir et son jean avant de se coucher. Elle glissait dans le sommeil quand elle se rappela un détail important qu'elle avait oublié de demander à Charlie. Elle se pencha pour pêcher son téléphone dans la poche de son jean et envoya un message.

— Tu connais l'inspecteur Fleet ?

Le téléphone ne tarda pas à sonner.

— Tu as alerté la police ?

Lydia colla son portable à l'oreille en fixant le plafond.

— Bien sûr.

— Intéressant. Tu es vraiment la fille de ton père.

Lydia ne répondit pas. Si elle avait appelé Charlie en premier, le tueur démantibulé qui gisait dans la rue aurait disparu sans laisser de traces. Le service de nettoyage serait intervenu avec son efficacité habituelle et elle n'aurait pas eu à faire de déclaration à la police le lendemain. En revanche, elle aurait contracté une dette envers Charlie à laquelle elle préférait ne pas penser. Certes, c'était son oncle mais il faisait passer la Famille avant tout. En outre, le service de nettoyage ne faisait pas dans la dentelle, elle le savait.

Comme toujours, les considérations morales étaient le dernier de ses soucis. C'était l'une des raisons pour lesquelles elle avait respecté la volonté de ses parents de rester à l'écart de la Famille. Elle se faisait peur à elle-même.

— Ne t'inquiète pas pour Fleet, dit Charlie.

— Je ne m'inquiète pas. As-tu trouvé des infos sur mon visiteur ?

— Il est à l'hôpital, dans le coma, avec les jambes, les côtes, le bras, la colonne vertébrale et le bassin en morceaux. Il est menotté à son lit, donc tu ne risques plus rien de ce côté-là, précisa Charlie d'un ton satisfait. C'est un homme de main. Je t'avertirai quand j'aurai localisé la tête.

— Pas la peine. Moins j'en sais...

— Exactement ! s'écria Charlie avec chaleur. Tu as toujours eu l'esprit vif.

Pas tant que ça, songea Lydia en posant son portable sur le plancher, au pied du lit. Je suis revenue à Londres.

CHAPITRE TROIS

L ydia n'aurait jamais cru pouvoir s'endormir, mais l'officier de police Moorhouse avait parfaitement raison ; dix heures d'inconscience absolue étaient exactement ce dont elle avait besoin.

Elle tira une bouteille d'eau aromatisée de son sac à dos et avala une gorgée en guise de café. Ce n'était pas vraiment un substitut, mais elle avait envie de paresser encore un peu au lit, aussi la caféine attendrait-elle.

Elle empila les oreillers, s'assit en tailleur et ouvrit son ordinateur portable. Elle commença par consulter les e-mails de son dernier client, M. Carter. Elle espérait avoir imaginé que les menaces dont elle était la cible étaient pires qu'elles ne l'étaient en réalité. Avait-elle surréagi en prenant un congé de l'agence pour se précipiter dans le sud du pays ? Elle n'était pas vraiment en sécurité à Londres ; au contraire, tout allait de mal en pis. Et si elle remballait ses affaires et rentrait chez elle ? Après tout, M. Carter était un analyste commercial respectable, pas un voyou.

Un rapide coup d'œil à sa messagerie la refroidit. Il était inutile de relire les conseils avisés de Karen, qui lui avait suggéré sans détour de « s'absenter une semaine ou deux », le temps que « les choses se tassent ». Dans le métier depuis trente ans, Karen était coutumière des déclarations à l'emporte-pièce. Quand Lydia avait rétorqué que quitter le pays était une réaction pour le moins excessive, Karen avait répondu que M. Carter s'était déplacé en personne à l'agence et qu'à son avis, une distance physique s'imposait par mesure de précaution, au moins provisoirement.

— Vous avez blessé sa fierté, avait-elle précisé.

— Mon enquête n'avait rien de personnel, avait objecté Lydia.

— Aucune importance. Il est habitué à l'obéissance de ses subordonnés et n'aime pas être contredit. Vous avez dévoilé un pan de sa vie et ébranlé ses certitudes. Il déteste être jugé, alors il a pété les plombs.

— Je ne le juge pas, avait menti Lydia.

— Peu importe. Il a l'impression d'avoir perdu la face et pour lui, c'est inacceptable.

— Les mauvais perdants renversent l'échiquier, ils ne menacent pas d'engager un mercenaire sur le dark net pour éliminer une innocente détective privée.

Karen avait adopté un air compatissant ce qui, d'une certaine façon, rendait la situation trois cents fois plus terrifiante.

— La bonne nouvelle, c'est que les gens comme lui sont velléitaires. Il aura vite oublié et s'en prendra à quelqu'un d'autre d'ici peu, c'est sûr.

Lydia n'arrivait pas à avaler qu'un client débile puisse lui pourrir la vie de cette manière.

— Partez en croisière, avait suggéré Karen. Visitez Paris. Offrez-vous quelques jours de farniente sur la plage.

— Tout ça en même temps ?

Mais déjà, sa boss avait décroché son téléphone et était passée à autre chose. Karen n'était pas particulièrement grossière ou insensible, simplement très occupée. C'était l'une des nombreuses qualités que Lydia admirait chez elle. Son succès. Son éthique professionnelle. Sa stabilité. Un jour, Lydia avait voulu devenir la patronne, de sorte que personne ne pourrait plus la virer.

Dans sa chambre à Camberwell, un souffle d'air frais frôla la joue de Lydia, soulevant ses cheveux. Elle eut la chair de poule. Elle leva les yeux et laissa échapper un soupir d'ennui. Le garçon à la veste était assis à côté d'elle, sur le lit.

Furieuse, elle parvint à articuler trois mots.

— Allez-vous-en !

Le fantôme se leva et se campa devant elle, la mine dépitée.

— Merci pour l'accueil !

Lydia savait que sa colère était due en grande partie à la peur qu'elle refusait d'admettre. Après avoir passé sa vie à sentir les morts, elle pensait avoir dépassé ce stade. D'aussi loin qu'elle se souvienne, elle devinait les émotions résiduelles dans l'air, apercevait les esprits du coin de l'œil ou entendait leurs voix dans les pièces vides et les espaces ouverts. Mais cet esprit-là était plus charnel et bavard que tous ceux qu'elle avait côtoyés jusqu'à présent. Elle voulait croire que sa brusque apparition l'aurait laissée froide si elle n'avait pas été préoccupée par des tueurs à gages et des cocus en colère.

Le garçon retroussa jusqu'aux coudes les manches de sa veste miteuse. La lumière qui entrait à flots par la fenêtre éclairait son visage, sa peau diaphane. À son expression, on devinait qu'il luttait entre la souffrance et le désir.

Lydia avala sa salive. Elle-même était partagée entre la panique et une étrange excitation. On n'avait pas l'occasion d'apercevoir un esprit de pied en cap comme celui-ci tous les jours. Ce n'était peut-être pas un vrai pouvoir, mais bien la preuve qu'elle était une Crow, après tout.

— Rebonjour ! dit-elle.

— Vous pouvez toujours me voir ?

— Oui.

Elle ne se sentait pas dans son assiette. Le scintillement de la tête du garçon et de ses vêtements lui donnait le vertige.

— Et vous m'entendez ?

— Apparemment.

Il ne la lâchait pas du regard.

— Vous n'avez aucune idée de ce que j'éprouve...

Sa voix semblait moins bizarre, à moins qu'elle ne se soit habituée. Lydia se creusa la tête pour trouver quelque chose à dire. Quelles questions pouvait-elle poser sans paraître discourtoise ? Vous vivez ici depuis longtemps ? Comment êtes-vous mort ? Pourquoi vous éternisez-vous ici ? Les esprits qu'elle percevait dans sa jeunesse n'étaient que des ombres fugitives, des sensations, des bouffées d'air glacial, des voix quasi imperceptibles, telles des radios mal réglées. Elle se sentait perdre pied.

— Je m'appelle Lydia, dit-elle avant de se rappeler qu'elle se répétait.

— C'est la première fois que je fais ça, déclara-t-il sans transition.

— Pardon ?

— Pousser ce type dans le vide. Et le frapper en plus. Hier encore, je ne pouvais même pas toucher un objet, encore moins le soulever. Et maintenant... Il tendit la main et attrapa le bord du rideau. Vous voyez ?

— Je vous suis très reconnaissante.

— Vous ne flippez pas ? Personnellement, je ne peux pas en dire autant. Comment pouvez-vous être aussi calme ?

Lydia haussa les épaules. Elle profita qu'il ne la regardait pas pour mieux l'observer. Il avait vraiment l'air réel quand il ne bougeait pas, c'était déconcertant. Sa raison lui soufflait qu'il n'existait pas, alors que ses yeux lui prouvaient le contraire.

— Vous n'êtes pas mon premier fantôme, expliqua-t-elle. Et puis je n'ai pas peur des morts. *Les vivants donnaient bien plus de fil à retordre, elle en avait fait l'expérience.*

— Je boirais bien un coup, reprit le garçon. C'est vraiment curieux.

— Comment vous appelez-vous ? demanda Lydia, histoire de dire quelque chose.

Il se déplaça si vite que sa silhouette se mit à briller à vous donner le tournis.

— Pourquoi cette question ?

Lydia avala sa salive.

— Comme ça. Sans raison.

— J'en doute. Personne ne peut être aussi serein. Il y a quelque chose qui cloche chez vous.

— Ah oui ?

— Combien de temps comptez-vous rester ici ?

Lydia embrassa la pièce du regard. À cet instant précis, elle refusait d'imaginer son agresseur faisant de nouveau irruption dans la chambre.

— Probablement deux semaines. Du moins, c'était ce que j'avais prévu. Maintenant je ne sais plus trop. J'irai peut-être à Paris.

Le garçon avait disparu. Lydia s'interrompit, fixant l'endroit où se tenait cette créature étrangement semblable à un être en chair et en os. Avait-il fait preuve de grossièreté ou était-ce vraiment un fantôme ? Était-il incapable de contrôler ses apparitions ? Un frisson de sympathie la saisit. C'était affreux de flotter ainsi entre deux eaux, ni vivant ni mort, sans pouvoir contrôler ni toucher quoi que ce soit. Pourtant, il l'avait fait, puisqu'il lui avait sauvé la vie.

Elle chercha sa flasque de survie dans son sac et avala une bonne rasade de whisky pour empêcher ses mains de trembler. L'alcool lui brûla la gorge tandis qu'elle fixait le vide, se demandant si le fantôme allait réapparaître. Elle pensa prendre une autre gorgée, mais n'en éprouvant pas vraiment le besoin, elle se ravisa et revissa le bouchon. Elle se sentait étrangement heureuse. Bien qu'élevée à l'écart des siens, elle était consciente d'être le maillon faible. On comptait quatre familles magiques à Londres ; les Crow étaient le clan le plus puissant, à ce qu'on lui avait raconté. Ils aimaient s'entourer de mystère et, comme ses parents s'ingéniaient à préserver leur unique rejeton de ce petit monde interlope, Lydia était restée dans l'ignorance.

Les Pearl avaient le commerce dans le sang. Ils étaient les inventeurs de l'entrepreneuriat ; leurs ancêtres étaient des colporteurs, des marchands de quatre-saisons et de pâtisseries, ils avaient été les premiers vendeurs de glaces à l'époque victorienne et avaient fait fortune en coupant la farine avec de la poussière. Ils auraient même été capables de fourguer des chaussures à un cordonnier !

Menteurs invétérés, les membres de la famille Silver dirigeaient sans surprise un cabinet d'avocats florissant. Et enfin, il y avait les Fox. Mieux valait n'en rien dire...

Le portable de Lydia sonna. Le numéro d'Emma s'afficha sur l'écran.

— Quand comptais-tu m'appeler, ma vieille ?

— Tu ne me croiras pas, mais j'allais le faire. Je suis à Londres.

— Je sais, ta mère l'a dit à la mienne au bridge, hier soir.

Emma était l'amie « normale » de Lydia. Elle avait reçu une éducation « normale » et menait une existence « normale ». Lydia l'aimait pour cette raison, comme pour son humour, sa gentillesse et son énergie.

— C'est la folie ici, enchaîna Emma. Archie s'est cassé le bras au foot la semaine dernière, le chat souffre d'hyperthyroïdie, ce qui coûte bonbon, et Maise-Maise nous a refilé la gastro, il y a quinze jours...

— Je suis désolée, coupa Lydia.

Elle n'était pas une amie dévouée et attentive, elle le savait. La culpabilité l'envahit.

— Comment va Archie ?

— Beaucoup mieux. Il en profite à fond, maintenant.

Lydia devina qu'elle souriait et fut à nouveau prise d'un élan d'affection et d'admiration mêlées d'embarras envers sa meilleure copine, avec qui elle avait fait les quatre cents coups et qui était à présent mère de famille ayant charge d'âmes, dénicheuse d'équipements de sport, pourvoyeuse de médicaments, etc. Emma était du genre fofolle, l'esprit caustique, fan de soirées animées et de grasses matinées. Elle avait délaissé les discothèques, les voyages et sa carrière pour se marier et avoir son premier bébé à 22 ans à peine. Lydia était pratiquement tombée de sa chaise en l'apprenant, mais la jeune femme se montrait si maternelle et aimante avec ses enfants que Lydia avait eu l'impression d'entrevoir une facette inattendue de sa personnalité dont elle n'avait jamais soupçonné l'existence.

Emma interrompit son laïus, le temps de reprendre son souffle.

— Et toi, quoi de neuf ?

— Rien de spécial. Je suis à Londres pour un moment. Veux-tu qu'on se voie ?

Elle éloigna l'appareil de son oreille pendant qu'Emma manifestait son enthousiasme à grand bruit.

Lydia raccrocha en souriant. Au fond, fuir Aberdeen et un emploi à plein temps présentait certains avantages. Le job en question était barbant à mourir jusqu'à ce qu'il devienne terriblement angoissant. Pourquoi ne l'avait-on pas prévenue qu'être détective privé était zéro glamour, quatre-vingt-dix-neuf pour cent fastidieux et un pour cent terrifiant ? Sa patronne avait beau l'avoir avertie dès le premier jour, elle ne l'avait pas écoutée. Lydia avait pas mal galéré autour de la vingtaine, ne parvenant pas à trouver sa voie dans l'existence, mais sans trop s'inquiéter car c'était normal à cet âge. Hormis quelques exceptions notables (comme Emma, mariée à son prince charmant et mère au foyer épanouie), tâtonner et déraper étaient à la mode, donc elle n'avait pas à s'affoler avant au moins ses 29 ans. Voire 30...

Pour l'heure, elle était de retour à Londres et se sentait étrangement optimiste. Dire que, la veille, elle avait eu si peur qu'elle avait failli avoir une attaque !

Pour l'heure, elle avait un urgent besoin de caféine. Toute affaire cessante. Les placards de la kitchenette étant vides, elle décida de tenter sa chance au rez-de-chaussée. Elle s'apprêtait à entrer dans la cuisine quand elle entendit du bruit de l'autre côté de la porte. Elle sortit son portable et composa le numéro de police secours, le doigt sur la touche d'appel. Était-ce son fantôme qui testait ses nouveaux pouvoirs en se préparant un petit en-cas ?

Elle prit soudain conscience de ce qu'elle était sur le point de faire – elle avait été alertée par un bruit suspect, le lendemain de son agression, au même endroit. Pas très malin, Lyds. Elle s'apprêtait à rebrousser chemin, détaler en lieu sûr, puis appeler la police, quand elle perçut un son étrange. Un chant. Un fredonnement, plus exactement. Une voix féminine, profonde, au timbre agréable, même à travers le battant.

Lydia hésita. Son intuition lui soufflait qu'elle n'avait rien à craindre. Elle n'allait quand même pas passer le reste de sa vie à avoir peur de son ombre. Elle redressa les épaules et poussa la porte.

Quelqu'un se tenait devant le comptoir en inox. Une femme coiffée d'une résille, un énorme joint au bec.

L'inconnue fourra ses dreads sous son bonnet. Elle portait un tablier bleu marine avec l'inscription *La cuisine de papa Joe* en lettres blanches.

La femme avait quelque chose d'intimidant qui lui fit ravaler un juron.

— Qui êtes-vous ? dit Lydia.

— Charlie m'a engagée, expliqua l'inconnue, toujours concentrée sur ses cheveux. Vous êtes mon aide ?

— Je loge ici en ce moment. Désolée, mais il y a erreur, je n'ai pas besoin d'une cuisinière. Je n'ouvre pas le restaurant. Je m'occupe seulement de l'immeuble pendant quelque temps.

La femme haussa les épaules en écrasant son joint dans une boîte métallique qu'elle glissa dans la poche de son tablier.

— Je vais appeler Charlie pour régler ce problème, reprit Lydia, déconcertée par le calme de l'intruse.

L'autre fit volte-face et se pencha pour soulever un carton qu'elle posa sur le plan de travail avant de déballer le contenu.

— Arrêtez ! s'écria Lydia le plus fermement qu'elle put. Ce n'est pas un commerce et je n'ai embauché personne. Comment êtes-vous entrée, au fait ? La porte était verrouillée.

La femme continua sa besogne sans se donner la peine de répondre.

Lydia gagna le café désert et contacta Charlie sur son portable.

— Il y a quelqu'un dans la cuisine. Tu veux bien m'expliquer ?

— Lyds, ma chérie, j'allais justement t'appeler. Tu vas bien ?

Rassérénée par sa sollicitude, bien que soigneusement calculée, elle n'en doutait pas, Lydia se contrôla.

— Pas vraiment, non. Tu as envoyé une cuisinière. Je n'en ai pas besoin puisque je n'ai pas l'intention de tenir le café. Tu as promis que je n'aurai pas à m'en occuper et que...

— Angel n'est pas une cuisinière, c'est une artiste. Attends de goûter à ses pâtisseries.

Lydia leva les yeux au ciel et pria pour garder son calme.

— Je ne vais pas goûter à ses pâtisseries pour la bonne raison qu'elle ne va pas les faire. Je n'ai pas les moyens de payer du personnel ni de gérer un commerce. C'est la seule raison pour laquelle j'habite ici. Je suis fauchée.

— C'est moi qui paye. Tu n'as pas à t'en soucier.

— Mais tu as dit que je n'étais pas obligée de reprendre le café si je n'en avais pas envie, que tu m'hébergeais provisoirement.

— Lydia, ma puce, tu sais comment ça se passe. Je t'ai expliqué que j'avais besoin que les lieux aient l'air fréquentés. Quelle meilleure façon de le faire que d'exploiter le restaurant ?

Lydia soupira. Elle détestait admettre que sa mère avait raison.

— Donc il va rouvrir ?

Samedi. Ne t'inquiète pas. Il n'y aura pas de publicité ni de rénovation, personne ne viendra.

Lydia fixa les fenêtres répugnantes qui donnaient sur la rue. Charlie avait raison, aucun client sain d'esprit n'irait s'attabler dans un bouge pareil. Sauf si l'on savait que Charlie en était le propriétaire en se disant que c'était une façade dissimulant quelque chose de plus intéressant.

— Combien de temps ?

— Quelques semaines. Un mois, au maximum.

— Je serai partie avant. Je voulais parler des heures d'ouverture pour que ça ait l'air réglo.

— Comme tu voudras, répondit-il avec chaleur, satisfait de sa coopération. Et je pense que ce sera plus sécurisant de cette façon. Après ce qu'il s'est passé, je n'aime pas te savoir seule dans l'immeuble. Je serais plus rassuré s'il y avait du monde en bas, ne serait-ce que la présence d'Angel.

Lydia devait reconnaître qu'il avait raison.

— Et si j'ouvrais deux heures par jour en milieu d'après-midi pour éviter la foule du petit déjeuner, du lunch et de la sortie des bureaux ? Tu pourras déclarer le personnel que tu veux.

— Parfait, approuva Charlie. Un minimum d'heures. Comme il te plaira.

— Merci. Il y a autre chose, n'est-ce pas ? Tu n'as pas vraiment besoin d'ouvrir le café ni de rendre des comptes à qui que ce soit... commença Lydia avant de s'interrompre. Aucune importance, s'empressa-t-elle d'ajouter, s'avisant qu'elle n'avait aucune envie de le savoir.

— Je préfère t'en parler de vive voix. J'arrive.

Dans la cuisine, Angel avait retroussé ses manches pour pétrir la pâte.

— Inutile, fit Lydia. Je n'ouvre pas aujourd'hui.

Ni jamais, songea-t-elle. Cela relevait de la pire idiotie et elle ne resterait pas là assez longtemps pour voir ça. Charlie ferait comme bon lui semblerait après son départ.

— C'est pour remplir le congélateur, expliqua Angel sans lever les yeux. Il faut des réserves.

Lydia faillit répliquer qu'elle n'avait pas besoin de réserves étant donné qu'ils ne serviraient pas de repas de sitôt, mais elle décida qu'il ne servait à rien de s'empoisonner la vie pour des broutilles et monta dans sa chambre appliquer ses peintures de guerre. Elle avait mauvaise mine et ne voulait pas montrer à Charlie le visage pâle et amaigri qu'elle avait vu dans le miroir, ce matin-là. Elle était peut-être persona non grata à l'agence et avait été agressée par un tueur la veille, mais Lydia Crow n'était pas une poule mouillée et n'avait pas l'intention d'en avoir l'apparence. Certainement pas devant le chef de la Famille Crow.

Oncle Charlie s'installa sur la banquette en vis-à-vis, les mains posées à plat sur la table en formica. Les manches retroussées de sa chemise révélaient ses avant-bras poilus couverts de tatouages verts et noirs. Lydia savait que les vignes torsadées s'enroulaient sur ses bras, sa poitrine et son abdomen, et que l'emblème de la famille, la silhouette d'un corbeau en vol, y figurait à plusieurs reprises. Assise sur ses genoux, quand elle était petite, elle s'amusait à suivre les lignes sombres du bout des doigts.

— Combien de corbeaux vois-tu ? demandait oncle Charlie en remuant les jambes, de sorte que la vision de Lydia se brouillait et que l'encre paraissait s'animer.

Angel apporta un pot de café et remplit leurs tasses, le visage inexpressif.

Charlie n'ouvrit pas la bouche, même après qu'elle fut retournée à ses fourneaux. Lydia décida de patienter. Elle ajouta du lait à sa boisson et, sur un coup de tête, un sachet de sucre brun. Elle remua le liquide et contempla sa petite cuillère, évitant de regarder son oncle.

— Un sou pour tes pensées, déclara enfin Charlie.

Lydia s'obligea à lever les yeux.

— Je suis un livre ouvert.

Il se carra sur son siège en l'étudiant avec attention.

— La petite Lydia a bien grandi.

— Tu m'as demandé de te rendre un service et je suppose que tu parlais d'autre chose que ce petit arrangement ? questionna-t-elle avec un geste circulaire. Tu vas engager un gérant ou te contenter d'Angel et de ma petite personne ? (Elle se gifla mentalement.) D'Angel seule plus exactement. Je n'administre rien du tout.

— J'ai besoin d'un détective, déclara Charlie, la mine sombre.

Se moquait-il d'elle ? Il devait y avoir des centaines d'enquêteurs en ville, tous plus qualifiés les uns que les autres.

— Je ne peux pas m'adresser à mon personnel habituel, précisa Charlie, comme s'il lisait dans ses pensées. C'est confidentiel.

— Ils ont une clause de confidentialité. *Sans parler du fait que personne de sensé n'aurait l'idée de doubler les Crow.*

— Il me faut quelqu'un en qui j'ai entièrement confiance.

Lydia se renversa sur sa chaise et résista à l'envie de répondre. Charlie n'avait glissé aucune allusion au fait qu'il avait besoin d'elle, le canard boiteux de la famille. Il avait insisté pour qu'elle revienne à Londres sans lui en donner la raison.

— Ton prix sera le mien, bien entendu.

Lydia indiqua son tarif horaire.

— Plus les frais.

Il hocha la tête.

— Il y aura un bonus en cas de succès. Je soigne mes employés et je récompense les résultats.

— Et je loge ici gratuitement et sans prise de tête, comme convenu, insista-t-elle.

Il hésita une fraction de seconde avant d'acquiescer.

Lydia ne croyait pas un mot de son histoire. Charlie manigançait quelque chose et le seul moyen de le découvrir était de jouer son jeu.

— Bon. Alors, de quoi s'agit-il ?

— Madeleine a disparu.

Lydia fronça les sourcils. La famille était sacrée. Charlie ne mentirait pas à ce sujet.

— Ma cousine Maddie ? Depuis quand ?

— Cinq jours. J'ai suivi toutes les pistes possibles, j'ai interrogé ses amis et ses collègues de travail. J'ai fouillé dans les endroits qu'elle fréquente et cuisiné son ex-petit ami.

Il a dû passer un sale quart d'heure.

— Il a survécu ?

Charlie hocha la tête, imperturbable.

— Il n'a rien à voir là-dedans.

Lydia voulait bien le croire. Charlie Crow savait mener un interrogatoire.

— Et son petit ami actuel, s'il y en a un ?

— C'est ce que j'aimerais que tu découvres.

Lydia se redressa sur son siège, loin d'être convaincue. Charlie était tout-puissant, à la tête de la tristement célèbre Famille Crow. Chaque personne qu'il avait contactée avait fini par lui révéler ses secrets, ses pensées inavouables, les rancunes qu'elle nourrissait. Il n'avait absolument pas besoin d'elle. Lydia ouvrit la bouche pour protester, mais Charlie la devança.

Il haussa ses épaules massives.

— Je ne peux plus m'en occuper personnellement. Je suis comme un faucon au milieu des moineaux. Ça attire l'attention, or je ne veux pas ébruiter cette affaire.

— Je comprends.

Un problème dans la Famille, la moindre allusion à ce que l'on ait pu nuire à un Crow pourrait prêter à conséquence. Aucune Famille n'avait de réel pouvoir, ce n'était plus comme au bon vieux temps. Les Crow tenaient le haut du panier et cela comptait.

— Tristan Fox fouine un peu partout, reprit Charlie. Soit il sent que quelque chose ne va pas et veut profiter de la situation, soit il y est pour quelque chose et il jubile.

— Il n'oserait jamais faire une chose pareille, s'écria Lydia, indignée.

— Les choses ont changé. Tu es partie depuis longtemps.

— Cinq ans.

La trêve avait tenu soixante-quinze ans. L'idée qu'elle puisse être rompue était inimaginable. Terrifiante.

Charlie dut deviner son désarroi car son expression s'adoucit. Brusquement, il redevint l'oncle dont elle se souvenait. Il prit sa main dans l'une des siennes, larges comme des battoirs.

— Il ne se passera rien. Nous ne le permettrons pas. Tristan, David, Alejandro ni moi. Aucun de nous quatre ne le souhaite, donc ça ne se produira pas.

Lydia déglutit avec peine, puis acquiesça.

— Je vais retrouver Madeleine, assura-t-elle. Elle a dû prendre quelques jours de vacances. Sa mère est un peu...

Elle s'interrompit, se rappelant soudain que Daisy, la mère de Madeleine, était la cousine de Charlie.

Pour la première fois, son oncle eut un franc sourire.

— Exact. C'est pourquoi j'ai besoin de renfort.

CHAPITRE QUATRE

C'était en toute connaissance de cause que la mère de Lydia était entrée dans la famille Crow. Quand elle l'avait rencontré, le père de Lydia avait 25 ans et était un personnage important. Pas autant que son frère aîné, Charlie, mais un jeune homme plein d'avenir tout de même. Âgée de 22 ans, Susan, sa mère, préparait un doctorat en biochimie. Elle connaissait les forces du monde, les éléments constitutifs fondamentaux de l'existence et les particules qui composent la matière de l'univers. Elle était une étrangère, ayant grandi à Maidstone. Elle avait entendu parler des quatre Familles, mais estimait qu'il s'agissait de légendes urbaines. Pour elle, seuls les enfants croyaient à la magie et sa science chérie était à même de tout expliquer dans le monde physique. Et puis elle avait fait la connaissance d'Henry Crow dans un bar. Elle l'avait regardé faire apparaître des pièces de monnaie de nulle part, songeant qu'il était très doué pour les tours de passe-passe.

Lydia ne se lassait pas du récit de leur rencontre ; l'idée de ses parents sirotant des cocktails et tombant amoureux dans la salle bondée d'un bar de banlieue lui paraissait aussi pittoresque et exotique qu'un vieux film en noir et blanc.

— Et puis il m'a envoyé des fleurs à mon labo, alors que je ne lui avais pas indiqué où je travaillais. Et il a attendu dehors pendant une éternité, parce qu'il ignorait l'heure à laquelle je sortais.

— C'était adorable et pas du tout effrayant, commentait Lydia en souriant pour bien montrer qu'elle plaisantait et ne voulait pas jouer les rabat-joie.

— Et alors j'ai su, concluait sa mère avec une expression rêveuse et lointaine : du bonheur et quelque chose d'autre, difficile à déchiffrer pour l'adolescente qu'était Lydia à l'époque.

Susan Sykes n'avait imposé qu'une condition avant de s'unir par les liens sacrés du mariage : s'ils avaient des enfants, ils seraient élevés loin de la Famille et de la magie, dans la mesure du possible. Henry Crow ne s'y était pas opposé ; les parents de Lydia étaient ridiculement bien assortis. À l'approche du terme, ils quittèrent Camberwell et Henry donna sa démission à grand-père Crow. Quand Lydia avait eu l'âge de raison, son père lui avait expliqué que ça n'avait pas été simple et que, s'il avait été l'aîné, ç'aurait été impossible. Heureusement que Charlie endossait ce rôle. Même s'il ne la comprenait pas, il avait respecté la décision de son cadet et avait su aplanir les obstacles.

Plantée sur le trottoir devant la villa mitoyenne des années 1930 de ses parents, dans la rue calme et verdoyante qu'elle avait voulu fuir à tout prix, Lydia éprouvait un mélange d'amour, de culpabilité et de panique. Elle ne savait pas pourquoi, mais la maison de son enfance lui donnait des boutons, comme une robe trop serrée. En acceptant un emploi en Écosse, elle avait cherché non seulement à trouver sa voie, mais aussi à distendre les liens avec les deux personnes qui, en ce moment même, écartaient le rideau de la fenêtre du salon et agitaient la main avec enthousiasme. En ce moment précis, sa culpabilité atteignait des sommets.

Sa mère ouvrit la porte.

— Ma chérie ! s'écria-t-elle. Comme tu es maigre, tu manges au moins ?

— Bien sûr, répondit Lydia en embrassant la joue douce de sa mère, qu'elle serra dans ses bras.

Susan pivota sur elle-même.

— Regarde qui est là, claironna-t-elle d'une voix haut perchée, se forçant à paraître enjouée.

Ce devait être un jour néfaste, songea Lydia, s'attendant au pire, mais son père s'approcha et l'embrassa à son tour.

— Lyds ! s'exclama-t-il. Ma jolie petite fille.

Lydia eut toutes les peines du monde à refouler ses larmes.

— Bonjour Papa. Comment vas-tu ?

— On a gagné le match de rugby, répondit son père en retournant au salon.

Lydia l'étudia pour voir s'il avait perdu du poids ou était agité de tremblements incoercibles.

— Félicitations !

— Du thé ? proposa sa mère, rouge comme si elle venait de respirer de l'hélium.

— Oui, merci, dit Lydia en se dirigeant vers la cuisine.

— Charlie a téléphoné, ajouta sa mère au moment où elle pénétrait dans la petite pièce carrée.

Lydia remplit la bouilloire, préleva trois tasses de leur support en bois et sortit le lait du réfrigérateur sans regarder sa mère.

— Ah oui ?

— Il paraît que Madeleine a disparu et que tu vas aider à la retrouver.

Lydia bredouilla quelques mots inaudibles pour cacher sa surprise. Pourquoi Charlie s'était-il confié à ses parents ? Elle désigna le sucrier.

— Toujours deux pour papa ? Ou est-ce que la brigade anti-sucre sévit encore ?

— C'est vrai ? insista sa mère.

Lydia pressa le sachet de thé sur le bord de la tasse avant de le placer dans la soucoupe prévue à cet effet.

— C'est un boulot comme un autre. Je suis détective, comme tu le sais. Charlie voudrait mon avis professionnel.

— Je t'avais prévenue qu'il y avait anguille sous roche. Tu sais ce que nous pensons de... (Sa mère s'interrompit et respira à fond avant de reprendre.) Tu cours des risques.

— Je ferai attention.

Une pile de coquilles d'œuf nettoyées se trouvait dans une boîte en carton, attendant d'être déposée sur le tas de compost avec les sachets de thé usagés. Lydia sentit son cœur se serrer à la vue de ce détail familier. Son père s'en occupait-il toujours ? Elle savait qu'il y tenait énormément.

Elle se décida à croiser le regard de sa mère.

— Comment va papa ?

Susan saisit un chiffon et entreprit d'essuyer le plan de travail luisant de propreté.

— Il y a des hauts et des bas. Il va mieux depuis...

Elle s'interrompit et suspendit le chiffon à un crochet.

— Que je suis partie, compléta Lydia, avalant la pilule amère.

Sa mère lui tapota le bras.

— C'est une coïncidence, ma chérie.

Dans le salon, Henry Crow regardait une compétition de billard à la télévision dont il avait coupé le son. Il accepta une tasse de thé et dévisagea Lydia en plissant le front, comme s'il essayait de la situer.

Non, non, non.

— Tu aimes le billard, Papa ?

Un prétexte pour prononcer son nom, lui rappeler leur relation. C'était un crève-cœur quand il l'oubliait.

Il souffla sur son thé, la vapeur embuant ses lunettes.

— Assez, oui. Comment était le Grand Nord ?

— Pas mal, répondit-elle en souriant. Un peu frisquet.

Son père ôta ses lunettes et lui lança un regard oblique. Il était toujours aussi séduisant avec ses yeux bleus étincelants.

— Je n'aime pas ce travail.

— Je sais, Papa. Mais moi, si.

— Trop dangereux.

Sa mère se percha sur le bord du canapé, prête à se lever. Elle était incapable de rester en place.

— Tu dînes avec nous ?

— Avec plaisir. Merci.

— C'est terrible pour la petite Madeleine, mais ce n'est pas ton problème.

— C'est ma cousine.

— Au second degré. Et elle est de la Famille. On va s'en occuper. Charlie y veillera.

— Pourtant, il m'a demandé de l'aider. Et j'appartiens à la Famille, moi aussi.

— Je sais, ma chérie.

Son père chaussa ses lunettes, qu'il avait dû nettoyer avec les doigts ou un mouchoir douteux, car elles étaient toujours aussi sales.

— Qui a disparu ?

— Madeleine. La petite fille de John et Daisy.

Daisy était la cousine de son père.

— Qui est John ?

Lydia fut tentée de fermer les yeux pour ne pas voir l'expression hagarde de son père.

— Le mari de Daisy, expliqua patiemment sa mère. Le comptable.

— Ce foutu Pearlie.

Susan lui jeta un regard d'avertissement.

— Chéri, il ne faut pas dire ça. John est gentil et très prévenant envers son épouse. D'ailleurs, tu l'aimes bien. Il t'a rapporté de la bière du Somerset.

— Quand les as-tu vus pour la dernière fois ? s'enquit Lydia.

— Il y a quelques mois. Tu sais comment nous sommes.

Ses parents avaient beaucoup d'affection pour leur famille à laquelle ils étaient tout dévoués, même s'ils se tenaient à l'écart autant que possible.

— C'était en janvier, je crois. Il y avait un pot chez Charlie et comme on avait raté le précédent, on s'est dit qu'on ferait mieux de...

— Madeleine était là ?

— Oui. Très en beauté. Pas trop maigre comme certaines filles de nos jours.

— Elle avait l'air heureuse ?

Sa mère eut l'air déconcertée.

— Je ne sais pas. Elle devait s'ennuyer ferme. Tu sais comment se passent ces réunions de famille. Les anciens ressassent leur passé glorieux...

— Elle bavardait avec ses parents ? Tout avait l'air normal ?

— Ma chérie, je suis désolée. J'ai à peine échangé deux mots avec cette jeune fille.

Après s'être régalée des délicieux petits plats concoctés par sa mère, Lydia prit congé de son père dans le salon. Il fixait l'écran éteint de la télévision. Peut-être observait-il son propre reflet, plongé dans ses pensées ?

— On reste en contact, promit-elle à sa mère en l'embrassant sur le pas de la porte.

Les cheveux blond cendré de Susan encadraient son visage et elle avait fardé ses lèvres de rouge vif. Elle n'avait rien perdu de sa beauté, même si de fines rides marquaient son front et le contour de ses yeux. Elle avait l'air inquiète.

— Tu pourras te libérer pour venir déjeuner le week-end prochain ?

— Je vais essayer. Je t'enverrai un texto.

Sa mère fit la grimace.

— Appelle-moi. Je préfère entendre le son de ta voix.

Lydia l'étreignit de nouveau.

Sa mère s'écarta pour mieux la voir.

— Tu sais que tu peux t'installer chez nous. Ton père va s'en sortir.

Lydia avala sa salive.

— Merci, mais le bistrot me convient très bien.

Le pli sur le front de sa mère s'accentua.

— Et ton travail en Écosse ? Je n'aimerais pas que tu le perdes.

— Aucun risque, répondit Lydia, soudain pressée de partir.

C'était le problème avec les parents. Leur amour était un poids. Rassurant, solide, nécessaire, mais pesant tout de même.

CE SOIR-LÀ, LYDIA SE RETROUVA SEULE DANS LE BISTROT désert. Elle avait effectué une razzia dans le congélateur et fait cuire quelques pâtisseries d'Angel au four. Puisque Charlie insistait pour employer une cuisinière, elle n'avait pas l'intention d'acheter ni de préparer son dîner. Pour accompagner son repas, elle sortit une bière du frigo et s'installa dans le box qu'elle avait partagé avec Charlie un peu plus tôt. Elle pouvait encore sentir le léger résidu des Crow sur la banquette. Ses sens étaient-ils plus aiguisés à Londres, ou était-ce la preuve du pouvoir de Charlie ?

Une silhouette sombre se profila devant la porte d'entrée ; Lydia sentit son cœur s'emballer. Pendant une fraction de seconde, elle crut apercevoir un oiseau noir géant au bec acéré, légèrement recourbé, tandis que les histoires du Corbeau de Nuit, le fléau mythique des Crow, lui revenaient en mémoire. La forme bougea et cogna au battant de la porte, dissipant l'illusion.

— Désolé de vous déranger, je passais par là et j'ai vu de la lumière.

L'inspecteur Fleet était vêtu d'un manteau de laine gris par-dessus un costume sombre, ses courts cheveux noirs trempés de pluie.

— Que puis-je faire pour vous à cette heure tardive ? questionna Lydia, qui s'en voulait d'avoir laissé libre cours à son imagination.

Revoir son père faisait toujours resurgir de vieux souvenirs, des histoires magiques mettant en scène le Corbeau et des esprits vengeurs.

L'inspecteur sourit comme s'il s'agissait d'une plaisanterie.

— Je voulais m'assurer que vous alliez bien après ce qu'il s'est passé hier.

La veille. Elle avait failli se faire tuer par un homme armé. Lydia chercha une réponse adéquate qui exprime ses émotions, ses sentiments. L'exaltation d'une expérience de mort imminente, l'intervention d'un vrai fantôme, en chair et en os, le premier moment de terreur suivi d'un étrange sentiment de liberté, telle une cargaison inattendue échouée sur une plage.

— Je vais bien, affirma-t-elle.

Fleet la dévisageait avec insistance, comme s'il s'efforçait de déchiffrer une énigme. Lydia se demanda si c'était une nouvelle tactique policière. Endormir le suspect avec une visite amicale à des heures indues avant de le piéger par un interrogatoire au pied levé. Même si elle n'avait rien fait qui puisse éveiller des soupçons, puisque c'était elle, la victime.

L'inspecteur sortit une bouteille de vin d'un sac de supermarché.

— Je vous ai apporté un petit cadeau pour pendre la crémaillère.

— Je croyais que vous passiez par hasard.

Elle nota les petites rides au coin de ses yeux quand il

souriait. Comment s'y prenait-il pour avoir l'air si parfaitement à l'aise ?

— D'accord, admit-il. J'ai acheté du vin pour mon dîner, raison pour laquelle il est si joliment emballé. Mais mon offre tient toujours...

Lydia pesa le pour et le contre, songeant à l'éventualité que l'inspecteur puisse disparaître une fois de plus. Elle finit par décider qu'un contact dans la police lui serait utile, sans parler du fait qu'elle était curieuse de connaître le véritable motif de sa visite. Elle passa derrière le comptoir pour chercher des verres à vin et opta pour d'épais gobelets à jus de fruit qu'elle essuya à l'aide d'un torchon.

Elle déboucha la bouteille, remplit les verres, en posa un devant l'inspecteur et prit place en face de lui.

Il leva le sien en guise de salut et y trempa les lèvres en examinant la pièce comme s'il cherchait quelque chose.

— Cet endroit n'a rien perdu de son charme d'autrefois, commenta-t-il. Il suffirait d'une couche de peinture et d'un bon coup de balai pour lui donner une nouvelle jeunesse.

Lydia se demanda quand il en viendrait au fait.

— Il ne m'appartient pas et je ne compte pas m'attarder ici, se surprit-elle à dire, comme si ça le regardait.

— À cause du cambriolage ?

— Non. Je n'ai pas l'intention de tenir un café. Je pense rester deux ou trois semaines, le temps de trouver autre chose.

— L'endroit appartient toujours à votre oncle Charles Crow ?

Lydia sirota son vin en le fixant par-dessus le bord de son verre.

— Vous passiez dans le coin, hein ? Que voulez-vous savoir au juste ?

— C'était une façon d'engager la conversation.

— Vous m'avez dit que vous aviez grandi dans le quartier et que vous veniez ici avec votre tante, n'est-ce pas ?

— C'est vrai, confirma-t-il avec chaleur, comme s'il évoquait de bons souvenirs.

— Poser des questions au sujet de Charles Crow n'a rien d'anodin, vous le savez, n'est-ce pas ?

Il posa son verre.

— Je vous présente mes excuses.

Lydia liquida son verre d'un trait.

— Vous feriez mieux de partir.

Il finit son verre à son tour.

— C'est mon travail de poser des questions. Et de protéger mes concitoyens par la même occasion. Avez-vous besoin de protection ? ajouta-t-il en se penchant pour lui prendre la main.

Lydia considéra l'énorme paume qui enveloppait la sienne. Sa peau était chaude, sèche et somme toute agréable. Il la lâcha quand elle fit mine de la retirer.

— Non, merci, dit-elle.

Il se décida à se lever, mais au lieu de gagner la sortie, il se dirigea vers le fond de la salle, passa derrière le comptoir et poussa la porte menant à la cuisine avant que Lydia ne puisse l'en empêcher.

— Eh là, arrêtez ! s'écria-t-elle en se précipitant derrière lui.

Immobile au milieu de la pièce, Fleet promenait un regard attentif alentour.

— Vous n'avez pas le droit, insista Lydia. Pas sans un mandat.

— J'ai l'impression d'entendre votre oncle.

— Je ne sais pas ce que vous cherchez, mais je vous assure que personne n'a mis les pieds ici depuis des années. Il n'y a rien à voir.

— Je ne sais pas, dit-il avec un regard pénétrant qui lui fit battre le cœur.

On aurait dit qu'il lui lançait un défi. Lydia redressa les épaules et s'obligea à le regarder en face.

— Est-ce la façon qu'ont les flics véreux de percevoir des pots-de-vin, ici ?

Il eut l'air choqué, puis coupable.

— Il s'agit d'une visite privée, je croyais avoir été clair à ce sujet. Je vois que je me suis trompé. Je vous présente mes excuses. Je m'en vais et je ne vous importunerai plus.

Elle le raccompagna à la porte, déconcertée par son brusque revirement d'humeur.

— Bonne nuit, mademoiselle Crow.

Elle ferma la porte et la verrouilla, certaine que l'inspecteur n'était pas venu dans l'intention de flirter et que son départ soudain n'avait rien à voir avec ce qu'elle lui avait dit. Il était venu chercher quelque chose et, soit il avait fait chou blanc, soit il l'avait trouvé. Lydia examina le café vide, tâchant de voir les lieux à travers le regard de l'inspecteur. Au bout de quelques minutes, elle renonça à lire dans l'esprit d'un flic et monta se coucher. Elle allait retrouver Maddie et reprendrait le cours normal de sa vie. Peu lui importait ce que l'inspecteur Fleet pensait ou croyait savoir à son sujet.

CHAPITRE CINQ

Lydia savait que l'oncle Charlie avait le bras long et de nombreuses relations parmi les détectives, les caïds et probablement aussi des policiers conciliants ; il n'avait donc pas besoin de ses services. Elle ne croyait pas à la disparition de Madeleine. Qu'est-ce que Charlie pouvait bien manigancer ? En admettant que sa cousine coure vraiment un danger, il était inconcevable que son oncle confie l'enquête à une novice comme elle. À l'évidence, Charlie avait une arrière-pensée en se prêtant à cette farce, sans doute pour l'attirer dans l'entreprise familiale. Le refus d'Henry Crow de perpétuer l'héritage de son grand-père et d'élever son enfant unique à l'écart de Camberwell était loin d'avoir fait l'unanimité.

D'un autre côté, Lydia se trouvait en congé sans solde et dans une situation financière critique, de sorte qu'elle était prête à tout, même à un job bidon pour son sinistre parent, pourvu que ce soit à bonne distance d'Aberdeen. Elle résuma ces faits à Emma, occupée à découper des bâtonnets de carottes et de concombres avec des cubes de fromage pour ses enfants.

— Que s'est-il passé à Aberdeen ?

Lydia considéra les petits, penchés sur un appareil en plastique vert vif dont l'écran émettait de drôles de sons, ponctués de temps à autre par un joyeux « très bien ! », lancé par une voix à l'accent américain.

— Arrêtez ça et mangez ! leur enjoignit leur mère. Vous terminerez le puzzle après.

L'appareil émit un bruit sourd quand ils l'abandonnèrent pour se mettre à table.

— C'est compliqué, admit Lydia, ne se sachant trop par quoi commencer à cause des enfants.

— Tu as fait une bêtise ? demanda Archie.

Lydia n'en revenait pas – qui eût cru que le gamin écoutait leur conversation avec son menton barbouillé de houmous et trois bâtonnets de carottes serrés dans son poing ?

— Non, mais quelqu'un est fâché contre moi.

— Pourquoi ? reprit le petit garçon, en fourrant pensivement la purée de pois chiches dans sa bouche.

— Euh...

Lydia s'efforça d'imaginer une version cohérente des faits avant d'abandonner en désespoir de cause.

— Tu lui as donné un coup sur le nez ? insista Archie, qui avait de la suite dans les idées.

Lydia se pencha et fit apparaître une pièce derrière l'oreille de l'enfant.

Il écarquilla les yeux quand elle la lui fourra dans la main. Sa sœur poussa un cri strident.

— Moi aussi !

— D'accord, dit Lydia, mais il faut être très très sage et ne pas faire de bruit.

Maisie se pétrifia sur sa chaise, telle une statue mourant d'envie de se manifester bruyamment. Lydia tendit le bras et tâta l'oreille droite de la petite.

— Il n'y a rien ici, c'est curieux...

Au moment où l'excitation et l'anticipation qui se lisaient

sur la frimousse de la fillette commencèrent à se muer en incertitude, Lydia passa à l'oreille gauche.

— Et voilà ! s'écria-t-elle en pêchant une pièce d'or qu'elle lui tendit.

— Un de ces jours, il faudra que tu me dises comment tu t'y prends, dit Emma.

— Un tour de main et des années de pratique, expliqua Lydia avec détachement.

Plus tard, pendant que les enfants regardaient la télévision au salon après le goûter, Lydia lava la vaisselle, tandis qu'Emma nettoyait la table. Après quoi, elle sortit du frigo la bouteille de vin blanc qu'elle avait apportée et mise à rafraîchir.

Le visage de son amie s'illumina.

— Tu as toujours des idées géniales.

— Souviens-toi de ce que tu viens de dire, fit Lydia en remplissant les verres.

Elle adorait Maisie et Archie, mais au bout de trois heures passées en leur compagnie, elle était sur les genoux et se demandait comment Emma se débrouillait pour tenir le coup.

— Donc, l'un des types que je filais n'a pas encaissé les preuves que j'ai recueillies et il m'a menacée, expliqua-t-elle.

— Comment a-t-il su que c'était toi ?

Lydia avala une généreuse rasade de vin.

— Par sa femme.

— Elle t'avait engagée, c'est ça ?

Lydia acquiesça.

— Génial, commenta Emma.

— Elle comptait gagner le gros lot en divorçant, mais il l'a convaincue de changer d'avis. Aux dernières nouvelles, ils nagent dans le bonheur. Ce sont des choses qui arrivent.

Quoique pas très souvent. Son expérience en la matière était limitée, mais il y avait forcément des exceptions.

— Elle t'a embauchée pour établir qu'il la trompait ? insista Emma.

Lydia hocha la tête.

— Elle le savait, ou du moins, elle s'en doutait, mais elle voulait des preuves concrètes. D'après elle, il trouverait le moyen de s'en sortir grâce à de faux prétextes et elle n'avait pas l'intention de se laisser faire.

Lydia se figurait cette femme assise dans le bureau de l'agence, les yeux secs, la coupe soignée. Le pire était passé et elle avait fini par se résigner, contrairement à ces malheureuses aux yeux rougis qui refusaient l'évidence. Elles craignaient que leur mari ou petit ami ne les trompent, tout en espérant que Lydia leur prouverait qu'ils faisaient du bénévolat dans un refuge pour chats, par exemple. Mme Carter était d'une autre trempe. Lydia aurait parié qu'elle comptait se servir du rapport d'enquête pour traîner son époux en justice. Ce qui prouvait à quel point elle-même était ignorante en matière de mariage. Et que parier était une mauvaise idée. Apparemment, les deux tourtereaux s'apprêtaient à passer une seconde lune de miel sur une plage à Sainte-Lucie.

— Je me suis dit que j'aurais intérêt à me faire discrète jusqu'à leur départ, expliqua-t-elle. À leur retour, tout dégoulinants d'amour, j'espère qu'ils auront oublié leur idée de vengeance.

— Je ne comprends pas... Donc les preuves que tu as produites étaient insuffisantes, puisque ce type a réussi à tirer son épingle du jeu.

Lydia songea aux photos explicites et à la vidéo de vingt secondes — les plus longues de sa vie.

— Pas du tout. Elles étaient irréfutables.

— Mince alors ! Ton boulot, ça craint. Tu as pensé à changer de voie ?

Lydia ébaucha un sourire, que la fatigue et un début d'ivresse transformèrent en grimace.

— Désolée, Lyds, je plaisantais. Quelque chose ne va pas ?

Lydia prit une profonde inspiration avant d'évoquer son visiteur indésirable de la veille.

Secouée, Emma l'accabla de questions, si bien que Lydia se félicita d'en avoir parlé. Elle se sentait beaucoup mieux. Elle termina par une description détaillée du flic sexy, mais Emma ne l'écoutait plus.

— Mon Dieu ! Ce type était armé ?

Lydia vida son verre d'un trait, s'en versa un autre et remplit celui d'Emma dans la foulée.

— Exactement !

— Et il a basculé par-dessus la balustrade ?

— Oui, c'était très bizarre.

Lydia préféra mentir par omission. Elle n'allait quand même pas mentionner le sujet épineux du fantôme. Emma était sa meilleure amie et elle ne voulait pas risquer de la perdre.

Emma secoua la tête.

— Ta vie est complètement dingue.

La routine, quoi !

— Je n'arrive pas à croire que tu ne m'aies pas avertie tout de suite. Une agression à main armée, le soir même de ton retour à Londres ! Il y avait une chance sur mille pour que cela arrive !

Lydia se figea, son verre à mi-chemin de ses lèvres. Bien vu ! Personne à Aberdeen ne connaissait sa destination, mais cela ne voulait rien dire. Les téléphones étaient traçables, elle aurait pu être géolocalisée...

Emma la dévisagea avec inquiétude.

— À quoi penses-tu ?

— Je me demande si c'était une coïncidence. Soit ce type a quelque chose à voir avec mon job dans le Nord, soit c'est la Famille qui l'a engagé. Je ne l'ai pas identifié, mais j'avais si peur que j'étais probablement incapable de reconnaître son visage.

— Ça ne me dit rien qui vaille.

— À moi non plus.

Dans le train qui la ramenait à Camberwell, Lydia flottait dans une douce euphorie, alimentée par le vin et sa conversation avec Emma. Elle profita du trajet de la gare au café, qu'elle effectua à pied, pour faire le point sur sa situation. Elle s'était essayée à d'autres domaines d'activité (l'un des avantages à être dépourvue de pouvoirs magiques.) Elle avait travaillé dur et excellé à l'école, jusqu'au jour où, comprenant qu'elle n'irait pas à l'université, elle s'était limitée au strict minimum. Après quoi, elle s'était mis en tête d'apprendre un métier manuel. Elle avait suivi une formation d'électricien, pensant que cela pourrait déboucher vers un autre genre d'énergie, mais elle en avait eu vite assez des diagrammes et autres exposés sur la sécurité et elle s'était sentie plus impuissante que jamais. Après avoir travaillé sans réelle conviction comme serveuse, assistante comptable et toiletteuse pour chiens, elle avait fini par se tourner vers la profession de détective privé. Elle ne savait absolument pas à quoi s'attendre, sinon qu'elle n'avait pas trouvé sa vocation dans l'arrière-boutique de *Pattes Blanches*. Hésitant entre chauffeur de poids lourd et détective privé, elle avait tiré à pile ou face.

Un an plus tard, elle commençait à trouver ses marques et ne commettait plus guère d'erreurs à ce stade, quand avait surgi son différend avec M. et Mme Carter. C'était profondément injuste. Si une fée de carrière existait, elle ne s'était pas penchée sur son berceau.

Elle gravit l'escalier menant à la sortie de la station Denmark Hill, émergea dans la rue malodorante et décida d'appeler sa patronne. Elle ne pouvait différer davantage le moment de lui parler, d'autant qu'elle avait lu quelque part que prendre l'initiative de téléphoner permettait d'avoir plus d'assurance au bout du fil. À cet instant précis, elle avait besoin de tous les atouts possibles. Elle s'arrêta dans un abri bus, redressa les épaules et pressa le bouton d'appel. Karen décrocha presque aussitôt.

— C'est Lydia, dit-elle. (Elle avait changé de portable et par conséquent Karen n'avait pas son nouveau numéro.)

— Vous ne commettez pas d'imprudence, j'espère ? déclara sa patronne.

— Bien sûr que non, répondit Lydia, vexée.

— C'est le calme plat ici. Il n'y a pas grand-chose à se mettre sous la dent.

Tant mieux. À moins que cela ne signifie que l'action l'avait suivie à Londres.

— Comment allez-vous ?

Karen n'étant pas du genre à s'apitoyer, Lydia en déduisit qu'elle lui posait la question pour la forme.

— Je pense revenir dans deux semaines. Ça devrait suffire.

— Parfait. Je ne pourrais pas vous garder le poste plus longtemps, de toute façon.

— Je comprends, fit Lydia, l'estomac noué.

C'était prévisible. Deux semaines, ce n'était pas très long. Mais au cas où elle ne parviendrait pas à retrouver Maddie saine et sauve dans les plus brefs délais, perdre son travail serait le dernier de ses soucis. Et si ses soupçons concernant un coup monté s'avéraient infondés et que quelqu'un ait réellement cherché à s'en prendre à Madeleine Crow, Londres serait inévitablement à feu et à sang.

Lydia passa devant sa Volvo, de la taille d'un bateau, stationnée à trois rues du restaurant. Elle n'avait pas trouvé une place de parking plus proche. Au passage, elle en profita pour vérifier que tout allait bien. Même si elle n'avait pas bu d'alcool, elle n'aurait pas essayé de la déplacer. Inutile de s'encombrer l'esprit de détails sans importance.

Well Street, qui tenait son nom de l'époque où Camberwell s'accrochait encore à ses racines de village assoupi, était une artère typique de Londres. Les façades victoriennes et géorgiennes surmontaient les vitrines des bookmakers et des salons de coiffure. On y trouvait aussi un pub pimpant, rénové et transformé en restaurant gastronomique, un marchand de journaux et même une quincaillerie à l'ancienne qui vendait de tout, depuis des vis jusqu'aux extensions de cheveux. Il y avait également une agence de la société Silver dont les bureaux, situés dans la rue la plus chic de Camberwell, possédaient des fenêtres donnant sur le parc.

Lydia n'avait pas l'intention de s'attarder, mais les fruits aux couleurs vives exposés devant l'épicerie avaient l'air si alléchants qu'elle éprouva une brusque envie de sucre, quelque chose de juteux et de nourrissant. Elle ne s'y attendait pas, elle qui était plutôt accro aux nourritures grasses ou aux boissons alcoolisées pour éviter de trop réfléchir. À l'extérieur, un étal présentait des fraises, des abricots, des raisins et des prunes, joliment disposés dans des cagettes garnies de feuilles factices en plastique brillant avec de petits écriteaux noirs affichant les prix. Pourtant, il fallait généralement plus qu'un style digne d'Instagram pour inciter Lydia à ingérer des vitamines et, en y regardant de plus près, elle s'aperçut que ces fruits avaient quelque chose de particulier. Ils avaient l'air délicieux et si tentants....

À l'intérieur, l'odeur était enivrante. Fraîche. Sucrée. Délicieuse. Au parfum d'agrumes acidulé se mêlaient des fragrances tropicales et des senteurs de pomme. Lydia éprouva l'envie irrésistible d'attraper l'un des paniers en osier empilés à l'entrée et de le remplir à ras bord. Elle aurait voulu planter les dents dans une énorme pêche blanche, imaginait le jus couler dans sa gorge de façon parfaitement réelle, comme si tout cela s'était vraiment produit. Elle prit conscience qu'elle était plantée au milieu de la boutique, les yeux clos, et s'obligea à les rouvrir. Elle tenait une pêche à la main, à quelques centimètres de sa bouche. La peau duveteuse ne ressemblait à aucune étoffe qu'elle connaissait, de la plus belle couleur qu'elle ait jamais vue.

Il se passait vraiment quelque chose de curieux. Elle éloigna délibérément le fruit de sa bouche et dut faire appel à toute sa volonté pour le reposer.

Elle se sentit observée. Il n'y avait pas de comptoir, mais une caisse à côté d'une balance posée sur une haute table de bar ronde, derrière laquelle une adolescente était perchée sur un tabouret, lequel paraissait également provenir d'une boîte de nuit. Les cheveux noirs et brillants de la fille étaient noués en une queue de cheval lâche sur le côté. Ses yeux outrageusement fardés de khôl soulignaient le blanc de ses yeux. L'effet était saisissant.

— J'aime beaucoup votre boutique, se surprit à dire Lydia.

Elle ignorait ce qui l'avait poussée à prononcer ces mots, mais elle avait du mal à réfléchir. L'envie de mordre dans une pêche, une prune ou de croquer une pomme l'emportait sur toute pensée cohérente.

La fille inclina la tête, le visage fermé.

C'est alors que Lydia la vit et que tout s'éclaira. Une perle étincelante était fixée au deuxième piercing de son oreille gauche. Lydia était entrée dans une boutique appartenant à la famille Pearl. Pas étonnant qu'elle ait eu envie de tout acheter.

Elle sourit avec un léger hochement de tête, pour ne pas paraître impolie, puis gagna la porte. Les marchandises l'appelaient irrésistiblement, lui mettant l'eau à la bouche, son estomac criait famine, mais le brouillard qui embrumait son cerveau commençait à se dissiper. Suffisamment, en tout cas, pour reprendre le contrôle d'elle-même et se glisser dehors.

Lydia s'éloigna à bonne distance sans oser se retourner. Elle nota mentalement de ne plus passer devant la boutique et se promit, à l'avenir, de traverser la rue en détournant les yeux. L'intensité de ce qu'elle venait de vivre était incompréhensible. Depuis quand les Pearl étaient-ils devenus si puissants ?

CHAPITRE SIX

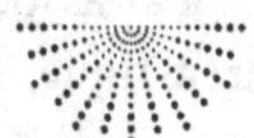

De retour à *La Fourchette*, Lydia faillit trébucher sur une caisse de détergents, mystérieusement apparue près de la porte, et gravit l'escalier menant à l'étage. Elle avait monté ses bagages avant de se rendre chez Emma, mais au moment de les défaire, elle décida d'inspecter chaque pièce à la recherche du fantôme.

— Hé vous, si vous êtes là, ne vous avisez pas de débarquer à l'improviste ! s'égosilla-t-elle. Je ne suis pas d'humeur.

Elle patienta quelques instants. Rien ne se produisit.

Après avoir déballé ses affaires, Lydia se rendit sur Internet afin de consulter les réseaux sociaux de Madeleine. Sa cousine de 19 ans possédait une page Facebook mais, comme la plupart des jeunes de son âge, elle ne semblait guère l'utiliser. Elle y avait posté quelques photos d'elle-même, bras dessus bras dessous avec des amies. Elle figurait également sur un cliché pris à Ibiza, sur la plage, avec la légende : « La bande de St A s'éclate ». La photo montrait un groupe de jolies filles bronzées en bikini, St A faisant allusion à St Anne's, l'école privée qu'avait fréquentée sa cousine. Madeleine ne souriait pas à l'objectif, mais fixait un point situé hors champ, ce qui lui donnait un air amusé et pensif à la fois. Était-ce là l'image d'une fugueuse ?

Pouvait-on d'ailleurs s'enfuir de son domicile à 19 ans ? Lydia imagina un dialogue avec les enquêteurs à ce sujet. « La jeune fille a 19 ans ? Et elle n'a pas donné de ses nouvelles à sa famille depuis une semaine ? » Une pause. « Vous prenez du crack ? » Par association d'idées, elle pensa à Fleet qui, d'un ton sarcastique, s'étonnerait qu'elle s'inquiète pour une personne adulte aux abonnés absents depuis sept jours. Elle se rappela sa voix grave et virile. C'était plutôt... agréable. *Ressaisis-toi, Lydia.*

Elle s'ébroua et se concentra sur l'écran. Madeleine n'apparaissait pas sur Twitter, du moins pas sous son vrai nom, et son Snapchat n'était accessible qu'aux utilisateurs faisant partie de sa liste d'amis. Lydia envoya une demande accompagnée du message : « Salut, cousine ». Maddie n'avait pas alimenté son compte Instagram depuis huit jours. Le dernier post était une photo artistique représentant deux grands verres remplis d'un liquide clair et pétillant, parsemé dc grains de grenade écarlates. Les mots-clés utilisés étaient #boissonspouradultes #deveniradulte et #cocktailfun.

Lydia étudia longuement le cliché, en quête d'indices susceptibles d'identifier le bar où il avait été pris, avant de s'apercevoir que l'un des hashtags indiquait le lieu. #Foxy. Elle fit défiler les photos jusqu'à ce qu'elle tombe sur une boîte d'allumettes ornée de lettres dorées en relief indiquant Club Foxy, sous un logo représentant la tête stylisée d'un renard. Au soulagement qu'elle éprouva en constatant qu'il ne s'agissait pas d'un club de strip-tease (à Aberdeen, le mot « foxy » désignait invariablement des femmes se trémoussant en mini-shorts sur un podium glauque, quand ce n'était pas dans un bordel) succéda la révélation qui aurait dû lui sauter aux yeux... Le Club Foxy pouvait renvoyer à la famille Fox. Il fallait qu'un commerçant de Camberwell ait un sacré toupet pour nommer son établissement « Foxy » s'il n'était pas lié aux Fox de près ou de loin.

— Merde ! s'exclama-t-elle.

— Surveillez votre langage !

Lydia sursauta en voyant le fantôme se matérialiser près du canapé.

— Vous allez me faire mourir de peur si vous continuez à vous manifester de cette façon.

— Désolé, fit le fantôme d'un ton acerbe, les mains sur les hanches. Voilà des heures que j'essaie d'attirer votre attention. Ce n'est pas ma faute si vous ne m'entendiez pas.

Lydia ne put réprimer un frisson d'effroi.

— Vous êtes là depuis longtemps ?

Elle eut un haut-le-cœur quand le garçon hocha la tête.

Il passa derrière le canapé et se pencha pour mieux voir l'écran de l'ordinateur.

— Pourquoi avez-vous poussé un juron ? À quoi pensiez-vous ?

Lydia cliqua pour fermer la fenêtre du navigateur en se demandant pourquoi elle se donnait cette peine. Le secret était devenu une seconde nature chez elle, mais à qui allait-il le dire ? À ses copains fantômes ?

— Parlez-vous à d'autres personnes ?

— Je vous répète qu'on ne peut pas me voir.

— Non. Je voulais dire... (Elle faillit ajouter « à des défunts », mais se ravisa. C'était un peu trop brutal) à d'autres esprits.

Le fantôme traversa le canapé pour venir s'asseoir près d'elle. Il posa les mains sur ses genoux, la tête baissée.

— Je n'ai parlé à personne depuis ma mort, déclara-t-il au moment où Lydia commençait à désespérer d'obtenir une réponse.

— Je suis navrée.

Il la dévisagea et elle vit les larmes qu'il retenait briller dans ses yeux. Il les essuya d'un revers de main en reniflant.

— J'essaie de retrouver ma cousine, enchaîna-t-elle. Elle a 19 ans et on ne l'a pas vue depuis plusieurs jours.

Le garçon se redressa, intéressé.

— Vous croyez qu'elle est morte ?

— Non !

Son statut de fantôme lui faisait oublier le sens des convenances, semblait-il. À moins qu'il ne soit complètement indifférent. Un assassin insensible. Embarrassée, elle s'obligea à se montrer plus amicale. Elle rouvrit la fenêtre du navigateur et orienta l'écran vers lui.

— J'essaie de découvrir ce qu'elle faisait avant de disparaître et je suis tombée sur cette photo.

Elle sentit le fantôme s'approcher, tandis que la température baissait sensiblement.

— Elle était en boîte de nuit ?

— Apparemment. Il n'y a là rien d'extraordinaire, mais...

Le fantôme fixait l'écran, le front plissé sous l'effet de la concentration.

— Foxy ? On dirait...

— Exactement, coupa Lydia. Quand oncle Charlie a interrogé les amis de Madeleine, je parie qu'ils se sont bien gardés de lui dire où ils avaient fait la fête.

Le fantôme siffla entre ses dents. Saisie d'un frisson, Lydia grimaça.

Le garçon se pencha vers elle, ses traits déformés n'avaient plus grand-chose d'humain.

— Vous croyez que ça m'amuse d'être comme ça et que je ne préférerais pas être en vie ?

— Peut-être, mais j'aimerais mieux ne pas être hantée par un fantôme. Je vous conseille de prendre la tangente. Je n'ai pas besoin d'un colocataire mort-vivant. J'ai envie de paix et de tranquillité sans risquer un arrêt cardiaque toutes les cinq minutes.

Le fantôme s'écarta avec une crispation de souffrance.

— « Prendre la tangente » ? Vous avez de drôles d'expressions.

Lydia tenta vainement de réprimer son irritation.

— Appelez ça comme vous voulez, pourvu que vous fichiez le camp de ma maison.

Il leva un doigt, un deuxième, puis un troisième.

— Primo, vous n'êtes pas chez vous. Secundo, ce n'est pas une maison et tertio, je n'irai nulle part.

— On dirait un petit frère assommant. Heureusement que je suis fille unique !

— Dire que j'ai enfin trouvé un être humain vivant à qui parler après trente ans de solitude pour découvrir que c'est une parfaite crétine.

Sur ce, il s'évapora aussi subitement qu'il était apparu, ce qui était somme toute une façon plutôt lâche de mettre fin à la discussion.

LYDIA SE RÉVEILLA DANS LA CHAMBRE VIDE ET TENDIT machinalement la main vers son téléphone. Aucun message. Elle se rallongea et fit défiler ses e-mails. Karen lui avait envoyé un message à 8 h 15, l'informant qu'elle n'était plus l'interlocutrice privilégiée de la compagnie pétrolière qui avait passé un contrat avec l'agence. C'était logique, puisqu'elle n'était plus joignable à toute heure. Pourtant, elle eut du mal à encaisser le choc. Elle y était entrée comme stagiaire et Karen l'avait embauchée la semaine suivante. Elle l'avait formée et rémunérée pour décrocher son BTEC. Lydia pensait avoir enfin trouvé sa place dans le monde.

Et voilà qu'elle se retrouvait à Camberwell, le fief des Crow qu'elle voulait fuir comme la peste, le lieu des réunions familiales tendues et des virées nocturnes d'une ado rebelle. Investie d'une mission par son oncle Charlie. Elle se sentait complètement dépassée par les événements. Pourtant, elle avait fait de gros progrès en matière d'investigation et avait même quelques succès à son actif, avec toutefois le soutien de l'agence et les conseils de Karen. À présent, elle n'était pas certaine de pouvoir se débrouiller seule. Elle s'était dit que Charlie avait inventé un prétexte pour la faire revenir à Londres et était loin d'imaginer qu'il y avait un réel problème à résoudre.

L'estomac noué, Lydia envisagea cette éventualité. Et si Madeleine était vraiment en danger ? On était sans nouvelles depuis presque huit jours. Une rapide vérification en ligne confirma qu'elle n'avait toujours pas communiqué sur les réseaux sociaux. Charlie savait se montrer persuasif, aussi s'étonnait-elle que les parents de Madeleine, sa tante Daisy et son oncle John, n'aient pas insisté pour appeler la police.

Elle enfila son jean slim préféré, un haut noir en soie à col échancré, et compléta avec une touche de rouge à lèvres. Elle attrapa son blouson en cuir, descendit l'escalier et traversa le café, heureusement désert, où régnait une forte odeur de javel.

Alors qu'elle verrouillait la porte d'entrée, elle aperçut le fantôme derrière la vitre. Son visage avait la pâleur d'un reflet au fond d'une piscine. Il la salua tristement et Lydia se sentit un peu gênée de ne pas lui avoir dit au revoir. « À tout à l'heure », marmonna-t-elle en agitant la main. Loger à *La Fourchette* lui avait bel et bien mis la tête à l'envers.

ELLE SE RAPPELAIT VAGUEMENT AVOIR RENDU VISITE À TANTE Daisy et à oncle John dans son enfance. Les Crow vivaient dans les environs de Camberwell, à l'exception de ses parents ou d'un membre banni à vie, qui s'était exilé le plus loin possible. On organisait régulièrement des réunions familiales, dîners à la bonne franquette, fêtes de Noël et du Nouvel An, barbecues l'été, gigantesques goûters d'anniversaire pour les enfants. Abstraction faite de la magie et du crime, on aurait dit une publicité de supermarché représentant la famille idéale. Lydia avait probablement gravi les marches de cette demeure, une main dans celles de ses parents et un cadeau enrubanné dans l'autre. Pour l'heure, elle n'en avait aucun souvenir. Elle sonna à la porte.

Elle se rappelait en revanche la femme qui lui ouvrit. Admirablement coiffée et maquillée, tante Daisy était telle qu'elle en avait gardé le souvenir avec dix ans de plus. L'inquiétude avait creusé son visage et aucun fard au monde n'aurait pu camoufler les cernes sous ses yeux rougis par les larmes.

— Lydia ! C'est toi ! Charles m'a prévenue de ta visite. Entre donc.

La maison où habitaient Madeleine et ses parents était une belle demeure bourgeoise de style géorgien, haute de plafond, qui avait conservé ses éléments d'origine. Un piano de cuisson trônait au milieu d'une cuisine spacieuse dont la large porte vitrée ouvrait sur une terrasse, aménagée de mobilier en rotin gris ardoise du dernier chic.

Daisy s'agita dans la cuisine. Elle prit des verres dans un placard, une bouteille d'eau pétillante dans le réfrigérateur et, dans une coupe posée sur le comptoir, un citron dont elle coupa deux rondelles.

— Désolée, je ne t'ai même pas demandé ce que je peux t'offrir à boire.

— C'est parfait, merci.

— John est dans son bureau, précisa Daisy, les lèvres pincées.

— Ici ?

Sa tante acquiesça.

— Il affirme qu'il doit continuer à travailler. Je ne sais pas comment il y arrive.

Elle posa les verres sur la table de la salle à manger et prit place à côté de la visiteuse. Elle parut se souvenir qu'elle s'adressait à Lydia, la fille de son cousin, et afficha un semblant de sourire.

— Assez parlé de moi. Donne-moi plutôt de tes nouvelles.

Lydia avala une gorgée d'eau avant de sortir son calepin et un stylo.

— Je suis là pour Madeleine.

Daisy cilla, l'air perplexe.

Lydia se demanda ce que Charlie avait bien pu lui raconter.

— J'ai travaillé comme détective en Écosse, enchaîna-t-elle. J'ai appris la disparition de Maddie et je suis revenue pour vous aider.

Ce n'était pas la stricte vérité, mais elle préférait lui servir une version un peu édulcorée. Sa tante Daisy qui régentait tout le monde tel un sergent-major n'était plus que l'ombre d'elle-même. L'inquiétude qui la rongeait pour sa fille chérie l'avait métamorphosée.

— Je savais que tu étais en Écosse, mais j'ignorais pour quelle raison, bafouilla-t-elle d'une voix éraillée.

Lydia se rappela que sa tante était terriblement nerveuse et stressée.

— Puis-je te poser quelques questions au sujet de Madeleine ?

Les yeux fixés sur la table, Daisy ne la regardait pas.

— Bien sûr, si tu le juges utile. J'ai dit à Charlie qu'il était grand temps d'appeler la police, mais il ne m'écoute pas. Il la juge inefficace. Or elle possède toutes sortes de moyens, aujourd'hui. La technologie, etc.

— Il m'a demandé de vous aider, répéta Lydia. Et il a raison à propos de la police. Madeleine a 19 ans, ce qui signifie qu'elle est légalement adulte et responsable de ses choix. Sauf si vous avez de bonnes raisons de croire qu'elle représente un danger pour elle-même ou pour quelqu'un d'autre, elle sera catégorisée comme étant à risque nul ou moyen, et on ne lui accordera qu'une faible priorité.

— Pas nous, rétorqua Daisy. Notre famille est encore influente, ils devront faire quelque chose. Nous avons des accords de longue date...

— Peut-être. Si je n'arrive à rien d'ici un jour ou deux, je conseillerai à Charlie de contacter la police.

Daisy parut visiblement soulagée devant la mine sérieuse qu'arborait sa nièce et la perspective d'avoir une alliée dans le bras de fer qui l'opposait à Charlie.

Lydia ouvrit son carnet à une page vierge.

— J'aurais besoin de quelques renseignements, si tu veux bien.

Sa tante agita la main d'un air à la fois incrédule et plein d'espoir.

— La dernière fois que tu l'as vue, comment était-elle ?

Daisy haussa les épaules dans un mouvement convulsif.

— Elle avait l'air en forme. Comme d'habitude.

— Vous vous entendiez bien ?

— Bien sûr. C'est devenu une merveilleuse jeune femme. Nous avons eu quelques moments difficiles quand elle était plus jeune, les crises d'adolescence habituelles, mais rien de grave depuis longtemps.

Lydia gribouilla quelques mots dans son carnet.

— Tu te rappelles ce qu'elle portait ce jour-là ?

Daisy écarquilla les yeux de surprise. Lydia se demanda si Charlie lui avait posé la même question ou si, au contraire, il s'en était abstenu.

— Je n'en suis pas sûre à cent pour cent, mais je crois qu'elle était en tenue de travail. Un tailleur-pantalon gris pâle en lin...

— Avait-elle un sac ? Un téléphone portable ?

— Évidemment qu'elle avait son téléphone. Maddie ne s'en séparait jamais, même pas pour aller aux toilettes.

— Un iPhone ? Je suppose que tu as activé l'application « Localiser mon appareil » ?

— Charlie s'en est chargé, répondit Daisy d'un air vague. Apparemment, ça n'a pas marché. Elle a dû éteindre son GPS, ou alors le téléphone était cassé ou quelque chose comme ça.

— Donc, c'était le matin avant qu'elle ne quitte la maison ? Peux-tu me parler de son travail ?

Daisy regarda ailleurs.

— Pour autant que je sache, elle est stagiaire chez Minty RP où on lui confie des tâches subalternes, servir le thé, etc. Pas exactement ce qu'elle espérait. Je lui ai dit qu'elle devait débuter en bas de l'échelle, faire ses preuves et qu'elle aurait davantage de responsabilités plus tard, mais je sais qu'elle était déçue.

— Et ses amis ? Pas de problème de ce côté-là ?

— Je ne crois pas.

Lydia avait assisté aux interrogatoires que menait sa chef. Karen posait des questions sans prendre de gants. Peut-être était-ce plus facile quand vous n'aviez pas votre tante en face de vous. Lydia avala sa salive avant de se lancer.

— Excuse-moi de te demander ça, mais Madeleine fréquentait-elle de nouvelles personnes ou de nouveaux endroits dernièrement ?

Daisy fronça les sourcils sans mot dire.

— As-tu observé un brusque changement d'humeur ? Ou de comportement ? S'était-elle repliée sur elle-même ? Avait-elle l'air malade ou fatiguée ?

— Elle était parfois un peu fatiguée après sa journée de travail.

Bon, trop subtil. Jette-toi à l'eau, Lyds.

— Elle se droguait ?

L'aura magique que Daisy dégageait était aussi visible

qu'une décharge électrique dans l'eau. D'instinct, Lydia repoussa sa chaise, prête à prendre ses jambes à son cou.

— Non, répondit sa tante d'une voix égale. Elle n'était pas stupide.

Lydia gribouilla un signe cabalistique dans la marge de son carnet, comme si ces questions indiscrètes étaient de pure routine.

— Elle se livrait à des jeux d'argent ?

— Non.

— Un ou une petite amie ?

— Charles me l'a déjà demandé, répondit Daisy sur un ton légèrement agacé.

— Et qu'as-tu répondu ?

Daisy lui jeta un regard scandalisé. Normal : la dernière fois qu'elles s'étaient vues, Lydia était une jeune fille taciturne de l'âge de la sienne. Et voilà qu'à présent, elle l'interrogeait sans vergogne sur son bébé adoré.

— J'ai besoin de toutes les informations possibles pour retrouver Madeleine, insista Lydia avec diplomatie. Je ne veux pas te blesser et je sais que cela peut te sembler curieux de me parler de ces choses-là, mais je suis une pro, je t'assure.

— D'accord, l'interrompit Daisy. Je n'ai rien à ajouter. Madeleine n'avait personne dans sa vie et elle n'en avait apparemment pas l'intention. Elle disait qu'elle pensait d'abord à sa carrière. « Je ne veux pas finir comme toi. » Je cite. C'est-à-dire comme moi, précisa-t-elle, la mine compassée.

— Je suis certaine qu'elle ne le pensait pas, riposta Lydia en notant « malheureuse à la maison ? » dans son carnet.

Daisy tamponna ses yeux parfaitement secs.

— Et moi, je suis sûre du contraire. Elle ne ratait jamais une occasion de me rappeler combien mes choix étaient désastreux, absurdes et regrettables, alors qu'elle avait une mère aimante à son entière disposition.

Lydia referma son calepin.

— Je peux utiliser la salle de bains ?

— Bien sûr. En haut, à droite.

— J'en profiterai pour saluer oncle John.

— Son bureau est au troisième étage, la porte en face de l'escalier. N'oublie pas de frapper avant d'entrer.

— Entendu.

Ayant trouvé une bonne excuse, Lydia s'empressa de s'éclipser. Les premières portes qu'elle ouvrit étaient celles de la salle de bains et d'un placard à linge ; la troisième était la bonne. C'était à l'évidence la chambre de Madeleine car on y captait clairement les vibrations d'une jeune fille. Les strates de l'enfance et de l'adolescence étaient toujours visibles – des peluches (elles n'étaient plus amoncelées sur le lit, bien sûr, mais sur une étagère de la bibliothèque, comme pour veiller sur les livres) et une coiffeuse débordant de sprays colorés pour le visage et corps, ainsi que de luxueux flacons de parfum.

Des vêtements jonchaient le sol ou s'empilaient sur une chaise, dans un coin. Une rapide inspection sous le lit, entre le matelas et le sommier, ne révéla rien, sinon qu'on avait soigneusement passé l'aspirateur sous les meubles. Le dressing était plein à craquer de vêtements et de chaussures rangées dans des boîtes avec des photos collées sur le devant. Cette magnifique collection digne de Martha Stewart était complétée par une pile de baskets, d'escarpins et de hauts talons entassés par terre, sous les étagères.

Lydia avisa un ordinateur portable sur le bureau et nota avec envie la marque et le modèle. Elle ouvrit le couvercle en croisant les doigts pour que Madeleine veille aussi peu à protéger sa connexion Internet qu'à ranger ses affaires. Il n'y avait pas de code pour déverrouiller le système et quand Lydia lança le moteur de recherche et tapa la première adresse mail qui lui vint à l'esprit, le navigateur la compléta automatiquement. Elle pressa la touche « entrée » et la messagerie de sa cousine s'afficha sur l'écran. Elle parcourut la page, notant les noms des correspondants les plus fréquents. Les e-mails provenaient pour la plupart d'amis qui demandaient « Ça va, ma belle ? » etc. Lydia rechercha le plus récent comportant l'icône « répondu » et cliqua dessus.

Salut Madeleine.

Je suis désolée que ça n'ait pas marché ici et je désapprouve la façon dont on a géré la situation. Tu vas nous manquer au bureau et je voulais te souhaiter bonne chance.

Si tu as envie de prendre un café un de ces jours, j'aimerais bien qu'on reste en contact.

Amitiés,

Verity

Le message avait été envoyé trois semaines auparavant. La réponse de Madeleine datait du 15. Le matin du jour où elle avait disparu.

Salut Verity,

J'ai beaucoup réfléchi et ça me ferait du bien d'en parler à quelqu'un. Tu es libre aujourd'hui ?

Je serai en ville cet après-midi. Appelle-moi !

Maddie

Lydia le transféra sur sa propre messagerie. Elle savait que cela laisserait une trace, mais elle espérait que son oncle et sa tante n'y verraient que du feu. Qu'était-ce qu'une petite intrusion de rien du tout dans la vie privée de leur fille, alors qu'il s'agissait de la retrouver ?

Le bruit d'une chasse d'eau dans le couloir l'alerta. Elle se hâta de cliquer sur la fenêtre du navigateur et rabattit le couvercle de l'ordinateur. Elle ramassa son carnet et fonça vers la sortie, à temps pour entendre une porte s'ouvrir, puis se refermer ; quelqu'un s'approchait ! Lydia retint son souffle, alors que les pas dépassaient la porte. Retourne dans ton bureau, s'il te plaît, pria-t-elle silencieusement en pensant à John. Au bout de quelques secondes, elle ouvrit le battant. Son oncle se trouvait sur le palier, un pied sur la première marche de l'escalier menant au troisième étage. Lydia s'élança aussi vite qu'elle put avec un sourire de circonstance, espérant qu'il n'avait pas remarqué de quelle pièce elle sortait.

— Lydia ? Je ne savais pas que tu étais là.

— Je suis contente de te voir. Tu tiens le coup ?

Une ombre passa sur le visage de son oncle.

— Bien, bien. Tu sais ce que c'est.

Elle hocha la tête sans répondre.

— Qu'est-ce que tu viens faire ici ?

— Je suis venue vous voir. Je compte séjourner quelques semaines à Londres avant de retourner en Écosse. Oncle Charlie m'a demandé de l'aider à retrouver Maddie.

L'ombre se mua en tempête puis, tout aussi rapidement, les traits crispés de son oncle se détendirent et toute émotion s'effaça de son visage.

— Madeleine est très égoïste, déclara-t-il. Comme d'habitude.

Il fixa un point dans le dos de Lydia.

— Tu cherchais quelque chose ?

— Les toilettes, répondit-elle, se rappelant que John venait d'en sortir.

— D'accord. Oui. Par là.

Lydia avait oublié que son oncle ne s'embarrassait guère de formules de politesse. Enfant, elle le trouvait intimidant, mais à présent elle se demanda si cela ne signifiait pas plutôt qu'il éprouvait une certaine gêne dans les grandes réunions

familiales. À en croire son père, les origines de John l'empê-
chaient de se sentir à l'aise parmi les Crow. Lydia s'ingénia à
ne pas user de ses faibles pouvoirs et à transmettre le moins
de « vibrations » possible. Elle ignorait quelles sensations
les autres membres de la famille pouvaient éprouver, mais
tous étant plus puissants qu'elle-même, elle préférait ne pas
se perdre en hypothèses inutiles. Malgré tout, elle décela
quelque chose de dur et de blanchâtre en suspension dans
l'air et perçut un léger reflet nacré sur la peau de John.

— Content de te voir, déclara son oncle en tournant les
talons.

— Que voulais-tu dire par égoïste ? Où peut-elle se trouver, à ton avis ?

John s'immobilisa dans l'escalier sans regarder sa nièce,
les yeux rivés sur le tapis.

— Aucune idée. Elle agit comme bon lui semble, sans se
soucier de l'enfer qu'elle fait subir à sa mère.

Au rez-de-chaussée, sa tante l'attendait, assise à la table
de la salle à manger.

— Je vais y aller, dit Lydia. Merci pour ton accueil.

Daisy hocha vaguement la tête.

— Tu as vu John ?

— Oui. Il a l'air...

Lydia s'interrompit, ne trouvant pas une façon polie de
dire « sociopathe ».

Le visage de Daisy se décomposa sous l'effet du chagrin.

— C'est un mécanisme de défense, expliqua-t-elle. Enfin,
c'est ce que je me dis.

— Ce doit être très dur... Madeleine et son père étaient
en bons termes ? ajouta-t-elle après une pause, ne sachant
trop comment formuler la question.

— Je t'ai déjà répondu. Nous avons eu les habituelles
crises d'adolescence, mais les choses s'étaient tassées depuis
longtemps. Tout allait bien.

Lydia acquiesça.

— Compris. Bon. Merci.

Voilà qu'elle imitait le style télégraphique de l'oncle John à présent.

Apparemment réconfortée, sa tante avait repris ses manières d'hôtesse affable.

— C'est un plaisir de te revoir. J'espère que tu vas rendre visite à tes parents. Ils sont bien à plaindre, eux aussi.

— Euh... Oui. Mes parents sont à plaindre ?

— Tu as brisé le cœur de ta mère, tu sais.

— Pardon ?

— Quitter le pays comme tu l'as fait. Genre révolte d'ado attardée. Surtout que tu as passé l'âge pour ça, tu ne crois pas ?

Trop aimable !

— J'ai eu une excellente opportunité professionnelle. Ils l'ont parfaitement compris et ils me soutiennent.

— Quel travail ? Jouer les détectives, c'est ça ? Tu devrais être à la maison pour t'occuper de ton pauvre père.

— Tu ne devrais pas parler d'Henry Crow.

Il devait subsister des vestiges de la puissance passée de son père, car Daisy s'interrompit aussitôt.

— Je reste en contact, promit Lydia, tandis que la porte se refermait.

Elle s'attarda quelques minutes devant la maison. Elle prit une profonde inspiration et exhala lentement. Sa tante était bouleversée. *Ne le prends pas mal.* Quoi qu'il en soit, Charlie n'avait pas menti. Maddie avait bel et bien quitté la bulle dorée où elle vivait.

La villa voisine possédait une baie vitrée donnant sur la rue. Lydia nota que les stores en bois bougeaient légèrement. On avait écarté deux lamelles pour mieux voir. *Un voisin fouineur.*

Elle longea l'allée et frappa à la porte. Elle repéra une

caméra de vidéosurveillance fixée au-dessus du porche, légèrement inclinée vers le bas, et une autre orientée vers l'extérieur sur un côté de la façade. Les installations factices étaient particulièrement prisées par les personnes à court d'argent, or il s'agissait d'une résidence huppée et, à cette distance, on aurait dit de vraies caméras. *Dieu bénisse les riches paranoïaques.*

La porte s'entrebâilla, retenue par une chaîne de sécurité.

— Qui est-ce ? demanda une voix énergique.

Lydia afficha un sourire amical et rassurant.

— Bonjour, je suis la nièce de Daisy, votre voisine.

— Pardon ?

— Votre voisine, répéta Lydia. Puis-je vous parler un instant ?

La chaîne fut ôtée et la porte s'ouvrit. La femme qui apparut sur le seuil devait avoir dans les quatre-vingts ans. Ses rares cheveux gris étaient retenus par un large bandeau et elle portait un costume d'intérieur en velours.

— Pardonnez-moi de vous importuner, mais Daisy a dit que ça ne vous dérangerait pas, enchaîna Lydia. À l'en croire, vous êtes la bonne âme du quartier.

Elle ignorait si son oncle et sa tante entretenaient de bons rapports avec leurs voisins, mais la flatterie était le meilleur moyen de se concilier les bonnes grâces de quelqu'un. Règle numéro un.

La vieille femme plissa le front.

— Daisy, la voisine ? Vous êtes Madeleine ?

— Non, sa nièce. Lydia.

La femme la toisa de la tête aux pieds, détaillant son blouson en cuir, son jean et ses bottines.

— Bien sûr. Suis-je bête ! Vous lui ressemblez. Mais Madeleine s'habille différemment.

Lydia promena un regard circulaire, comme si elle craignait une oreille indiscrète.

— J'aimerais vous parler d'elle, justement. Un affreux

malheur est arrivé et ma famille ne sait plus à quel saint se vouer.

L'éventualité de quelques potins croustillants, le nom des Crow ou les bonnes manières, quelle que soit la raison, la femme recula d'un pas.

— Entrez donc.

Lydia pénétra dans un spacieux vestibule peint en vert foncé et orné de moulures décoratives blanches. Elle remarqua un porte-parapluie en forme de pied d'éléphant (pourvu que ce soit une imitation !) et un portemanteau où étaient suspendus un trench-coat beige et un ciré féminins de petite taille. Apparemment, la voisine vivait seule.

— Je suis madame Bedi, dit-elle. Appelez-moi Elspeth.

Lydia s'accroupit pour délacer ses bottines.

— Merci, Elspeth.

— Ne vous donnez pas cette peine, ma chère. Les chiens me rapportent toutes sortes de choses de l'extérieur, alors vous savez...

Les chiens. Voilà qui expliquait l'odeur.

Elspeth l'entraîna dans un salon encombré de meubles. Un canapé droit vert pâle et des chaises assorties étaient les seuls éléments modernes parmi des poufs marocains en cuir, des coussins indiens brodés de couleurs vives, des chandeliers en laiton délicatement ouvragés et des boîtes à épices. Il y avait un ventilateur suspendu au plafond ; Lydia aurait parié qu'il avait été rapporté des Indes à la fin de l'époque coloniale.

— Vous avez une très belle maison, dit Lydia, espérant toujours se faire bien voir.

Elspeth inclina légèrement la tête comme pour la remercier du compliment.

— Je suis désolée d'apprendre que Daisy et John ont des ennuis, mais je ne suis pas sûre de pouvoir vous aider.

— Ma cousine Maddie a disparu depuis plusieurs jours. Ils sont morts d'inquiétude.

— C'est terrible. Quel âge a-t-elle ?

— 19 ans.

Elspeth émit un claquement de langue réprobateur et s'installa avec précaution dans un fauteuil.

— Un âge ingrat. Surtout de nos jours. Je suis étonnée de ne pas avoir reçu la visite de la police. On procède à une enquête de voisinage dans ces cas-là, non ?

Lydia révisa son jugement en une fraction de seconde. Elspeth n'était peut-être pas prête à courir un marathon, mais elle disposait encore de toutes ses facultés.

— Ils ne l'ont pas encore contactée. C'est moi qui suis chargée des recherches.

Elspeth fronça les sourcils.

— Vous ? Il faut faire appel aux autorités compétentes. C'est à cela que servent nos impôts, non ?

Lydia se jeta à l'eau. Elle se pencha en avant, la mine grave et soucieuse.

— Vous prêchez une convertie, mais ils refusent. (Elle s'interrompit et se mordit les lèvres, comme si elle hésitait à trahir un secret.) Je ne devrais pas vous le dire. C'est une affaire privée, seulement mon oncle John ne veut pas en entendre parler. Tante Daisy serait disposée à agir dans son dos et à alerter la police, mais étant donné les circonstances...

Lydia s'interrompit.

L'expression d'Elspeth était malaisée à déchiffrer.

— Les maris croient toujours avoir raison, déclara-t-elle d'un ton adouci.

— Je ne veux pas envenimer la situation, mais j'aimerais les aider. Je suis certaine de pouvoir retrouver ma cousine sans problème. J'aurais juste besoin d'un petit coup de pouce. Connaissiez-vous bien Madeleine ?

— Pas vraiment. Elle m'a aidée à récupérer mes chiens qui s'étaient égarés dans leur jardin, un jour. Elle s'était montrée très polie. Nous ne sommes pas très proches, même si nous sommes voisins. Le sens de la communauté n'est plus ce qu'il était. Il y a un tel va-et-vient ici !

Lydia approuva d'un hochement de tête.

— Vous vous sentez moins en sûreté dernièrement ?

Elspeth avait l'air mortifiée.

— Pardon ? Nous habitons dans un très bon quartier, je vous assure.

— Pardonnez-moi, mais j'ai remarqué vos caméras.

Elspeth tritura un fil imaginaire de son pantalon.

— Après le décès d'Akal, mon mari, j'ai voulu renforcer la sécurité de la maison.

— Très judicieux. Enregistrez-vous toute la journée ? *Je vous en prie, dites oui.*

Elspeth acquiesça.

— Je crois bien. C'est le technicien de l'entreprise qui les a installées. Je regarde rarement les vidéos. Sauf si je veux vérifier quelque chose.

— Madeleine n'est pas rentrée à la maison depuis une semaine. Auriez-vous par hasard la vidéo du jour où elle a disparu ?

Elspeth se leva.

— Probablement. Je vais chercher mon ordinateur.

Elle revint peu après avec un appareil portable et un étui à lunettes couleur or rose, assortis à ses baskets à paillettes. Lydia rongeait son frein. Elle enfonça ses ongles dans sa paume en comptant à rebours à partir de cent pour tenter de se calmer, pendant qu'Elspeth se connectait et cherchait le bon fichier.

— Mardi 15, c'est bien ça ? demanda la vieille dame en lui lançant un regard par-dessus ses lunettes.

— J'aimerais visionner toute la cassette, précisa Lydia. Je ne sais pas exactement ce que je cherche ni quel moment de la journée. Tous les événements concernant la famille à cette date m'intéressent. Des visiteurs inhabituels, ce genre de choses.

Elspeth hocha la tête. Au bout d'un moment, elle laissa échapper un soupir agacé.

— Voulez-vous voir par vous-même ?

Elle glissa l'ordinateur vers Lydia qui reconnut un logiciel pour caméra de sécurité. Elle brancha la clé USB dont elle avait pris la précaution de se munir.

— Je vais copier les fichiers pour gagner du temps.

— Inutile de vous presser. J'allais me préparer du thé. Souhaitez-vous vous joindre à moi ?

— Très volontiers, si ça ne vous dérange pas.

Pendant qu'Elspeth s'activait dans la cuisine, Lydia identifia les fichiers vidéo qu'elle téléchargea sur sa clé. Il y avait dix jours d'enregistrement. Un rapide coup d'œil à la section « paramètres » de l'application lui apprit qu'Elspeth, ou l'installateur, s'était arrangé pour stocker deux semaines à la fois, les fichiers les plus anciens étant supprimés automatiquement à la fin de chaque cycle. Ils étaient si volumineux que la barre de progression avançait très lentement. Pour tuer le temps, Lydia engagea une conversation à bâtons rompus avec son hôtesse, qu'elle complimenta sur sa tisane et la fine porcelaine dans laquelle elle était servie. Elle avait épuisé tous les sujets, tels que « vous avez un très joli intérieur » et « en effet, la tisane à l'ortie et au ginseng a un goût très agréable », quand l'opération se termina enfin avec succès.

Après avoir remercié chaleureusement la maîtresse des lieux à qui elle communiqua son numéro de téléphone, assurant qu'elle pouvait l'appeler à n'importe quelle heure, Lydia s'en fut. Dehors, l'air avait fraîchi et le ciel assombri crachait des gouttes de pluie. Elle ferma son blouson et fourra les mains dans ses poches. Elle effleura du bout des doigts les contours lisses de la clé USB, espérant qu'elle lui livrerait ses secrets concernant la mystérieuse disparition de Maddie.

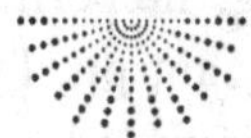

CHAPITRE SEPT

De retour chez elle, Lydia s'installa au salon qui faisait office de bureau improvisé. Elle ne l'aurait admis pour rien au monde, mais elle n'en menait pas large. Elle ajouta un doigt de whisky dans son café pour se remettre de ses émotions avant de visionner les bandes récupérées dans la caméra de surveillance. Tandis que la caféine et l'alcool lui faisaient oublier le goût de la tisane, Lydia s'avisa qu'elle espérait trouver Madeleine calfeutrée dans sa chambre, s'isolant de ses amis après une crise existentielle typique des Millenials. Ou découvrir que Daisy et John étaient complices d'une manœuvre diabolique conçue par oncle Charlie pour attirer sa nièce dans ses filets. Constater que la disparition de Madeleine était bel et bien réelle lui retourna l'estomac.

La plupart des caméras de surveillance offraient des formats de compression vidéo à basse résolution afin d'économiser de l'espace, de sorte qu'elle se vit contrainte de regarder des heures d'images granuleuses : la rue généralement vide, un pan de la façade d'Elspeth et un bout de jardin devant la propriété voisine. Heureusement qu'un détecteur de mouvement était intégré aux caméras, ce qui réduisait considérablement le temps d'enregistrement. Par chance, le champ de vision incluait le portail de John et Daisy de sorte que Lydia put vérifier la version des faits de sa tante et voir sa cousine quitter la maison de bonne heure pour se rendre à son travail. Maddie tourna à droite en direction de la station de métro voisine. En revanche, l'angle de prise de vue et la qualité de l'image ne permettaient pas de tirer une conclusion significative. Tant pis. Lydia visionna le reste de la journée en accéléré, depuis la factrice distribuant le courrier à 11 h 18, la camionnette de livraison Waitrose à 14 h 34 jusqu'au retour de John à 19 h 18, sans oublier les chats, les promeneurs de chiens et un sac en plastique emporté par le vent. Aucune trace de Madeleine. Lydia avala une gorgée de son café corsé et se prépara à visionner les jours précédents.

À 20 heures, le 18, il y eut une séquence étrange. Le détecteur de mouvement était activé, pourtant aucune image n'apparut sur l'écran rempli de neige grisâtre durant près de deux minutes. Une heure plus tard, le même phénomène se reproduisit.

Le 18. Cela signifiait que Charlie avait rendu visite à la famille trois jours après la disparition de Maddie. C'était sans doute la cause de l'interférence, supposa Lydia. L'infime quantité d'énergie qui circulait encore dans la branche aînée des Crow provoquait des effets variés, généralement indécelables. Le seul autre membre du clan assez puissant pour affecter une caméra de cette façon était son propre père. Henry lui avait raconté qu'un jour, Charlie et lui s'étaient faufilés dans un parc d'attractions après les heures d'ouverture sans avoir eu à se soucier des caméras de sécurité ; les gardiens n'y avaient vu que du feu (de la neige grise en l'occurrence). Quelques années plus tard, elle avait demandé à son père pourquoi il n'apparaissait sur aucune des photos numériques qu'elle prenait avec son téléphone. Il lui avait servi un cours de physique avancée où il était question de longueurs d'onde et d'électrons. Lydia, qui s'attendait à une explication magique et excitante, avait très vite décroché. En contemplant l'image brouillée, elle se promit de revenir à la charge et, cette fois, de se concentrer sur la réponse.

Elle attrapa son téléphone et envoya un message à Charlie, histoire de vérifier ses soupçons. Vingt-quatre minutes plus tard, elle obtenait la confirmation.

— J'ai vu D. et J. vendredi soir. Pourquoi ?

Elle posa le téléphone et se refit du café, qu'elle arrosa d'une bonne rasade de whisky, avant de reprendre la vidéo là où elle s'était arrêtée.

Trois heures plus tard, Lydia n'était guère plus avancée. L'e-mail provenant de l'ordinateur de Maddie suggérait que quelque chose était survenu à son travail. « Tu vas nous manquer au bureau », avait écrit sa collègue et amie Verity. Or les images de vidéosurveillance montraient sa cousine quittant la maison le matin de sa disparition, vêtue de pied en cap. Pour une recherche d'emploi ? À moins que Verity n'ait fait allusion à une brève absence. Une maladie ou un arrêt de travail. Et si, comme Lydia, on avait incité Maddie à prendre une pause ?

LE HALL D'ENTRÉE DU POSTE DE POLICE CAMBERWELL ÉTAIT plus chaleureux que dans son souvenir. Il est vrai que, la dernière fois qu'elle y avait pénétré, elle était sur les charbons ardents en guettant l'arrivée de son père après une bêtise d'ado. L'endroit semblait cependant avoir bénéficié d'un sérieux lifting. Une plante géante en pot trônait dans un coin avec une table basse encombrée de magazines, comme dans la salle d'attente d'un médecin.

Lydia demanda Fleet à l'accueil et prit un siège pour attendre. Elle avait emporté un livre et n'était pas pressée. En effet, Charlie avait engagé une équipe de nettoyage au café et comme le bruit se propageait à l'étage, Lydia était ravie d'avoir un prétexte pour s'absenter. Elle avait failli lui téléphoner pour se plaindre en soulignant qu'il avait menti une fois de plus, mais elle s'était ravisée, songeant qu'il était prêt à saisir n'importe quel prétexte pour nouer un contact avec elle. Il la testait d'une manière ou d'une autre pour des raisons inconnues.

Elle ouvrit le livre à la page marquée d'un signet, s'efforçant d'échapper aux pensées paranoïaques qui tournaient en boucle dans sa tête. Elle entendit un bruit de pas sur le carrelage. Elle s'attendait à voir arriver un policier et non l'inspecteur Fleet en personne. Il lui tendit la main qu'elle serra avant de se lever. Elle eut beau se redresser de toute sa hauteur, elle avait la sensation d'être une naine à côté de lui. C'était à la fois déconcertant, exaltant et inquiétant. Ce n'est pas le moment, intima-t-elle à sa libido. Et quand il la salua d'une voix profonde et sonore avec un soupçon d'accent du sud de Londres, cela ne fit qu'aggraver les choses et elle sentit son estomac chavirer.

— Je me suis rappelé un détail, déclara-t-elle d'un ton sec, espérant éteindre l'incendie que Fleet avait allumé.

Un environnement impersonnel l'aiderait à garder la tête froide, du moins l'espérait-elle. Un bureau sans fenêtre, qui sentait la sueur et l'odeur aigrelette de la photocopieuse.

— Sortons d'ici, proposa Fleet avec un sourire déconcertant qui n'avait rien de professionnel. Une petite promenade ne vous dérange pas ?

— Pas du tout, répondit-elle avec un regard peu amène, censé refroidir les ardeurs du mâle le plus entreprenant.

Fleet poussa la porte et elle s'effaça en souriant de plus belle, comme si elle s'était liquéfiée à ses pieds.

Ce type possédait une assurance hors du commun, quasi magique. C'était vraiment déstabilisant.

Dans la rue, ils se mêlèrent à des jeunes gens branchés et quelques rares familles. C'était le milieu de la matinée, les

employés étaient enfermés dans leurs bureaux et les noctambules dormaient encore à poings fermés. Fleet n'ouvrit pas la
bouche jusqu'à ce qu'ils quittent l'artère principale et s'engagent dans l'une des vieilles rues de la ville, en direction de
Burgess Park. Autrefois une zone d'entrepôts et d'usines,
c'était à présent un immense espace vert avec des aires de jeux
et une végétation luxuriante. Difficile de croire que l'endroit
abritait jadis le canal de Surrey, que l'on avait comblé après
que plusieurs enfants se furent noyés dans ses eaux glauques.

Fleet la dévisagea.

— Alors ? Quoi de neuf ?

— Mon agresseur s'est réveillé ?

Fleet hésita, puis hocha la tête.

— Oui, mais il n'est pas très bavard

— Comment s'appelle-t-il ?

— John Smith.

Ils échangèrent un bref sourire. John Smith, autrement
dit un nom passe-partout. Une manière de faire un doigt
d'honneur aux autorités.

Fleet se rembrunit.

— À votre tour. Vous vous êtes rappelé quelque chose ?

Lydia le dévisagea derrière ses lunettes de soleil, essayant
de mettre de l'ordre dans ses idées.

— Personne ne sait que je me suis installée au restaurant.
Je viens d'arriver. Je me demandais si on avait noté un regain
d'activité dans le quartier, ces derniers temps. Une vague de
cambriolages, par exemple ?

— Tout le monde sait que l'endroit appartient à Charlie
Crow. Ce n'est pas une cible prise au hasard.

Lydia se sentit mal à l'aise. Charlie avait bien précisé
« pas de flics » concernant la disparition de Maddie. Il
n'avait pas étendu l'interdiction à Lydia. Probablement parce
qu'elle ne lui en avait pas donné l'occasion. Elle devait
orienter Fleet dans la bonne direction en espérant qu'il

découvrirait peut-être un début de piste à suivre pour retrouver sa cousine disparue.

Elle approuva d'un signe de tête.

— D'autant que le vol n'a aucun sens. Pourquoi s'attaquer à ce bâtiment ? Il est désaffecté depuis longtemps, donc on ne risque pas de trouver du liquide dans la caisse. Le matériel de cuisine peut avoir de la valeur, mais il n'avait pas de véhicule, n'est-ce pas ?

— En tout cas, nous n'avons rien trouvé.

Arrivée au parc, Lydia se dirigea vers son site préféré – le vieux pont en fer forgé, vestige de l'ancien canal. À présent, il enjambait un innocent carré d'herbe et ressemblait à une sorte de folie biscornue. Les résidents le surnommaient « le pont vers nulle part ». En gravissant les marches, elle s'efforça d'oublier que c'était le lieu approprié pour un brin de causette avec les forces de l'ordre. À mi-chemin, elle fit halte et feignit d'admirer la vue avant de passer à l'attaque. Après réflexion, elle décida de ne pas faire dans la dentelle. Après tout, ce n'était pas son style.

— Y a-t-il eu du rififi chez les Crow ? s'enquit-elle. Quelque chose qui pourrait entraîner des représailles ?

Silence.

Lydia se tourna vers Fleet. Les mains dans les poches de son manteau, il affichait une expression impénétrable. La maîtrise de soi qu'on apprenait probablement à l'école de police.

— J'aurais cru que vous seriez mieux placée pour répondre à cette question, objecta-t-il.

— Je vous répète que j'arrive d'Écosse. Je suis hors-jeu.

— Mais vous vous êtes débrouillée pour attirer les foudres de notre sympathique Monsieur John Smith.

Elle le dévisagea sans ciller.

— C'est exact.

— Nous allons considérer cette affaire comme un

incident isolé pour le moment. À moins que vous n'ayez d'autres informations à nous transmettre ?

— Non. Je vous remercie de m'avoir accordé un peu de votre temps. Je sais que vous êtes très pris.

Karen lui avait enseigné qu'il fallait être poli avec la police. C'était peut-être une occasion de nouer des contacts utiles. Qui sait ?

— C'est mon job, dit Fleet sans sourire.

— Bien sûr.

— Vous n'avez pas de souci à vous faire. Une enquête comme celle-là est sous haute tension, j'en suis conscient.

— Sous haute tension ?

Vous êtes la nièce de Charlie Crow et la fille d'Henry Crow, précisa-t-il sans la regarder. J'imagine que je vais en entendre parler sur tous les tons.

Lydia sentit la panique l'envahir.

— Ne mêlez pas mes parents à ça. Ils n'ont rien à y voir. Ils ne sont pas au courant.

— Je n'ai pas l'intention de les importuner, dit sèchement Fleet.

— Très bien. Merci.

Le silence retomba. Lydia ne résista pas à l'envie de le combler.

— Quels angles d'attaque envisagez-vous ? Qui pourrait vouloir s'en prendre à une gamine Crow ?

— Une gamine ?

— Je n'ai que 27 ans, rétorqua Lydia, mi-figue, mi-raisin.

Si Fleet se laissait convaincre d'élargir l'enquête au clan Crow tout entier, il pourrait dénicher un indice concernant Madeleine. En même temps, il risquait de tomber sur quelques secrets que Charlie aurait préféré dissimuler, mais sa cousine avait disparu et courait peut-être un grand danger. La retrouver était une priorité absolue.

Ils poursuivirent leur promenade jusqu'à l'extrémité du

pont avant de passer par-dessous et rebrousser chemin en direction de la sortie.

— Donc vous ne vous rappelez rien d'autre ?

— Non, répondit Lydia, préférant rester dans le vague pour ne pas lancer l'inspecteur sur une fausse piste.

Peut-être lui fournirait-elle des détails quand elle aurait progressé dans sa propre enquête. Elle pourrait alors bénéficier des moyens d'investigation de la police. Elle était consciente d'être livrée à elle-même à Londres. À Aberdeen, elle avait noué des relations dans le monde judiciaire et pouvait compter sur l'agence de détectives. Ici, elle n'avait rien. Ou, plus exactement, elle avait toute la famille Crow sur le dos, ce qui était un fardeau plutôt qu'un avantage.

Fleet s'immobilisa brusquement, interrompant le fil de ses pensées.

— Qu'y a-t-il ?

L'inspecteur posa sur elle un regard pénétrant.

— M. Smith n'est pas parvenu à vous pousser du toit. Vous vous êtes débattue et c'est lui qui a basculé dans le vide.

— C'est exact, dit Lydia, s'attendant à un interrogatoire en règle sur ce point épineux.

— Il est considérablement plus grand et plus costaud que vous. Vous cachez bien votre jeu, on dirait.

Lydia s'obligea à le regarder en face.

— Il devait avoir le cœur fragile ou alors j'étais portée par une poussée d'adrénaline, quelque chose comme ça.

— C'est possible, concéda Fleet qui se remit en marche.

Lydia l'imita, se demandant ce qu'il savait ou soupçonnait.

Une marmaille de tout-petits, attachés les uns aux autres tels des chiens de traîneau menés par des nounous à la mine revêche, venaient à leur rencontre. Lydia s'effaça pour leur laisser la voie libre. Une fois le groupe passé, elle se hâta de rattraper Fleet et revint à la charge.

— Alors, allez-vous enquêter dans ce sens ? Comme angle d'attaque ? Je ne dis pas que c'est une priorité absolue...

— C'est mon problème, rétorqua Fleet, l'air soudain contrarié.

— Pardonnez-moi. Je ne voulais pas dire... Vous êtes peut-être confronté à une pénurie de personnel...

Fleet redressa ses larges épaules et lui jeta un regard détaché.

— Je vais faire toute la lumière sur cette affaire et j'arrêterai le ou les coupables. Vous avez ma parole.

— Parfait.

Les yeux de Fleet étaient froids et inquisiteurs. Lydia se demanda soudain si s'adresser aux flics avait été une bonne idée finalement.

SUR LE CHEMIN DU RETOUR, ELLE FIT LE POINT SUR CE QU'ELLE savait. Madeleine Crow avait disparu depuis plus d'une semaine, un inconnu s'était introduit dans un immeuble appartenant à la famille et avait essayé de la tuer. Aussi curieux que cela puisse paraître, les deux faits étaient sûrement liés. De retour dans son appartement, elle était à cran et avait bien besoin d'un remontant. Il était trop tôt. Lydia avait pour règle de ne jamais boire d'alcool avant 17 heures. La tentation était très forte, mais elle ne voulait pas céder. Pour penser à autre chose, elle décida de creuser l'affaire.

Certaines anciennes élèves de l'école St Anne étaient étudiantes ; l'une d'elles préparait son mariage, ce qui semblait l'occuper à plein temps. Quant à Madeleine, elle avait pris une année sabbatique et décroché un stage à temps partiel dans une agence de relations publiques à Soho. Elle passait la plupart de ses soirées en compagnie de sa meilleure amie, Sasha, soit en veille, soit au domicile de cette dernière, à Kensington. L'oncle Charlie lui avait transmis ces informations obtenues par l'intermédiaire de

Daisy, mais ce qu'une jeune fille de 19 ans racontait à ses parents et ce à quoi elle employait réellement son temps étaient deux sons de cloche.

Lydia décida de commencer par Sasha et prit le métro pour se rendre chez elle. L'appartement était situé au premier étage d'un bel immeuble de style Régence à façade en stuc blanc. Camberwell abritait quelques très beaux bâtiments, mais rien d'aussi somptueux. Elle avisa même une rangée d'anciennes écuries converties en appartements. Le summum du chic !

Une voix masculine répondit quand elle appuya sur le bouton de l'interphone.

— Je voudrais voir Sasha. C'est au sujet de Madeleine Crow.

Pas de réponse, mais un bourdonnement, et un déclic quand la porte s'ouvrit. Lydia gravit l'escalier quatre à quatre, se reprochant de n'avoir pas mis les pieds à la salle de sport depuis cinq jours. Elle devait rester en forme et n'avait pas l'intention de ressembler à Rab, le plus vieil employé de l'agence, qui avait du mal à glisser sa bedaine derrière le volant de sa vieille BMW et ne pouvait faire que de la surveillance statique, planqué dans son véhicule.

Un homme ouvrit la porte, l'expression indéchiffrable sur son visage rigoureusement imberbe. Il arborait une gigantesque houppe à la Tintin, que Lydia ne put s'empêcher d'admirer, et il semblait afficher la vingtaine avancée.

— Sash est là-bas, dit-il.

Il la guida vers un immense salon doté d'un parquet en marqueterie et de vastes fenêtres qui laissaient la lumière entrer à flots. Les murs étaient immaculés, les luminaires en cuivre d'un style vaguement industriel et le tapis oriental avait probablement coûté plus cher que la Volvo de Lydia. Sasha était vautrée sur un canapé blanc, enveloppée de la tête aux pieds d'un cachemire gris tourterelle et bambou. Elle ne ressemblait à aucune adolescente de sa connaissance, songea Lydia. Elle promena un regard circulaire en tâchant de dissimuler à quel point elle était impressionnée. Comment pouvait-on posséder ce genre d'appartement à 20 ans ? En tout cas, ça ne risquait pas de lui arriver à elle.

— Perry, mon chou, dit Sasha, apporte-nous du café.

Le garçon parti, Sasha observa Lydia derrière sa frange. Ses cheveux de lin, longs et lisses, encadraient son visage comme un rideau ; les mèches folles qui lui tombaient sur les yeux ne devaient sans doute rien au hasard. Lydia songea que tout était parfaitement à sa place dans cette pièce. Quel âge avait cette jeune femme sophistiquée et pleine d'assurance ? Impossible qu'elle ait 19 ans comme Madeleine. Les riches étaient vraiment une race à part.

Elle n'appartenait toutefois à aucun clan ; Lydia ne décelait pas la plus petite étincelle de magie. Peut-être était-elle « l'amie normale » de Madeleine, tout comme Emma était la sienne ?

— J'aimerais vous parler de Madeleine, commença-t-elle. Je suis sa cousine.

Sasha leva le menton.

— Et vous vous appelez ?

— Lydia Crow.

— Asseyez-vous, pria la jeune femme en se redressant légèrement.

Lydia se percha à l'extrême bord d'un fauteuil en cuir usé. On aurait dit qu'il était rescapé de la bibliothèque d'un manoir, mais il était probablement flambant neuf, tout droit sorti des *Ateliers d'anthropologie*.

— Quand avez-vous eu des nouvelles de Madeleine pour la dernière fois ?

— Son oncle m'a déjà interrogée à ce sujet.

— Je sais, mais nous nous faisons beaucoup de soucis pour elle. Ils m'ont appelée à la rescousse.

— Comme je l'ai dit à M. Crow, je n'ai pas revu Madeleine depuis la soirée du volontariat.

Lydia sortit son téléphone pour prendre des notes, dissimuler son agacement et se donner une contenance. Ce n'était pas un secret d'État tout de même.

Silence. Lydia leva les yeux. Sasha regardait par la fenêtre.

— Sasha ?

La jeune femme tourna la tête pour lui faire face.

— Personne ne l'a revue ?

— Non. Nous sommes très inquiets.

Sasha pinça les lèvres.

— J'ignorais que c'était si important.

Perry reparut avec deux expressos sur un plateau qu'il posa sur une table basse avant de prendre place sur le canapé.

— Non ! s'exclama Sasha.

Perry bondit sur ses pieds. Une main sur la hanche, il regarda la jeune femme, les sourcils froncés.

— Qu'est-ce que Perry a fait ?

Bon sang ! Il parlait de lui à la troisième personne ! Lydia ravala la compassion qu'elle ressentait pour l'homme-enfant hirsute. Les deux faisaient la paire, aussi terrifiants l'un que l'autre.

Sasha attendit le départ de Perry pour inviter sa visiteuse à se servir en indiquant le plateau d'un geste.

— Merci. Quand avez-vous vu Madeleine pour la dernière fois ?

— Nous sommes allées à la soirée du volontariat. J'ai dit à M. Crow que c'était le 11.

Cinq jours avant sa disparition.

— Et quelle était la date exacte ?

Sasha eut l'élégance d'afficher une mine contrite.

— Il y a deux mois. Je ne pensais pas que c'était si essentiel. Le jour où M. Crow est venu me voir, j'étais sûre qu'il allait la retrouver tout de suite après. Qu'elle téléphonerait ou finirait par rentrer chez elle, je ne sais pas.

— D'accord.

— Elle n'est pas du genre à se sauver. Trop fatigant.

— J'apprécierais que vous me disiez la vérité maintenant, fit sèchement Lydia.

— Sasha la dévisagea, l'air hébété.

— C'est un simple malentendu...

— Un malentendu ? C'est-à-dire ?

— Je ne voulais pas avouer que je n'avais plus revu Maddie. Je ne savais pas ce qu'elle...

Elle s'interrompit.

— Vous ne saviez pas quelle excuse elle avait fournie à ses parents et vous ne souhaitiez pas lui attirer des ennuis ?

Sasha hocha la tête.

— C'est normal que vous restiez si longtemps sans nouvelles de Madeleine ?

— Nous sommes toujours en contact.

— Vous lui avez téléphoné ?

— Nous sommes toutes les deux sur Insta. Elle a liké mes posts.

— Mais vous ne l'avez pas revue et vous ne lui avez pas parlé directement non plus ?

— Elle va bien, il n'y a aucune raison de s'en faire.

— Sans doute, mais je dois la retrouver. Et vous n'avez pas répondu à ma question.

— Laquelle ?

— C'est normal de ne pas avoir cherché à voir votre meilleure amie depuis deux mois ?

Sasha secoua la tête.

— Les choses ont mal tourné. Disons que nous nous sommes disputées. Elle était complètement saoule à cette soirée, c'était gênant.

Lydia lui jeta un regard faussement compréhensif.

— Je trouve très généreux de votre part de ne pas l'avoir révélé à oncle Charlie. Je sais que vous cherchiez à la protéger en bonne amie que vous êtes.

Sasha se remit vivement sur son séant. Elle se pencha et attrapa son expresso dont elle prit une gorgée.

— Nous sommes trop vieilles pour ça. C'était une soirée boulot et elle s'est donnée en spectacle. J'étais mortifiée.

— Votre job ou le sien ?

— Le mien. Vous savez qu'elle effectue un stage chez Minty ?

Lydia hocha la tête en lui adressant un sourire qu'elle espérait amical. Elle trempa les lèvres dans le café horriblement serré et feignit d'avaler.

— J'y travaille aussi, précisa Sasha. Papa m'y a fait entrer sans problème grâce à mes notes et à mon expérience, mais il a dû batailler ferme pour qu'ils acceptent Maddie également. Elle n'a pas grand-chose à faire, mais pour elle, c'est une occasion en or qui ne se reproduira pas de sitôt.

Lydia ressentit un élan de sympathie pour sa cousine. Si cette créature était sa meilleure amie, pas étonnant que Madeleine ait eu envie de prendre le large.

— Donc vous vous êtes disputées ? Ce fameux soir ou après ?

Sasha reposa sa tasse avec précaution.

— Les deux. Elle n'était pas en état de comprendre la gravité de la situation à ce moment-là.

La phrase sonnait faux. Peut-être s'agissait-il d'un reproche qu'elle-même s'était attiré dans le passé et profitait-elle de la situation pour le resservir ?

— Vous l'avez appelée le jour suivant ?

Sasha esquissa une grimace. S'efforçait-elle de raviver ses souvenirs ou voulait-elle seulement frimer ?

— Je ne pensais pas qu'elle serait capable de comprendre le lendemain, et puis j'étais occupée. J'ai une vie, après tout. C'était probablement quelques jours après, pendant le week-end. On était censées déjeuner ensemble, mais je lui ai envoyé un SMS.

— Pour annuler ?

Sasha acquiesça.

— J'ai dit que j'étais encore fâchée et que je n'avais pas vraiment envie de lui parler.

— Elle a répondu ?

— Non.

Je peux voir le message ?

Sasha se cabra comme un poney rétif.

— Certainement pas ! Je ne vais quand même pas vous confier mon portable.

— D'accord, dit Lydia. Vous voulez bien me transférer le texto si je vous communique mon numéro ?

— C'est une correspondance privée.

Lydia sentit la moutarde lui monter au nez.

— Si vous me transmettez le message et promettez de m'avertir au cas où Madeleine vous contacterait ou si vous vous rappelez un détail, avant ou après sa disparition, j'oublierai d'informer Charlie Crow que vous lui avez menti.

Il y eut un silence pendant lequel Sasha parut peser le pour et le contre. Elle n'était peut-être pas de lignée magique, mais elle était loin d'être stupide.

— Perry ! beugla-t-elle sans lâcher Lydia du regard.

L'homme-enfant apparut. Était-il son amant, son ami ou son majordome ? Impossible à savoir.

— Qu'y a-t-il, chérie ?

— Mon téléphone.

— Tout de suite.

Perry revint avec un iPhone – le dernier modèle, naturellement. Sasha déroula ses messages avec une rage mal contenue et transféra un SMS bien moins aimable que ce qu'elle avait mentionné. Lydia s'empressa de prendre congé.

— Raccompagne-la, ordonna Sasha en fermant les yeux.

Sur le seuil, le jeune homme parut sur le point de s'excuser, mais se ravisa.

— Faites bien attention à vous, dit-il platement.

. . .

OUTRE LES FILLES À PAPA POURRIES GÂTÉES, LYDIA N'ÉTAIT PAS au bout de ses peines. L'équipe de nettoyage avait fait merveille pour remettre *La Fourchette* en état et l'espoir qu'oncle Charlie avait dit la vérité en promettant de ne pas rouvrir le bistrot s'était évanoui. Ça sentait l'eau de Javel et la peinture à plein nez.

Pour l'heure, l'endroit était heureusement désert. Lydia regarda autour d'elle, plutôt impressionnée par la transformation. Une fois les couches de crasse retirées, les carreaux crème et noirs des années 1930 qui tapissaient les murs n'étaient pas sans charme, et les tomettes vermillon du sol donnaient vie à la pièce. Les fenêtres étincelaient et les voilages jaunis avaient été remplacés par des rideaux en vichy rouge très gais. Le comptoir en verre avait également été nettoyé. Les tables et les chaises délabrées étaient identiques, mais elles avaient à présent un petit air rétro des plus plaisants.

Elle sursauta quand la porte battante de la cuisine s'ouvrit.

— Vous m'avez fait peur.

Angel ne s'excusa pas et feignit même d'ignorer sa présence. Elle posa la pile de vaisselle qu'elle transportait sur le grand buffet en bois et disparut comme elle était venue.

Lydia tira son portable de sa poche et composa le numéro de Charlie.

— Tu avais dit qu'il n'était pas question de rénovation, oui ou non ?

— Lydia, ma chérie, tu lis dans mes pensées.

Elle ferma les yeux.

— J'allais justement t'appeler, enchaîna Charlie. Des nouvelles de Maddie ?

— Ce n'est pas d'elle que je voulais te parler, mais du restaurant. On l'a briqué, décoré, et Angel est en train de cuisiner en vue de la réouverture. Tu m'avais promis...

— Et c'est comment ?

— Superbe, admit Lydia avec sincérité. Mais là n'est pas la question. Au fait, depuis quand les Pearl possèdent-ils des magasins à Camberwell ? questionna-t-elle sans transition.

Charlie observa un silence.

— Les temps ont changé, je te l'avais dit.

CHAPITRE HUIT

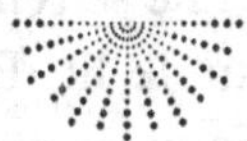

Lydia fourra son téléphone dans sa poche et grimpa l'escalier au pas de course. Elle avait besoin de se dépenser physiquement pour détendre ses nerfs soumis à rude épreuve. Elle était furieuse d'avoir été déstabilisée par Charlie. Elle connaissait pourtant sa vraie nature, il n'y avait donc pas de quoi s'étonner. Elle se sentait stupide, en colère et un peu effrayée.

Le fantôme flottait devant la porte de sa chambre. Il n'était pas vraiment en lévitation et paraissait dans tous ses états.

— Ah, vous voilà ! constata-t-il.

— Comme vous voyez, dit Lydia en passant devant son colocataire désincarné.

Elle n'était pas d'humeur à se chamailler.

— Pourquoi êtes-vous là ? Vous n'avez pas de maison à vous ?

Lydia se débarrassa de son blouson qu'elle jeta sur une chaise avant de fourrager dans ses affaires pour trouver de quoi se changer. Si elle ne lui prêtait aucune attention, il finirait peut-être par se décourager et s'en aller.

Le courant d'air glacé qu'elle sentit dans son dos lui donna la chair de poule.

Elle lui lança un regard oblique.

— Je ne fais que passer, je vous l'ai dit. Je n'ai pas l'intention de m'incruster ici.

Le fantôme se balança d'un pied sur l'autre. Lydia avait le cœur au bord des lèvres. Elle se remit à fouiller dans la pile de vêtements entassés sur le lit. Elle aurait eu besoin de tiroirs ou d'un portant pour les ranger. Elle frémit à cette pensée. *Pas question de meubles, puisqu'elle n'avait pas l'intention de s'attarder.*

— J'ai quelque chose à vous demander, souffla le fantôme.

Lydia fit volte-face et le toisa froidement.

— Vous allez vous décider à me dire comment vous vous appelez à la fin ?

Il détourna les yeux sans un mot.

— Non ? Dans ce cas, je ne répondrai pas à vos questions.

Il avait l'air si misérable que Lydia se sentit coupable. Elle avait été odieuse avec ce pauvre garçon, qui ne devait pas s'amuser tous les jours.

Elle repéra son haut préféré en soie noire (sa couleur favorite) à col échancré. Elle le renifla. Assez propre.

— Je vais me changer, vous permettez ?

Un coup d'œil par-dessus son épaule lui apprit que le fantôme n'était plus là.

Tout émoustillée, Emma se précipita à la rencontre de Lydia.

— Il est presque 22 heures, tu te rends compte ?

— Merci d'être venue.

— Tu plaisantes ? À cette heure-ci d'habitude, je suis affalée à moitié comateuse devant *Downton Abbey*. C'est tragique. Je ne me rappelle pas avoir vécu un moment aussi exaltant depuis des mois, des années même, ajouta-t-elle en désignant la queue qui s'étirait devant le Club Foxy, où elles s'étaient donné rendez-vous.

— Quand êtes-vous sortis en amoureux pour la dernière fois, Tom et toi ?

Emma fit la grimace.

— Mon Dieu, je ne sais plus. Il y a une éternité. Pour le réveillon du Nouvel An, peut-être ?

Leurs vies ne pouvaient être plus dissemblables.

— Tu ne rates pas grand-chose, crois-moi, se hâta de dire Lydia.

— Je n'ai pas l'intention d'aller voir ailleurs, reprit Emma. Mais ce serait sympa de se rappeler de temps en temps qu'on est un couple et pas seulement des parents.

Une fille aux cheveux noirs et au nez percé, accompagnée d'un groupe d'amis, la gratifia d'un sourire éméché.

— Tu as des bébés ? C'est trop mignon. J'adore les bébés.

Emma sourit poliment.

Le portier leur fit signe d'avancer quand ce fut leur tour.

Une fois l'entrée payée, un caissier aux dents de lapin appliqua sur la main d'Emma un tampon en forme de tête de renard stylisée.

L'estomac retourné, Lydia escamota la sienne.

— Vous devez avoir un tampon.

— Pas la peine, rétorqua-t-elle en poussant le battant noir.

À l'intérieur, elles furent assaillies par le bruit et la chaleur. La basse résonnait à plein volume et les corps tournoyaient sur une piste grande comme un mouchoir de poche, bordée de part et d'autre par un grand comptoir de bar et une rangée de tables basses avec leurs banquettes. À droite, un escalier menait à une mezzanine munie d'un garde-corps où s'adossaient des jeunes gens en rang d'oignons. La foule présentait un curieux mélange hétérogène ; Lydia n'aurait jamais imaginé sa jeune et riche cousine fréquenter ce genre d'endroit. Par chance, elle ne ressentait pas trop les vibrations des Fox. Le nom du club n'était peut-être qu'une coïncidence. Ce n'était pas une marque déposée, après tout.

Lydia essayait encore de se convaincre qu'elle ne se trouvait pas dans la tanière des Fox, quand elle repéra un de leurs représentants, Paul, accoudé au bar près de l'endroit où Emma commandait leurs boissons. Pendant ce temps, Lydia était partie en quête d'une banquette libre. Elle l'observa, tandis qu'il laissait errer son regard. Il avait conservé le corps souple et le magnétisme animal dont elle se rappelait après leur brève et désastreuse liaison. Sa tante Daisy avait tort – s'exiler en Écosse n'était pas un acte de rébellion, mais le moyen d'empêcher la situation de se dégrader. Fréquenter Paul Fox avait été une très mauvaise idée, et la seule façon de rompre la fascination qu'il exerçait sur elle à l'époque avait été de mettre la plus grande distance possible entre eux.

À présent, elle testait ses réactions tout en l'étudiant. Ressentait-elle encore son irrésistible pouvoir d'attraction ? Son visage étroit était toujours aussi séduisant avec la ligne finement arquée de ses sourcils aristocratiques et ses lèvres minces, bien dessinées.

Vêtu d'une chemise à jabot et d'une culotte de cheval, il aurait été parfaitement à sa place dans une série historique. Lydia poussa un soupir de soulagement. Elle n'éprouvait plus aucun désir de le chevaucher. L'inspecteur Fleet en revanche... avec lui, elle ne se serait pas fait prier. Elle l'imaginait l'enlaçant d'une main, tandis que de l'autre, il...

Elle sursauta quand Emma posa deux bouteilles sur la table.

— Douze livres pour deux bières ! Incroyable ! J'aurais voulu nous offrir des cocktails pour fêter ça, mais j'aurais dû hypothéquer ma maison une seconde fois.

La voix d'Emma peinait à dominer la musique. Lydia

attrapa sa bière et but avec délice une gorgée du breuvage mousseux. Assez rêvé, elle avait une enquête à mener.

Emma entrechoqua sa bouteille contre la sienne.

— À ta santé !

— Mon ex est au bar, lui glissa Lydia à l'oreille. Ne regarde pas.

— Trop tard, bien sûr. Emma ne put s'empêcher de braver l'interdiction et se retourna.

— Oh ! Oh !

— Comme tu dis.

— C'est celui que tu fréquentais avant...

Lydia opina.

Emma avala une grande lampée de bière.

— Tu avais complètement perdu la tête, ma vieille.

Lydia téta sa bouteille pour se dispenser de répondre. Emma avait raison et elle s'en voulait de ne pas avoir envisagé cette éventualité. Elle s'était illusionnée en croyant pouvoir revenir à Londres et travailler pour Charlie sans tomber sur d'anciennes connaissances. Ces prétendues vacances au sein de sa famille partaient en vrille. En pensant avoir résolu un problème, elle en avait créé un autre, bien plus délicat. C'était un peu comme essayer d'éteindre un incendie avec un verre de whisky.

Lydia risqua un œil vers le bar, mais Paul Fox avait disparu. Elle eut beau scruter la salle, elle ne l'aperçut nulle part. Elle renversa la tête et contempla les lumières reflétées par les multiples miroirs dorés aux murs, renvoyant les silhouettes dédoublées des fêtards qui buvaient et dansaient en hurlant pour se faire entendre. Lydia se sentit soudain très lasse. Que fabriquait-elle ici ? Que pensait-elle donc trouver à Londres ?

Emma posa sa bière et s'approcha si près que Lydia sentit son souffle sur sa joue et respira son parfum.

— Alors ? On cherche quoi ?

Lydia se dit que le don de lire dans les pensées faisait

partie des innombrables qualités de son amie avant de comprendre qu'elle parlait au sens propre du terme.

— C'est flou. Ma cousine est venue ici avec des copines avant de disparaître.

— Ah oui ?

Lydia hocha la tête. La mère de Madeleine l'avait entendue rentrer à 1 h 30 du matin. Le lendemain, tante Daisy et oncle John avaient quitté la maison, supposant que leur fille était déjà partie ou en train de cuver sa gueule de bois.

— Tu t'attendais à ça ? demanda Emma.

Lydia promena un regard autour d'elle. C'était un établissement tout à fait réglo et très convenable, abstraction faite de la présence d'un Fox. Et à supposer qu'il appartienne à cette famille, il avait gagné le trophée de la pire discothèque de l'année.

— Je ne sais pas, répondit-elle. Cet endroit n'a rien d'extraordinaire. Pas trash ni glamour pour deux sous. C'est curieux que les amies de Madeleine s'y soient retrouvées. On va danser ou on passe aux choses sérieuses ?

— Les choses sérieuses d'abord, dit Emma. Et après, j'aurai besoin d'un autre verre.

Lydia tenta sa chance auprès d'un vigile. Il surveillait l'issue de secours, empêchant quiconque d'y pénétrer pour griller une cigarette au risque de déclencher l'alarme incendie. Lydia le regarda décourager trois personnes et un couple à moitié nu en quête d'un coin discret.

Elle lui montra une photo de Madeleine. Un portrait fourni par tante Daisy où sa fille paraissait rayonnante de santé et bien trop jeune pour avoir l'âge légal de consommer de l'alcool. L'homme y jeta un rapide coup d'œil et secoua la tête.

— On voit passer des tas de filles ici.

— Elle a 19 ans, s'égosilla Lydia par-dessus la musique

tonitruante. Le club n'a rien à se reprocher. J'essaie seulement de la retrouver.

— Pourquoi ? C'est votre petite amie ?

— Ma cousine.

Elle exhiba une photo trouvée sur le compte Instagram de Madeleine qu'elle avait agrandie et imprimée. Maddie s'y montrait souriante, très maquillée et vêtue d'un top dos nu scintillant. On lui aurait donné n'importe quel âge, de 16 à 30 ans bien tassés.

Cette fois, l'employé l'examina avec attention, ne craignant plus que Lydia dénonce le club pour avoir servi de l'alcool à une mineure. Il fronça les sourcils sous l'effet de la concentration et, le cœur battant, Lydia sentit l'espoir renaître. Finalement, il haussa les épaules.

— Je ne sais pas. C'est possible. C'était l'été dernier ?

— Il y a deux semaines. Elle était avec un groupe. Une bande de filles, je crois.

Lydia sortit son portable et lui montra les photos Instagram prises sans nul doute à la discothèque.

— C'était quelle nuit ?

Lydia indiqua la date affichée sur l'écran.

— Vous devriez parler à Guy, conseilla l'employé. Il travaillait au bar cette nuit-là et je parie qu'il s'en souviendra. Elles buvaient des mojitos et c'est la galère pour les préparer.

Le bar où Guy s'activait était bondé et Lydia n'avait aucune envie de s'époumoner pour se faire entendre.

— Tu veux danser ou tu préfères te poser un moment ? cria-t-elle à l'oreille d'Emma qui, fort heureusement, opta pour la seconde proposition.

L'espace lounge, plus tranquille, invitait à la conversation. Emma s'enfonça dans la moelleuse banquette en similicuir et se hâta d'ôter ses escarpins.

— Ces trucs sont une véritable torture. Je ne sais pas ce qu'il m'a pris de les porter.

Lydia prit ses aises et posa ses pieds chaussés de bottines Dr. Martens'™ sur la table basse, devant la banquette.

— Aucune idée.

Emma se massa les orteils avec un soupir de contentement et descendit la moitié de sa bière.

— Alors, boss, on fait quoi maintenant ?

Lydia hésitait à avouer qu'elle n'en savait rien, même à sa meilleure amie. Soudain, les mots jaillirent, comme si elle avait ouvert un robinet.

— Je ne suis pas sûre d'être à la hauteur. Karen m'employait surtout comme appât.

Emma fronça le nez.

— C'est-à-dire ?

— Tu dragues un type pour voir s'il résiste.

— Pourquoi ?

— Pour vérifier s'il est fidèle.

Emma se renversa contre le dossier du siège.

— C'est dingue !

— Ça craint, je sais.

Karen avait créé sa propre agence parce qu'elle en avait assez de se faire manipuler par les machos pour qui elle travaillait. Par la suite, elle avait découvert que cette activité était vraiment lucrative. En outre, ce genre de mission, de même que la filature des maris ou des femmes, était commode pour un néophyte car elle n'impliquait généralement pas d'homicide. En théorie, c'était plus facile à exécuter avec discrétion, même si on n'était pas à l'abri d'une erreur, telle une surveillance trop rapprochée, par exemple, et moins dangereux pour un détective novice.

— Surtout quand le couple se remet ensemble et te lance des menaces de mort, intervint Emma.

— Tout juste.

Lydia termina sa bière. Elle en aurait volontiers ingurgité une autre, mais pas ici.

— Tu crois vraiment que cette affaire t'a poursuivie jusqu'ici, à Londres ? reprit Emma.

— Non. Mais je ne vois pas d'autre explication.

— Je ne veux pas dire du mal des tiens, mais...

Lydia secoua la tête.

— Impossible. Les Familles ont interdiction de s'entretuer.

— Comment ça ?

Lydia se demanda ce qu'Emma voulait vraiment savoir. Quand elles étaient enfants, à l'école, elle ne l'avait jamais questionnée à ce sujet. C'était, entre autres, la raison pour laquelle Lydia avait recherché son amitié. Emma semblait l'apprécier pour elle-même et non pour le prestige quelque peu flétri des Crow.

— Disons qu'il y a une trêve.

— Et si c'était quelqu'un de proche ?

Lydia n'y croyait pas. Charlie avait mis un terme à leurs querelles intestines en devenant chef du clan, mais ainsi qu'il se plaisait à le souligner, ses parents avaient veillé à tenir leur fille à l'écart afin de la protéger. La petite avait grandi comme une enfant normale, loin de la grande ville. Que savait-elle au juste de la famille Crow ?

Lydia, qui surveillait discrètement le bar, remarqua que Guy tapait dans la main d'une fille blonde et rieuse, qui semblait devoir prendre le relais. Elle se leva pour l'intercepter, Emma sur ses talons. Le visage du barman s'illumina en voyant cette dernière lui barrer le passage, la déshabillant ouvertement des yeux. Lydia l'aurait giflé.

— Vous avez une minute ? s'enquit Emma en souriant.

Le regard du jeune homme se fit plus insistant.

— Bien sûr.

— Super !

Elle s'écarta et Lydia s'empressa de lui montrer la photo de Madeleine et de ses amies.

— Vous vous souvenez de cette fille ?

Guy y jeta un regard distrait.

— Laquelle ?

— La brune, au centre. Elle a disparu.

Guy recula d'un pas.

— Je ne sais rien.

Lydia regretta de ne pas posséder l'aura de son père, ce qui aurait déstabilisé le serveur et l'aurait incité à parler. Elle n'avait d'autre ressource que la réputation sulfureuse de la Famille. Elle exhiba une pièce d'or et vit les yeux du jeune homme s'écarquiller quand il l'identifia.

Emma tapota la photo.

— Alors, la mémoire vous revient ? C'est une simple question.

Guy baissa la tête, le regard vide d'expression.

— Elle a des problèmes ? s'enquit-il d'une voix qui frisait l'hystérie.

— C'est l'une des nôtres. Vous vous rappelez l'avoir vue ici ? Allons, Guy, répondez et on vous laissera tranquille.

Elle lança la pièce. Guy la contempla, tandis qu'elle tournait paresseusement en l'air avec une inexplicable lenteur. Des éclairs semblaient en jaillir, là où les lumières du club accrochaient la surface brillante. Il ne la lâcha pas des yeux jusqu'à ce que Lydia la rattrape dans le creux de sa main. Il leva la tête et lui lança un regard implorant, terrifié. Même s'il ne se doutait pas à quel point elle était insignifiante, Lydia éprouva une secrète satisfaction de l'effet que son nom produisait sur un parfait inconnu. Elle se sentait à la fois toute-puissante et coupable, d'autant que la stupéfaction mal dissimulée d'Emma n'arrangeait rien.

— J'attends, dit-elle.

Guy s'humecta les lèvres.

— Vendredi dernier, c'est ça ?

— Oui.

Il leva les mains.

— Effectivement, elle était ici. Elle n'a pas révélé son identité. Je n'en avais aucune idée.

— Il s'est passé quelque chose ? Une bagarre ? Des ennuis ?

Il secoua la tête.

— Elle était avec des amies. Personne n'a eu de problème ?

Il fit encore un geste de dénégation. À l'évidence, il mourait d'envie de détaler. Son petit tour de magie n'avait servi à rien, se dit Lydia, prête à lui offrir de l'argent.

Brusquement, Guy se mit à table.

— Elles étaient toute une bande. Elles ont bu une tournée de cocktails. Et puis la fille a mis les bouts.

— Elle est partie ?

— Elle en pinçait visiblement pour un type et ils sont sortis ensemble. Elle est restée ici une heure au maximum.

— Vous savez qui l'accompagnait ?

Le serveur baissa la tête.

— Je ne peux pas le dire.

— Vous ne le connaissez pas ? dit Emma d'une voix dure, les mains sur les hanches. Pourriez-vous nous le décrire ?

Guy avala sa salive en jetant des coups d'œil affolés autour de lui, comme pour chercher du secours. À l'évidence, il était mort de peur.

— Qui est votre patron ? insista Lydia, mue par une soudaine intuition.

— Ne me posez pas cette question.

— Elle est partie avec Tristan Fox ?

Il secoua vigoureusement la tête, comme pour s'éveiller d'un cauchemar.

Non, non, non. Je ne peux rien dire.

— Puisque c'est comme ça, je vais deviner. Paul Fox ?

Guy se figea, les yeux obstinément baissés. On aurait dit qu'il allait se mettre à pleurer.

Lydia réprima un haut-le-cœur.

— J'ai compris, dit-elle.

Après le départ précipité du barman, Lydia et Emma se dirigèrent vers la sortie.

Une fois dehors, Lydia s'appuya contre un mur de briques froides et aspira une grande goulée d'air. L'air sentait les gaz d'échappement et l'huile de friture du kebab du coin, mais ses doigts ne la picotaient plus. Il y avait toujours une queue interminable devant le club. Emma consulta sa montre, le visage à demi dissimulé derrière le rideau de ses cheveux.

— Bon, ça suffit pour ce soir, dit-elle d'une voix tendue.

— D'accord, répondit Lydia, déplorant que son amie évite soigneusement de la regarder. On va chercher un taxi.

Elles se dirigèrent vers l'artère principale, où deux véhicules attendaient le client. Une foule compacte encombrait les trottoirs, chacun se dirigeant vers une destination définie, en quête d'un verre ou d'un partenaire. Lydia tenta vainement d'assimiler ce qu'elle avait appris. Des pensées parasites telles que « elle est un peu trop jeune pour lui » ou « elle a ton âge quand tu t'es amourachée de Paul Fox », se bousculaient dans sa tête.

Un ivrogne les croisa en chaloupant dangereusement.

— Jolis nichons, ma belle, balbutia-t-il en passant.

Emma l'observa sans accorder un seul regard à Lydia.

— Comment as-tu fait ça ? demanda-t-elle au bout d'un moment.

— Fait quoi ?

— Obliger le barman à parler. Il ne voulait rien nous dire. C'était de la magie ?

Lydia se força à rire.

— J'aimerais bien. C'est un simple tour de passe-passe.

Emma hocha la tête, les yeux ailleurs.

— Je connais les rumeurs qui circulent sur ta famille.

Lydia comprit ce qu'Emma voulait dire : tout le monde avait entendu parler de ces histoires sans y croire vraiment.

— Et je sais que tu pratiques des tours de magie avec des pièces de monnaie, poursuivit Emma, mais je n'ai jamais...

— Je ne lui ai rien fait, je t'assure. J'en serais incapable, même si je le voulais.

Emma se dirigea vers la première voiture et ouvrit la portière.

— Très bien, acquiesça-t-elle en détournant la tête.

— Envoie-moi un message pour me dire que tu es bien rentrée.

Emma opina.

— Je t'appelle demain.

Lydia posa une main sur le bras de son amie au moment où elle s'engouffrait dans le véhicule.

— Ça va ?

— Bien sûr, dit Emma en regardant au-dessus de sa tête.

Lydia s'apprêtait à monter dans le taxi suivant quand une silhouette familière émergea de la queue. Elle ressentit une décharge électrique quand l'homme la saisit par le coude. Un parfum musqué, l'odeur de l'hiver et de la terre chaude lui monta aux narines. Fox.

Paul ? Son cœur s'emballa. Levant les yeux, elle comprit son erreur. C'était bien un Fox, mais probablement un de ses frères. Il avait le même visage parfaitement symétrique avec les pommettes hautes et les lèvres sensuelles, qui l'avait rendue folle quand elle était plus jeune. Mais son regard était froid et cruel, sans la chaleur effrontée que possédait Paul ou qu'il savait simuler.

La main se resserra douloureusement sur son bras.

— Tu n'as rien à faire ici, petit oiseau.

Lydia se campa fermement sur ses pieds et soutint son regard. Ils se trouvaient dans un lieu public avec les chauffeurs de taxi et des dizaines de passants comme témoins.

Il la lâcha sans résistance quand elle chercha à se dégager.

— Envole-toi vite ! ajouta-t-il.

Il se pencha, l'enlaça et pressa ses lèvres sur sa joue comme pour lui dire au revoir.

On aurait dit une morsure. Lydia porta instinctivement la main à son visage.

Elle frissonna quand il sourit, tandis que son odeur s'intensifiait, emplissait ses narines, suffocante.

— Fais bien attention à toi, petit oiseau.

Elle le regarda s'éloigner, les mains dans les poches avec une nonchalance étudiée.

Le chauffeur de taxi baissa sa vitre.

— Vous attendez quoi, ma belle ? demanda-t-il d'une voix lasse.

Sans doute en avait-il assez de voir des fêtards ivres morts, qui ne savaient plus ce qu'ils faisaient.

Lydia monta dans la voiture et donna son adresse. Elle ne pouvait s'empêcher de trembler. Un Fox n'aurait jamais dû la toucher. Elle se frotta le bras et, pour ne plus y penser, se concentra sur Emma qui lui posait un problème beaucoup plus sérieux.

Qu'est-ce qu'il lui avait pris de questionner Guy devant elle ? Elle lui avait fait peur, c'était évident. Elle se renversa sur son siège et poussa un juron bien senti. Elle avait beau être aussi redoutable qu'un pistolet à eau et ignorante des affaires familiales, elle était encore capable d'effrayer involontairement sa meilleure amie qu'elle connaissait depuis la maternelle. Son exil en Écosse n'avait rien résolu. Elle était toujours la même Lydia, qui n'était ni une Crow ni tout à fait normale. À cheval entre deux mondes et n'appartenant à aucun.

Quid de Madeleine qui avait grandi au sein de la Famille et non pas en dehors ? Avait-elle cherché à prendre la fuite, elle aussi ? Avait-elle couché avec un Fox comme un acte de rébellion, à l'instar de Lydia au même âge ? À moins que ni l'une ni l'autre n'y soit pour rien, mais bien Paul Fox... D'où la question : que cherchait-il ? La même chose que huit ans auparavant ? Lydia ferma les yeux et revit les lumières clignotantes de la discothèque, les silhouettes aux reflets dorées qui se déhanchaient sur la piste de danse.

Les Crow possédaient-ils quelque chose que les Fox leur enviaient ?

Tout.

CHAPITRE NEUF

Lydia traversa le rez-de-chaussée et monta à l'étage pour regagner son appartement. L'effet de l'adrénaline commençait à s'estomper. Elle entra dans la salle de bains et prit une douche rapide. Après avoir été en contact étroit avec un Fox, elle avait l'impression d'être souillée. Elle laissa l'eau brûlante couler sur ses épaules, se lava puis se rinça les cheveux, et parvint à renvoyer les souvenirs dans les tréfonds de sa mémoire. Enveloppée dans une serviette, elle se dirigea vers sa chambre et poussa un juron en découvrant le fantôme sur le pas de la porte.

Elle se cramponna à sa serviette en réprimant une envie de hurler.

— Arrêtez de vous manifester sans prévenir !

— Désolé, s'excusa-t-il.

Il baissa les yeux, les bras ballants, en marmonnant quelques mots indistincts.

— Pardon ? Je n'ai pas entendu.

— Je n'ai pas surgi, comme vous dites. Je vous attendais. Je ne crois pas m'être montré impoli.

— Vous ne voudriez quand même pas que je vous remercie de ne pas m'avoir rejointe sous la douche ? (Les mots étaient sortis de sa bouche avant qu'elle ne puisse les retenir.) Ne recommencez plus jamais ça, ajouta-t-elle avec un regard noir.

Le jeune homme avait l'air passablement abattu. S'il était vivant, il se serait sans doute dandiné d'un pied sur l'autre. Pour l'heure, il était complètement immobile. Encore une preuve que son comportement n'était pas naturel, songea Lydia. Elle faillit lui fermer la porte au nez sans autre forme de procès. Elle avait bien d'autres soucis en tête, mais elle ne pouvait se résoudre à se montrer grossière.

— Donnez-moi une minute pour me changer, pria-t-elle en passant devant le spectre pétrifié.

Elle enfila son pyjama en vitesse et étala la serviette humide sur le radiateur.

— Vous pouvez entrer, dit-elle en ouvrant la porte.

Le fantôme se faufila dans la pièce. Lydia résista à l'envie de le toucher pour vérifier qu'il était aussi réel qu'il en avait l'air.

— Vous m'attendiez ? Que voulez-vous ?

— Comment se fait-il que vous puissiez me voir ? Qui êtes-vous ?

— Quelqu'un de tout à fait normal.

— Mais personne ne m'avait vu avant vous. J'ai repris conscience ici et, avec un peu d'entraînement, j'ai réussi à sortir. Je ne pensais qu'à ma... à lui rendre visite. Mais elle ne pouvait pas me voir. Elle m'aimait, elle était inconsolable alors que j'étais là, devant elle.

Lydia considéra les traits du garçon déformés par l'émotion et se sentit encore plus mal à l'aise.

— Je suis désolée, bredouilla-t-elle. Je ne sais pas quoi dire.

— Vous devez posséder quelque chose de spécial. Vous appartenez à l'une des Familles, c'est ça ?

— Vous êtes au courant ?

Il haussa les épaules.

— Je suis originaire de Camberwell. J'ai entendu des rumeurs.

Il avait l'air si misérable que Lydia détourna les yeux.

— Je m'appelle Lydia Crow. Charlie Crow est mon oncle. L'immeuble est à lui.

— Donc pour vous, être « normale » signifie faire partie de la famille de magiciens la plus puissante de Londres ? Ce n'est pas l'usage courant du mot.

Ignorant son ton sarcastique, Lydia se risqua à le regarder.

— Vous ne comprenez pas. Pourquoi ne me dites-vous pas comment vous vous appelez ? Je ne fais pas confiance à quelqu'un qui refuse de communiquer son nom. Ce n'est généralement pas bon signe. Surtout chez les criminels endurcis.

— Je ne suis pas un criminel, protesta-t-il, la mine outragée.

— Merci de m'avoir sauvée des griffes du grand méchant, mais vous avez balancé ce type du toit. Vous êtes peut-être du genre violent et qui sait si vous n'allez pas me faire subir le même sort ?

— Je pourrais vous renvoyer la balle. Les Crow n'ont pas bonne réputation.

— Donc vous n'ignorez pas que mieux vaut tenir sa langue.

— Je connais les agissements de votre famille. C'est pour ça que je préfère ne pas vous dire mon nom. Vous vous renseigneriez et ensuite vous me chasseriez ou je ne sais quoi. Je suis sûr que votre oncle vous a envoyée ici pour faire le ménage.

Lydia prit le temps de la réflexion. Et si Charlie lui avait confié un bâtiment hanté afin de la tester ? Pour l'obliger à baisser la garde et dévoiler ses pouvoirs ?

— Est-il au courant à votre sujet ?

Il la dévisagea avec une expression de totale incompréhension.

— Quoi ? Je ne sais pas.

— Vous affirmez que personne n'a jamais pu vous voir, je
me demandais si...

— Peut-être que c'était le cas et qu'il faisait semblant.

— Possible, rusé comme il est.

Lydia observa une pause, pesant le pour et le contre.
Certes, ce garçon était un parfait étranger, mais il n'était pas
réel. C'était un spectre, susceptible de se volatiliser d'un
moment à l'autre.

— En réalité, je ne suis pas vraiment une Crow, dit-elle.
J'ai effectivement un lien de parenté avec eux, mais c'est
tout.

Il avait l'air sceptique.

— C'est la vérité, plaida Lydia. Vous n'avez pas à vous en
faire. Je ne suis pas là pour me débarrasser de vous, désen-
voûter les lieux ou autre chose. C'est l'affaire d'une semaine
ou deux, et ensuite je débarrasserai le plancher.

— Mais vous êtes une sorte de détective. Vous travaillez
pour votre oncle.

— Écoutez, fit-elle, à bout de patience. J'ai été élevée en
dehors de la Famille et même si je faisais partie de l'organisation, je serais la dernière roue du carrosse. Insignifiante.

— Oui, mais les Crow... je veux dire la Famille Crow.
Tout le monde ne gobe sans doute pas ces histoires, mais
moi si. Je sais des choses.

Lydia s'assit sur le lit.

— Les Crow sont les grands méchants, d'accord. Ils
étaient hors la loi dans le passé et ils sont peut-être encore
un peu chelous sur les bords... Ils sont puissants, c'est exact.
Mais pas moi. À en croire Charlie, je n'ai aucun pouvoir.
Rien du tout. Je suis une anomalie. Une erreur génétique.

Le fantôme plissa le front. Il avait l'air plus vivant que
jamais.

— C'est vrai ?

— Croix de bois, croix de fer...

Malheureusement, c'était le cas. Plus ou moins. En fait, elle était plutôt nulle. Son pouvoir se limitait à détecter celui des autres. Elle était capable de repérer des résidus de magie, telle l'aura que dégageait l'inspecteur Fleet, ou d'identifier les personnes dotées de pouvoir. Auquel cas, elle pouvait en déterminer les spécificités et deviner s'il s'agissait d'un Silver ou d'un Pearl, mais généralement cela se limitait à « oui ou non ». Un peu comme le portique de détection d'un aéroport, qui sonnait si quelqu'un utilisait la magie. Elle était un instrument. En d'autres termes, un grille-pain, résuma-t-elle, complètement déprimée.

Le fantôme s'attarda sur le seuil de la chambre, l'air incertain.

— Vous n'êtes donc pas là pour me tuer ?

Lydia voulut lui démontrer l'absurdité de ce raisonnement, mais elle se ravisa.

— Je vous le jure. Depuis combien de temps êtes-vous ici ?

— Trente-cinq ans.

Donc, il était mort au début des années 1980. D'où son costume désuet.

— C'est arrivé ici ?

Il plissa les yeux.

— Vous voulez savoir ce qui me retient dans cet endroit ? M'aider à tourner la page ?

— Non, soupira Lydia. J'essayais juste de faire la conversation. Je peux m'en dispenser si vous voulez.

Il ne répondit pas. Au bout d'un moment, Lydia décida qu'elle en avait assez. Elle se cala contre ses oreillers et prit un livre.

— C'était notre brunch de noces.

Lydia leva les yeux.

— Ici ? À *La Fourchette* ?

— Oui, répondit-il sur la défensive. L'endroit était beaucoup plus luxueux à l'époque. C'est là où avait eu lieu notre premier rendez-vous, alors...

— C'est charmant. Très romantique.

— Oui. Les invités s'étaient réunis ici après la cérémonie à l'église. Le propriétaire nous avait permis de privatiser la salle qu'on avait décorée avec des ballons, etc. Il y avait à boire et la mère d'Amy avait apporté une bagatelle aux fruits. Le restaurant avait préparé un buffet, mais elle avait insisté, disant que c'était la tradition. Et il y avait aussi du cidre et des boules de neige. La vraie recette.

— Super !

Il se raidit, comme s'il en avait trop dit, et tourna les talons.

— Je m'en vais. Je vous laisse tranquille.

— Vous n'êtes pas obligé de partir... Je suis désolée, ajouta-t-elle dans son dos, consciente qu'elle aurait dû réagir autrement en de telles circonstances.

— Jason, déclara-t-il sans se retourner après un silence.

— Enchantée d'avoir fait votre connaissance. Bonne nuit, Jason.

Lydia avait reçu un mot d'Emma se résumant à un simple « oui » en réponse au texto qu'elle lui avait envoyé pour vérifier si elle était bien rentrée. Lydia revoyait l'expression abasourdie, paniquée de son amie. Elle ne répondait même pas à ses appels. Lydia avait laissé un message sur son téléphone fixe ainsi que sur son portable, sans oublier trois SMS ponctués d'émojis souriants. Rien.

Désireuse de sortir se changer les idées et d'acheter quelques provisions, Lydia se dirigea vers le Tesco Metro le plus proche, évitant soigneusement l'épicerie Pearl au passage. Elle tâtait distraitement un avocat quand son téléphone sonna. C'était Fleet.

— Il faut qu'on parle, annonça-t-il, aussi impassible que d'habitude

Lydia reposa le fruit.

— Je vous écoute.

— Je préférerais de vive voix. Je suis justement dans le quartier.

Ce n'était pas bon signe. Lydia refoula un mauvais pressentiment et se dépêcha de terminer ses courses. Elle jeta pêle-mêle dans son panier des lasagnes, une salade en sachet, des pommes, du lait, une bouteille de whisky et un gigantesque sachet de chips au sel et au vinaigre avant de se diriger vers la caisse.

La supérette se trouvait à deux rues du bistrot, aussi fut-elle surprise de découvrir Fleet qui l'attendait, adossé au capot de sa voiture. Il devait déjà être à sa porte et pas juste « dans le quartier ».

— Une seconde visite à domicile, inspecteur Fleet ? Quel honneur !

Il inclina la tête avec un sourire enjôleur qui n'avait rien à voir avec la courtoisie professionnelle. Lydia se demanda si ce sourire n'était destiné qu'à elle seule. Il ne lui donnait pourtant pas l'impression d'être un séducteur invétéré, mais elle ne se fiait guère à son instinct à l'égard de la gent masculine.

— Appelez-moi Ignatius.

— Pourquoi ? S'agit-il d'une autre visite de politesse ?

Il agita la main, paume vers le bas, comme pour dire « comme ci comme ça » avant de désigner le restaurant d'un signe de tête.

— On y va ?

Lydia déverrouilla la porte et se dirigea vers l'escalier menant à l'étage. Au lieu de la suivre, Fleet s'attarda au milieu de la salle.

— Vous avez été très occupée, on dirait.

— Je n'y suis pour rien, rétorqua Lydia en faisant passer son sac de courses d'une main dans l'autre pour détendre son bras.

Fleet se précipita.

— Vous permettez ?

— Ça va aller, dit Lydia, qui recula d'un pas et faillit perdre l'équilibre.

Fleet s'immobilisa

— Pardonnez-moi. Je ne voulais pas vous effrayer.

Lydia refoula une soudaine envie de pleurer. Elle fit de son mieux pour ignorer la lumière qui auréolait la silhouette de son visiteur.

— Ce n'est pas le cas, articula-t-elle au bout d'un moment. Ignatius ? Quel drôle de nom ! remarqua-t-elle, histoire de dissimuler son embarras.

— Parfois bien lourd à porter, croyez-moi.

La tension un peu retombée, Lydia parvint à sourire.

— Venez, dit-elle en gravissant les premières marches.

Elle poussa la porte du salon, espérant le trouver désert. Un rapide coup d'œil lui confirma que Jason ne planait pas près de la fenêtre ou dans une autre posture déplaisante.

— Je reviens tout de suite, dit-elle.

Elle rangea le lait, la salade et les lasagnes dans le frigo, abandonnant le reste des provisions sur le comptoir de la petite cuisine, puis brancha la bouilloire avant de retourner au salon.

Elle trouva Fleet debout devant la baie vitrée, observant la rue en contrebas. Au même moment, un rayon de soleil illumina son visage.

— Je peux vous offrir du thé ou du café, mais instantané, proposa-t-elle. Le café, pas le thé. J'ai du thé en sachet.

Lydia pinça les lèvres pour éviter d'en dire davantage. Avec sa stature imposante, Fleet donnait l'impression d'occuper tout l'espace et elle regretta de l'avoir invité chez elle.

Elle s'était promis de prendre ses distances, mais à présent, elle se demandait si la pire solution n'était pas de le maintenir à l'écart. Charlie lui avait interdit d'aller trouver les flics, mais que pouvait-elle faire si c'étaient eux qui se déplaçaient chez elle ? La présence de Fleet dans son salon, triste et nu, rendait la pièce encore plus laide en comparaison.

— Rien pour moi, merci, déclina Fleet, les mains derrière le dos. Nous avons du pain sur la planche. Il n'y a pas une minute à perdre.

— Très bien. Asseyez-vous, je vous en prie.

Fleet s'installa au milieu du canapé, les bras sur ses genoux, les mains jointes, la mine si grave que Lydia en eut des frissons.

— John Smith est mort, déclara-t-il.

— Quoi ?

Comme il n'y avait pas d'autre siège, elle se laissa tomber sur le sol, les jambes croisées.

— Il a succombé à un arrêt cardiaque la nuit dernière.

— Mais il avait repris conscience, n'est-ce pas ? Je croyais que vous lui aviez parlé ?

— Brièvement. Il n'est pas tombé sur la tête, ce qui concorde avec la nature de ses blessures. Le traumatisme crânien devait être plus grave qu'on ne le pensait. L'œdème cérébral était si important qu'on a eu recours au coma artificiel pendant vingt-quatre heures. Les médecins ont tenté de l'interrompre hier et, d'après ce que j'ai compris au jargon médical, ils semblaient croire qu'il donnait des signes de réveil. Il avait même commencé à répondre aux stimulations.

— Il est revenu à lui ?

— Apparemment. Même si on ne peut pas en être sûr, bien entendu.

— Et ensuite, il est mort ?

Lydia se demanda si Jason écoutait et ce qu'il éprouvait à l'idée d'avoir commis un homicide involontaire. Elle se rappelait sa réaction devant le regard vitreux de John Smith et espérait qu'il n'était pas trop bouleversé.

— Smith respirait sans aide, même s'il était toujours sous monitoring en soins intensifs, reprit l'inspecteur. L'alarme a sonné à 1 h 27 du matin et à 1 h 56, on l'a déclaré mort. L'autopsie aura lieu aujourd'hui ou demain, et nous serons fixés. Il faut noter qu'il y a une interruption dans la bande-vidéo juste avant le déclenchement de l'alarme.

Lydia se força à ne pas réagir.

Fleet la dévisagea en silence comme s'il s'attendait à ce qu'elle lui fournisse une information qu'il connaissait déjà. C'était une excellente tactique appliquée avec maestria. Lydia avait suivi un stage sur les interrogatoires et la voix du formateur lui revint en mémoire : « Observez le silence afin d'inciter votre interlocuteur à parler. » Exactement ce que faisait Fleet. Mais il fallait être deux pour jouer à ce jeu-là. Lydia pinça les lèvres. Était-ce son imagination ou le regard de l'inspecteur s'était adouci et ses pupilles dilatées ? L'interrogeait-il avec un sourire coquin ? Rougissante à cette pensée, elle passa à l'offensive pour cacher sa confusion.

— Vous ne connaissez toujours pas son identité ? Plusieurs jours ont déjà passé pourtant.

Fleet secoua la tête.

— Personne n'a cherché à le contacter et il n'a reçu aucune visite non plus... Pour autant qu'on sache, en tout cas. Croyez-vous toujours que l'agression que vous avez subie est liée à votre famille ?

Lydia prit son temps avant de répondre. Fleet pouvait toujours essayer de la questionner, non seulement elle était une enquêtrice professionnelle, mais encore la fille de son père, Henry Crow. Un bon flic avec un sex-appeal à se damner ne faisait pas le poids.

— Je ne peux pas l'affirmer. Comme je vous l'ai dit, c'était une impression. Probablement sous le coup de l'affolement. Et j'ai jugé bon de vous en faire part. En toute transparence.

— Ah oui ? dit Fleet avec un sourire énigmatique.

— Donc vous pensez que la mort de Smith est suspecte ?

— Comme tout ce qui concerne cet homme. Et puis il y a autre chose qui cloche. L'interruption de la bande-vidéo. Nous cherchons à comprendre comment cela a pu se produire.

— Je peux le voir ?

— Pardon ?

Il était hautement improbable que Carter l'ait suivie jusqu'ici par esprit de vengeance et elle n'était pas à Londres depuis assez longtemps pour s'attirer des inimitiés, même si elle en était tout à fait capable. Ce qui signifiait que John Smith était un homme de main, embauché par... qui ? Fox ? Elle n'avait pourtant décelé la présence d'aucun membre de l'une ou l'autre Famille à ce moment-là, mais sans doute avait-elle été trop paniquée.

— John Smith. Je peux le voir ?

— Vous êtes la victime dans une enquête en cours, je ne crois pas que ce soit une bonne idée.

— Je pourrais peut-être l'identifier.

Ou détecter des relents de magie, en bon petit robot qu'elle était.

Fleet plissa les yeux.

— Vous avez affirmé que vous ne le connaissiez pas.

Lydia haussa les épaules.

— Effectivement, mais c'était super flippant. Vous avez probablement l'habitude de vivre sous la menace, Fleet, mais pas moi. La peur me brouillait les idées. Je me suis peut-être trompée.

Il ménagea une pause.

— Je m'en occupe. Comptez sur moi.

— Génial !

Lydia comprit avec retard qu'elle avait manifesté un peu trop d'enthousiasme. Fleet parviendrait, si ce n'était pas déjà le cas, à la même conclusion que la plupart des gens, à savoir qu'elle était totalement excentrique.

— Et la raison personnelle ?

— Pardon ?

— Vous sembliez dire que votre visite n'était pas que professionnelle.

Lydia essaya d'ignorer son cœur qui battait la chamade.

— Il ne peut pas y avoir de raison personnelle, affirma Fleet. Pas officiellement, en tout cas, précisa-t-il avec un regard appuyé, comme s'il souhaitait pouvoir en dire plus.

— Ça n'a aucun sens.

— Vous êtes la victime dans une enquête en cours, répéta-t-il. Il ne peut donc pas y avoir de relation personnelle entre vous, la victime, et moi-même, l'officier chargé de l'enquête.

— Vous pouvez arrêter de dire ça ?

— Dire quoi ?

— La victime.

Fleet parut désarçonné.

— Oui, d'accord. Pardonnez-moi.

— Donc la question personnelle dont vous vouliez discuter était l'absence de question personnelle.

— En effet. Je me suis dit qu'il valait mieux clarifier la situation.

Lydia croisa les bras

— Et vous croyez que c'est ce que vous êtes en train de faire ? Rendre les choses plus claires ?

Fleet secoua la tête.

— Je ne sais pas. J'ai pensé que je devais dire quelque chose... Quand je suis venu vous voir l'autre soir... C'était un comportement inapproprié. J'ignore ce qui m'est passé par la tête. Je vous présente mes excuses.

— Ne vous en faites pas pour ça.

Lydia éprouvait une lassitude extrême. Ou plutôt une profonde déception. C'était un flic et il voulait s'assurer qu'il n'avait pas enfreint le règlement. Ou, plus précisément, qu'elle ne lui causerait pas d'ennuis pour avoir enfreint le règlement.

Fleet s'apprêta à partir.

— Fermez bien la porte derrière vous, dit Lydia, mettant un terme à cette conversation gênante.

— Vous devriez la verrouiller.

— Merci pour le conseil.

— Bon, je file.

Fleet hocha la tête comme s'il venait de prendre une décision et s'en fut.

Lydia écouta le bruit de ses pas décroître dans l'escalier et, sans plus réfléchir, courut le rattraper.

— Fleet ?

Il s'immobilisa et fit volte-face

— La coupure dans la bande-vidéo était-elle nette ? Comme si on l'avait effectuée a posteriori ?

Mais si quelqu'un y avait eu accès, il aurait tout effacé.

— Les images sont floues durant cinq minutes avant que l'alarme ne se déclenche, finit-il par dire alors qu'elle commençait à désespérer d'obtenir une réponse. Ça ressemble à des interférences électriques ou des parasites.

Charlie. Bon sang !

CHAPITRE DIX

La morgue se situait dans une annexe récente à l'arrière du bâtiment principal de l'hôpital. Lydia n'y avait jamais pénétré, mais pensait avoir vu suffisamment de cadavres à la télévision et au cinéma pour savoir à quoi s'attendre. Les tiroirs mortuaires effrayants. Un policier débutant vomissant tripes et boyaux dans un coin. Un technicien sinistre débordant d'enthousiasme.

Elle descendit de sa vieille Volvo et sonna à une porte où un petit écriteau signalait « chambre mortuaire ». Elle était au bon endroit, songea-t-elle non sans appréhension. Elle avait beau se persuader qu'il n'y avait aucune raison de rencontrer des esprits là plutôt qu'ailleurs – les gens décédaient un peu partout, n'est-ce pas ? Surtout dans un lieu aussi peuplé et chargé d'histoire que Londres. Néanmoins, il n'y avait rien de tel que de voir la mort en face pour réveiller les vieilles superstitions.

La porte s'ouvrit non sur un technicien ou un employé, mais sur Fleet en personne, vêtu d'un costume, son manteau de laine soigneusement plié sur le bras.

— Pile à l'heure, dit-il. On y va ?

Lydia acquiesça, soudain consciente du nom qu'elle

portait. Pas question de s'évanouir ou de se sentir mal. Elle s'appelait Lydia Crow et les Crow ne flanchaient pas.

À l'intérieur, il y avait une petite salle d'attente meublée de sièges rembourrés et d'une table basse où s'entassaient des magazines. Il y faisait chaud et un vase de fleurs fraîches trônait sur le bureau de la réception, derrière lequel était accroché un panneau d'affichage où figuraient des cartons de remerciements aux couleurs pâlies et des publicités pour les pompes funèbres locales.

Une femme en blouse verte protégée par un tablier en plastique vint à leur rencontre.

— Je vous présente Felicity Syed, dit Fleet. Felicity, voici Lydia Crow. Elle peut jeter un coup d'œil ?

Lydia hésita à lui serrer la main. Le temps qu'elle se décide, le médecin légiste avait tourné les talons et s'engageait dans un couloir. Après avoir franchi plusieurs portes verrouillées par un clavier digital, ils pénétrèrent dans une salle immaculée et glaciale, contrastant avec la chaleur du dehors. Lydia se figea, secouée par la vision surréaliste qui s'offrait à ces yeux – quatre tables en acier inoxydable au plateau perforé, éclairées par deux grosses lampes.

— Par ici, déclara Felicity en les conduisant à la seule table occupée.

La forme d'un corps se dessinait sous un drap et, pendant une fraction de seconde, Lydia songea à prendre la fuite.

Felicity retira le linge, dévoilant les pieds, les jambes, le torse, puis la tête du cadavre. Lydia reconnut l'homme qui avait failli la tuer l'autre soir, à *La Fourchette*. Elle tâcha de se persuader qu'il ne s'agissait pas d'un être humain, mais d'une forme humanoïde ou d'un mannequin de cire. Une odeur de chair décomposée lui monta aux narines et à la gorge par-dessus les effluves de désinfectant.

— Vous le reconnaissez ? demanda Fleet.

— Oui.

— Qui est-ce ? Savez-vous son nom ?

Lydia secoua la tête. L'homme était à moitié nu. Une blouse verte était nouée autour de sa taille, dissimulant ses cuisses, son entrejambe et son bas-ventre. C'était grotesque, comme s'il s'était enveloppé d'une serviette en sortant de la douche. D'un autre côté, Lydia se félicitait du fait qu'il ne soit pas dans le plus simple appareil. De nombreux tatouages à l'encre noire ornaient son torse. Il avait deux étoiles à huit branches stylisées, une sous chaque clavicule, tandis que le dessin sophistiqué de Prométhée enchaîné à un rocher, avec en arrière-plan la mer où se profilait un voilier, recouvrait sa poitrine et son abdomen. Un motif en forme de boucle s'enroulait autour d'un de ses poignets. Lydia se pencha pour vérifier si on y relevait la présence de lettres ou d'un détail révélateur. Les tatouages ne lui disaient rien. Elle fouilla dans sa mémoire, passa en revue les traditions fami- liales, les incantations et autres formules magiques, les symboles associés aux quatre clans, voire les noms de ses anciens clients à Aberdeen. En vain.

Fleet ne la quittait pas des yeux.

— Nous l'avons identifié, annonça-t-il. Il s'appelle Artur Bortnik.

— Il est russe ?

— Vous avez l'air étonnée.

— Il n'avait pas d'accent. Je vous l'aurais précisé si c'était le cas.

Elle examina les pieds de l'homme et remarqua sur le gauche un petit tatouage en forme d'étoile.

— Comment l'avez-vous su ? insista-t-elle.

Fleet désigna les étoiles à huit branches qui s'étalaient sur les épaules du cadavre.

— Ceci indique un criminel professionnel dans le système pénitentiaire russe.

Lydia montra le dieu grec.

— Et ça ?

— Les chaînes et le bateau sont censés signaler qu'il peut ou a pu s'échapper de prison et qu'il est prêt à servir comme mercenaire.

Lydia ne pouvait détacher les yeux du cadavre.

— Pourquoi m'avez-vous fait venir puisque vous connaissez son identité ?

Fleet l'enveloppa d'un regard à la fois soupçonneux et inquiet.

— Nous avons eu confirmation par Interpol. Bortnik appartient à la Bratva. On ne connaît pas son rang exact, mais il s'est montré en compagnie de certains mafieux subalternes, ce qui a suffi à l'intégrer dans la base de données. Je voulais vérifier si cela pouvait contribuer à vous raviver la mémoire, ajouta-t-il en désignant le cadavre du menton.

— Non. Si je me rappelais quelque chose, je vous le dirais.

— Et vous ne voyez aucune raison pour laquelle la Bratva s'en prendrait à vous ?

— Je n'ai rien à voir avec la mafia russe, se défendit Lydia, consciente du ridicule de la situation, étant donné qu'elle n'avait jamais mis les pieds en Russie.

Fleet reporta son attention sur le corps.

— Il a l'air en assez bonne forme, étant donné les circonstances. La partie supérieure, en tout cas.

Nauséeuse, Lydia sentit des gouttes de sueur perler sur son front et sa nuque.

Felicity, qui se tenait à l'écart, absorbée par l'écran de sa tablette, s'approcha et tira le drap sur le Russe.

— Voulez-vous vous asseoir ? suggéra-t-elle.

Lydia secoua la tête, les oreilles bourdonnantes, la vue trouble.

Le médecin la guida vers une chaise.

— Installez-vous et penchez-vous, lui enjoignit-elle en exerçant une légère pression sur sa nuque.

Au bout de quelques minutes, Lydia recouvra ses esprits et se redressa.

— Doucement, recommanda Felicity.

— Vous devez avoir l'habitude, dit Lydia, qui se sentait un peu bête.

— Venez, dit Fleet, l'air penaud. Je vous emmène déjeuner.

— Je n'ai pas faim, protesta Lydia, pas mécontente d'avoir un prétexte pour quitter l'hôpital.

LE CAFÉ AVAIT DES AUVENTS ROUGES ET UNE TERRASSE occupant une large partie du trottoir, où étaient disposées quelques tables. Lydia était curieuse de savoir quel genre de bistrot le mystérieux inspecteur avait choisi. Elle constata avec satisfaction qu'il s'agissait d'un restaurant italien traditionnel, proposant un menu sans prétention. À l'intérieur, la salle au plafond bas et aux poutres apparentes recélait un joyeux bric-à-brac de balances en métal rouillé, vieilles bouteilles en verre et autres chérubins en plâtre couleur crème, entassés sur des étagères.

Dos au mur, Lydia était installée à une table d'angle, d'où elle avait une excellente vue d'ensemble. Elle sentit se dissiper la tension qui lui nouait la nuque et les épaules. Elle avait conscience qu'elle ne pourrait continuer à se voiler la face plus longtemps. Voir son agresseur étendu sur la table métallique aurait dû être un soulagement. Il ne s'en prendrait plus à elle. Elle était en sécurité. Mais les mots sonnaient creux à ses oreilles.

Fleet reparut avec le menu et deux verres d'eau.

— Vous paraissez soucieuse. Quelque chose vous tracasse ?

Jason avait affirmé qu'elle n'avait pas l'air commode, se souvint Lydia, qui essaya de se détendre.

— Je réfléchissais.

— Je m'en doutais.

Pendant que Fleet étudiait le menu, Lydia en profita pour le dévisager sans crainte d'être observée.

La mort de cet homme ne changeait pas grand-chose, étant donné qu'elle ignorait son identité et ses intentions. S'il s'agissait d'un déséquilibré, elle était en sécurité. Mais découvrir que c'était un professionnel était une autre paire de manches.

— Les étoiles indiquent un tueur professionnel, c'est ça ? s'enquit-elle.

Fleet leva la tête.

— Oui, elles ont été réalisées en prison. Une tradition pour établir une hiérarchie interne.

— Elles avaient l'air moins fignolées que les autres.

— Il en avait d'autres dans le dos. Et un couteau dégoulinant de sang.

— Charmant, fit Lydia, la bouche sèche.

— Un code signifie un tueur à gages. Les gouttes de sang indiquent le nombre de ses victimes.

— Ses victimes, répéta Lydia, écœurée.

Quelqu'un avait embauché un tueur à gages professionnel. Qui pouvait la détester à ce point ?

Fleet tapota le menu.

— Avez-vous choisi ?

Lydia baissa les yeux sur le carton plastifié. Elle avait perdu l'appétit. Elle qui avait un estomac à toute épreuve, ce dont elle était très fière, ne pouvait feindre plus longtemps.

— Je n'ai pas faim. C'est curieux parce que j'ai *toujours* faim d'habitude. Toujours.

— Que diriez-vous d'une parmigiana ? La focaccia à l'ail est une tuerie ici.

Lydia acquiesça, s'efforçant d'oublier que son estomac venait d'opérer un double plongeon.

— Avec un Coca, s'il vous plaît.

Le sucre lui ferait sans doute du bien.

Fleet partit passer la commande au comptoir, tandis que Lydia se concentrait sur la superbe silhouette qu'il lui offrait de dos, un vrai cadeau pour la rétine, afin de tenter d'oublier le choc et la peur. Un tueur à gages ! On avait commandé sa mort comme un plat sur la carte.

« Une focaccia à l'ail et ôter la vie de Lydia, je vous prie ». D'un simple claquement des doigts. Elle avala sa salive avec peine et reporta son attention sur Fleet, qui traversait la salle dans l'autre sens.

À ce propos, une pensée en entraînant une autre... Il ne voulait rien avoir à faire avec elle parce qu'elle participait à une enquête en cours. En outre (l'idée venait de lui traverser l'esprit) c'était un flic et elle une Crow. Une piètre excuse, mais on ne pouvait l'ignorer.

Fleet posa les boissons et une cuillère en bois gravée d'un numéro sur la table.

— Je vous présente mes excuses, dit-il.

Lydia plaqua une main sur sa poitrine, feignant l'horreur d'un geste théâtral.

— Ne me dites pas qu'il n'y a plus de focaccia.

Fleet retroussa les lèvres en un bref sourire.

— Il ne s'agit pas de ça. Je n'aurais pas dû vous inviter à venir à la morgue.

— Non, non. Mieux valait en avoir le cœur net.

Fleet hocha la tête.

— Ce type ne pourra plus s'en prendre à vous.

— J'aimerais quand même savoir qui l'employait et pourquoi il en avait après moi.

Fleet se carra sur son siège.

— Vous n'en avez aucune idée ?

Lydia plongea le nez dans son verre de soda.

— Absolument aucune. Je compte interroger ma patronne à l'agence. J'ai essayé de réfléchir à d'éventuelles connexions russes avec tous les emplois que j'ai occupés, mais je n'ai rien découvert. Et je n'ai jamais eu affaire avec la Bratva non plus. L'idée ne m'avait d'ailleurs jamais effleurée.

— Ce gars avait des accointances avec la mafia, il y a des années. Il ne faisait peut-être plus partie de l'organisation. Or il était en Angleterre, ce qui signifie qu'il a clairement effectué le voyage sur un plan professionnel. Si vous voulez mon avis, c'était un mercenaire, prêt à se louer au plus offrant.

— Probablement. C'est une maigre consolation.

— Et depuis que vous êtes retournée chez vous ? Y aurait-il eu un événement qui aurait pu déclencher ça ?

Lydia faillit le corriger. Camberwell n'était pas chez elle. Elle avait grandi en banlieue et ne s'était jamais sentie à sa place dans cette ville, où vivait la famille magique dont elle était séparée. Ensuite, elle avait déménagé, cherchant désespérément un endroit où elle se sentirait chez elle sans jamais le trouver.

— Je venais d'arriver. Je ne vois pas comment j'aurais eu le temps de m'attirer des ennuis.

Fleet acquiesça, l'air à moitié convaincu.

— Qu'y a-t-il ? s'enquit Lydia. Exprimez-vous.

— Votre famille.

— Je vous répète que je n'ai rien à voir avec les Crow. Je suis un canard boiteux. Une pièce détachée.

Il plissa le front.

— Mais vous vivez au-dessus du restaurant. Il appartient aux Crow depuis que je suis tout gosse. Et votre oncle...

— Mon oncle est mon oncle. Point barre. Le bistrot est fermé. Je ne suis là que pour deux semaines. C'est tout.

Elle se demanda si les Silver avaient raison de croire en la magie des mots. À force de répéter ce mantra, il finirait par se réaliser, non ?

Fleet avala une gorgée de café.

— Je vais détacher deux agents pour surveiller votre domicile, dit-il.

Lydia faillit répliquer qu'elle ne voulait pas un traitement de faveur, qu'elle était parfaitement capable de se défendre seule. Elle était une Crow, ce qui lui assurait toute la protection nécessaire.

Il la dévisagea par-dessus le rebord de sa tasse.

— Ce n'est pas négociable, alors n'essayez pas de discuter.

— Merci, dit Lydia en regardant son sourire illuminer son visage comme un rayon de soleil.

CHAPITRE ONZE

Lydia se réveilla, attrapa la cannette qu'elle avait laissée près de son lit la veille au soir et but une gorgée de Coca tiède. La lumière du jour s'infiltrait par les interstices des minces rideaux et dessinait un rai incandescent sur la couette. Un soda en guise de petit déjeuner et le décor minimaliste qui l'entourait étaient déprimants. Lydia se demanda si elle devait acheter une lampe pour sa chambre. Elle ramassa son téléphone posé par terre et se hâta de consulter ses messages et les comptes des réseaux sociaux de Maddie avant de perdre complètement le nord. À quoi bon décorer la pièce puisqu'elle ne comptait pas s'attarder ? Elle était décidée à repartir dans les plus brefs délais.

Emma avait fini par lui répondre. Non par SMS mais sur WhatsApp. Une photo de la table de la cuisine jonchée d'assiettes en papier à rayures arc-en-ciel débordant de muffins et de sandwichs, de jouets, de ballons crevés, de serviettes en papier froissées et couvertes de reliefs de nourriture.

— Mince, j'ai raté un anniversaire, c'est ça ? répondit Lydia. Je suis vraiment nulle. Les enfants, je me rattraperai auprès de vous deux, c'est promis, ajouta-t-elle après réflexion, ne sachant si elle avait oublié la fête d'Archie ou celle de Maisie.

Charlie surveillait les transactions par carte de crédit de Madeleine ainsi que le GPS de son téléphone pour tenter de la localiser. Il avait fait chou blanc. Allongée sur son lit, les yeux au plafond, Lydia pensait à sa cousine. Où une petite fille riche irait-elle sans avoir à utiliser ses cartes bancaires ni à retirer de l'argent ? Chez une amie ou un petit copain. Bien sûr, Madeleine pouvait user d'une fausse identité si elle avait élaboré un plan d'évasion à l'avance. Elle avait les moyens de se procurer les documents nécessaires et, étant une Crow, elle possédait également le bon réseau relationnel. Même Lydia, élevée dans une banlieue sécurisée, officiellement « hors circuit », savait que le meilleur faussaire travaillait dans l'arrière-boutique d'une laverie sur Well Street.

Ce qui conduisait naturellement à la question épineuse du « pourquoi ». Maddie menait une vie heureuse. Une Crow pourrie gâtée, entourée d'amies bling-bling aux ongles manucurés, arborant des sacs à main coûteux, elle possédait plus d'argent que n'importe quelle jeune fille de 19 ans et travaillait dans le domaine qu'elle avait choisi. Il y avait par conséquent trois pistes à suivre. Verity, qui lui avait envoyé un e-mail : « Désolée que ça n'ait pas marché », Paul Fox et son magnétisme animal, et Minty RP.

Lydia se leva et enfila ses vêtements de la veille. Après avoir avalé un café, elle s'installa sur le canapé et alluma son ordinateur portable. Verity s'était servie de sa boîte aux lettres électronique personnelle, pas professionnelle, mais le ton du message était celui d'une collègue de travail ou d'une connaissance plutôt que d'une amie proche.

Après quoi, Lydia prit rendez-vous avec le patron de Minty RP. Logiquement, la prochaine étape était de contacter Paul Fox, mais elle n'avait plus son numéro de portable. Même si elle l'avait conservé, il aurait certainement changé de toute façon. Elle termina son café avec un soulagement feint. Elle devrait aller le trouver et lui parler tôt ou tard. C'était un simple répit, pas un sursis définitif.

Lydia fléchit les doigts avant de les poser sur le clavier, prête à entreprendre une recherche, quand on sonna à la porte. Elle se figea, puis s'obligea à se détendre. Angel se trouvait au rez-de-chaussée. Elle était probablement montée lui demander quelque chose. Ou alors oncle Charlie ? N'ayant donné son adresse à personne, elle n'attendait aucune visite.

Lydia ouvrit la porte, regrettant l'absence d'un judas ou d'une chaîne de sécurité.

Le frère de Paul Fox rencontré la veille au soir devant le club se trouvait sur le palier.

— Paul veut vous voir, déclara-t-il.

Lydia glissa la main dans la poche de son blouson et la referma autour de la bombe lacrymogène qu'elle y conservait en permanence.

— C'est commode, dit-elle.

— Musée de la guerre. Dans une demi-heure.

Il tourna les talons et descendit l'escalier. Lydia attendit qu'il soit hors de vue avant de rentrer chez elle en claquant la porte. Elle respira à fond, puis s'en fut prier Angel de ne pas laisser n'importe qui monter à l'étage.

— Assise à une table près de la fenêtre, la cuisinière lisait en sirotant un verre de jus d'orange.

— On ouvre ce week-end, dit-elle sans lever les yeux de sa tablette. Vous êtes prévenue.

Lydia désigna la porte qu'elle venait de franchir.

— Vous voyez cette porte ? N'autorisez personne à entrer.

Angel inclina la tête sans sourire.

— Ce sont les toilettes des clients.

Lydia ferma les yeux, maudissant oncle Charlie et son bistrot.

— D'accord. Le type qui vient de partir n'était pas un client. D'autant que le restaurant n'est même pas encore ouvert.

— Quel type ?

— Laissez tomber.

En désespoir de cause, Lydia entreprit de se préparer à son rendez-vous. Elle devrait penser à sécuriser la porte avec une chaîne et un verrou, voire une serrure à arbalète.

Le soleil brillait sur les deux canons d'artillerie qui gardaient l'entrée du musée. Plusieurs visiteurs prenaient des selfies. Lydia repéra immédiatement Paul Fox qui, le dos tourné, déambulait un peu à l'écart avec une nonchalance affectée. Il était apparemment seul, mais cela ne voulait rien dire ; les Fox étaient très doués pour se fondre dans le décor.

Elle s'avança au milieu de l'allée de gravier. Elle voulait montrer qu'elle était seule et qu'elle n'avait aucune raison de paniquer. Elle souhaitait aussi qu'il sache qu'elle avait compris l'allusion pas très subtile contenue dans le choix du lieu de rendez-vous.

Paul se retourna alors qu'elle n'était plus qu'à trois mètres de distance, souriant comme si elle était une gourmandise qu'il s'apprêtait à dévorer. Vêtu d'un jean noir et d'un T-shirt ajusté, il était d'une beauté époustouflante, plus encore que dans son souvenir.

La tenue dans laquelle elle l'avait vu pour la dernière fois, cinq ans auparavant ; ce n'était évidemment pas un hasard.

— Lydia Crow en chair et en os ! s'écria-t-il. J'ai appris que tu étais rentrée au bercail.

— Pas exactement.

— Je n'y ai pas cru, poursuivit Paul sans l'écouter. Tu avais juré que tu ne remettrais plus jamais les pieds à Londres. Où t'étais-tu envolée ? En Sibérie ?

— En Écosse.

Paul sourit.

— Tu as l'air en pleine forme. Mettre les voiles était apparemment une excellente idée. Je me demande ce qui t'a pris de revenir.

Lydia se détendit. L'hostilité, elle savait gérer.

— On va faire un tour au musée ? Que dirais-tu de réviser tes cours d'histoire ?

Le sourire de Paul s'élargit. Il désigna le parc d'un signe de tête.

— J'ai pensé que nous pourrions prendre un bol d'air. Ça te tente pendant que nous rattrapons le temps perdu ? proposa-t-il en sortant une flasque en métal argenté de la poche arrière de son jean.

Lydia secoua la tête.

— C'est un peu tôt pour moi.

— Tu étais moins à cheval sur les principes autrefois.

— La sagesse vient avec les années.

Paul avala une lampée de sa flasque avant de la ranger.

— Je suppose que tu es venue rôder autour de mon club pour le plaisir de ma compagnie. Le poids de la nostalgie ?

— Madeleine Crow.

Lydia avait envisagé une entrée en matière plus habile, mais face à l'expression suffisante de Paul Fox, elle préféra se jeter à l'eau. Elle l'étudia attentivement. Pas pour vérifier s'il mentait, c'était évident, mais pour déceler la part de vérité ou le grossier mensonge susceptible de la mettre sur la voie.

— J'ai un cadeau, enchaîna Paul. Pour te souhaiter la bienvenue. On le livre chez toi en ce moment même.

Lydia aurait voulu lui demander comment lui-même et sa famille connaissaient son adresse, mais elle préféra s'abstenir. Pas question de lui donner cette satisfaction.

Paul l'étudia d'un œil critique. L'air était imprégné de l'odeur inimitable des Fox. Lydia aurait voulu pouvoir contrôler son don, afin qu'il ne soit pas si envahissant. Bon d'accord, c'est un Fox, se dit-elle mentalement. Inutile d'en rajouter.

— Madeleine Crow, répéta-t-elle. Ne prétends pas que tu ne la connais pas, on vous a vus sortir ensemble du club.

— Alors tu es détective, maintenant ?

— Je me contente de rendre service. Je repars bientôt.

Paul secoua la tête.

— Quel meilleur endroit qu'ici pour exercer tes talents ? Tu connais des gens. Ou ça ne tardera pas. Tu aurais des clients comme ça, poursuivit-il en claquant des doigts.

Lydia ouvrit la bouche pour rétorquer qu'elle n'avait qu'un an d'expérience et n'était pas en mesure d'ouvrir sa propre agence, mais elle se ravisa, se rappelant à qui elle avait affaire et qu'il ne s'agissait pas d'une conversation amicale.

— J'aurais peut-être un petit boulot pour toi.

— Ta femme te trompe ? ironisa Lydia pour reprendre le contrôle de la conversation qui lui échappait.

Paul sourit.

— Je suis toujours célibataire et heureux de l'être.

— Je ne cherche pas de travail et je ne compte pas m'éterniser à Londres. Et si nous parlions de Madeleine ?

— Je connais Maddie. Une fille sympa.

— Tu sais où elle se trouve ?

— Non. J'ai appris qu'elle avait disparu. Pas très prudent, ça. Charlie devrait mieux veiller sur ses oisillons.

— C'est une menace ? demanda Lydia, s'efforçant de conserver une voix égale.

D'aussi loin qu'elle se souvenait, Paul Fox était charmeur, tendre et affectueux. Mais il n'en restait pas moins un Fox et elle l'avait souvent entendu se comporter avec froideur et jeter des regards sournois, contrastant avec la gentillesse et la galanterie dont il faisait preuve à son égard. Avec le recul, elle comprenait qu'il avait joué son rôle à la perfection envers la jeune fille de 19 ans émotive et inexpérimentée qu'elle était. Elle voyait clair en lui, à présent. À moins qu'il ne joue un rôle différent. Quoi qu'il en soit, chaque parcelle de son être lui soufflait de quitter le parc et s'éloigner le plus loin possible de Paul Fox.

Elle plongea une main dans la poche de son blouson et serra une pièce de monnaie entre ses doigts pour mieux se concentrer.

— Si tu sais quelque chose, tu as intérêt à le dire. À moi, plutôt qu'à Charlie.

Paul tourna la tête pour observer les passants.

— Tu crois ? Les choses ne sont plus ce qu'elles étaient, petit oiseau. Tu devrais te mettre au parfum avant d'utiliser ton nom au petit bonheur.

— Pourquoi ne pas m'affranchir ? J'aimerais bien apprendre.

Il reporta son attention sur elle.

— Ça viendra.

Il l'attrapa par les épaules et l'embrassa brutalement, essayant d'introduire de force sa langue dans sa bouche. Lydia ne chercha pas à se débattre, elle se baissa, leva un genou et visa l'entrejambe de Paul Fox, qui se plia en deux de douleur.

— Ne refais jamais ça, jeta-t-elle en s'éloignant.

Après un déjeuner tardif et une longue promenade pour se calmer les nerfs, Lydia descendit de la Northern Line à la station Oval et remonta à la surface. Son téléphone sonna dès que le réseau fut rétabli. Fleet.

Elle était ravie de l'entendre, plus qu'elle n'aurait voulu l'admettre.

— Quoi de neuf, inspecteur ?

— Je voulais prendre de vos nouvelles.

— De mes nouvelles ? répéta-t-elle, tandis qu'elle se dirigeait vers son domicile.

Un grand échalas affublé d'une longue perruque blond platine, chaussé de sandales et vêtu d'une tunique blanche style Jésus venait dans sa direction et elle s'empressa de changer de trottoir. Il y avait la folie douce, comique, et la mauvaise. Or après sa rencontre avec Paul Fox, Lydia n'était pas vraiment d'humeur à supporter les excentricités.

Elle n'entendit plus rien à l'autre bout du fil, alors qu'elle traversait la rue au milieu des voitures.

— Pardon. Qu'avez-vous dit ?

— Vous allez bien ? Après Bortnik ? Je n'aurais pas dû vous montrer...

— Je vous répète que je vais très bien.

— Vous devriez être prudente. Ne prenez pas de risques inutiles.

— On dirait que le monde sait mieux que moi ce que je dois faire ou ne pas faire. Pour quelle raison manifestez-vous un tel intérêt, inspecteur Fleet ?

— Je vous laisse deviner.

— Parce que je suis une Crow ?

— Tout ne tourne pas autour de ça, vous savez.

C'est-à-dire ? faillit-elle demander, le rouge aux joues.

Est-ce qu'il flirtait avec elle ?

— Je vous souhaite une bonne soirée, conclut Fleet d'un ton soudain plus formel.

— Pardon ?

Mais il avait déjà raccroché. Lydia glissa son téléphone dans sa poche et contourna un arrêt de bus où se pressait une foule dense. Arrivée en vue de *La Fourchette*, elle parvint à chasser Fleet de son esprit. Les lumières du café étaient allumées – on aurait dit un phare dans l'obscurité. Si elle espérait trouver le calme et l'anonymat, c'était raté.

Elle déverrouilla la porte et avisa un nouvel écriteau suspendu à la vitre indiquant « Fermé ». Attablée devant une assiette de gâteaux, Angel lisait.

— Que faites-vous ?

Angel se lécha les doigts et posa son livre à l'envers sur la table avant de répondre.

— Ça se voit, non ?

— Je veux dire ici. Il est tard. Pourquoi ne rentrez-vous pas chez vous ?

— Nat a une répétition avec son orchestre. C'est trop bruyant.

— Nat ?

Angel lui jeta un regard noir.

— Ma femme.

Lydia fit halte devant la porte menant à l'étage

— Bonne nuit, lança-t-elle au lieu de lui adresser la remarque qui lui brûlait les lèvres : *Vous ne pouvez pas utiliser La Fourchette comme si c'était votre salon.* (Angel n'était pas n'importe qui.) Vous n'oublierez pas de fermer à clé en partant ?

La cuisinière, qui s'était replongée dans son livre, ne daigna pas répondre.

Lydia gravit péniblement l'escalier. Parvenue à la dernière marche, elle s'immobilisa.

Quand elle était partie retrouver Paul Fox, il y avait à l'entrée de son appartement une porte spéciale B&Q blanc cassé. Elle avait disparu, remplacée par une porte dans un beau bois brun avec un panneau supérieur en verre dépoli. L'inscription « Crow Enquêtes et Investigations » y était gravée en lettres de bronze vintage en relief.

Lydia la fixa, incrédule. C'était grotesque et magnifique à la fois. Elle tira son téléphone de sa poche et appela Charlie.

— Tu as fait installer une nouvelle porte dans l'appartement ?

— Non. Pourquoi, tu en veux une ?

— Non. Ce n'est pas grave.

Elle raccrocha avant qu'il n'ait eu le temps de l'interroger sur l'avancement de ses recherches et poussa le battant, prête à se sauver en courant. Le salon désert était dans l'état où elle l'avait laissé, quelques heures auparavant. La seule preuve de la présence d'un intrus était un petit tas de sciure de bois provenant d'une perceuse et, bien entendu, la nouvelle porte.

Lydia inspecta l'appartement de fond en comble avant de s'effondrer sur le canapé du salon, d'où elle pouvait voir la porte à travers le couloir. À la surprise se substitua la colère, et elle bondit sur ses pieds, les poings serrés. Peut-être dénicherait-elle un marteau quelque part dans l'immeuble pour abattre la porte. Cela aurait un effet libérateur. Seul hic : elle n'aurait plus de porte d'entrée.

Son portable se mit à jouer *The White Stripes*. Un numéro inconnu.

Du bout des doigts, elle se massa la tempe en petits cercles concentriques pour enrayer un début de migraine.

La voix de Paul Fox, insupportablement arrogante, résonna à ses oreilles.

— Tu aimes ton cadeau ?

— Espèce d'enfoiré ! Je ne sais pas à quel jeu tu joues là, mais tu crois que c'est drôle ?

— Hé, petit oiseau, c'est comme ça que tu manifestes ta reconnaissance.

Lydia faisait les cent pas dans la pièce, en proie à une colère grandissante. C'était imprudent de s'emporter contre un Fox, mais elle ne s'en souciait guère.

— Je ne veux pas de cadeaux. Nous ne sommes pas en couple.

— Mais tu l'aimes bien, non ? Ce style rétro s'harmonise à merveille avec ton look rétro et ton appartement rétro. Tu sais que tu ferais bien de passer à autre chose ? On dirait que ce bistrot n'a pas changé depuis les années 1960.

— La prochaine fois qu'il te prendra l'envie de gaspiller ton argent, vire-le directement sur mon compte.

Paul feignit de ne pas entendre.

— Charlie a la nostalgie du bon vieux temps ? Il essaie de

redémarrer *La Fourchette* avec son petit oiseau dans le nid ?

Lydia s'immobilisa et soupira en silence. Paul tâtonnait en quête d'informations.

— Laisse Charlie en dehors de ça, d'accord ? Je ne veux plus que tu m'offres quoi que ce soit. Nous ne sommes pas amis. Nous ne sommes plus ensemble. Nous ne sommes plus rien du tout.

— Alors comment expliques-tu que je te connaisse encore si bien ? Tu adores ton cadeau, avoue-le. Je te connais mieux que tu ne te connais toi-même. Je sais ce dont tu as envie et besoin, ajouta-t-il sur un ton plus grave.

— Tu n'as pas intérêt à te frotter à moi, cracha Lydia, tous ses sens en alerte.

Elle aurait aimé retrouver son calme pour réfléchir.

— Je sais. Je n'ai pas oublié le mal que tu m'as fait.

— Et interdiction de débarquer chez moi, toi ou qui que ce soit d'autre.

La voix de Paul ne souriait plus.

— Tu veux m'éviter ? Envole-toi, petit oiseau. Vite.

Lydia raccrocha et ferma les yeux. Quand elle les rouvrit, la porte était toujours là.

Elle alla chercher la bouteille de whisky et en versa un doigt au fond de sa tasse de café vide. Elle fixa la porte, espérant que l'alcool l'aiderait à gérer ses émotions. C'était déconcertant de voir à quel point Paul savait deviner ce qui lui faisait plaisir. Autrefois, il était très doué dans ce domaine et c'était terrifiant de découvrir qu'il l'était toujours. À moins que, par un pur hasard, ce qu'il manigançait coïncide tout simplement avec ses espoirs et ses désirs à elle. *Crow Enquêtes et Investigations.* Ça sonnait bien. Elle deviendrait sa propre patronne. Lydia avala la dernière goutte de whisky. Elle ne devrait même pas y penser. C'était de la folie.

Pourtant. Les lettres semblaient briller... comme une invite.

CHAPITRE DOUZE

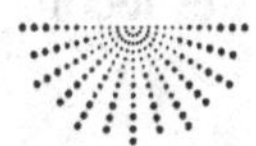

M inty RP se trouvait à Soho dans une rue pavée avec
des balustrades en fer forgé, des ifs décoratifs en
pots et de minces jeunes gens habillés de noir. Lydia préférait elle aussi les couleurs sombres, mais avec ses vêtements
usés et démodés, elle savait qu'elle faisait tache au milieu de
ces bobos enjoués et rayonnants. Pourtant, cela ne la déran-
geait pas, bien au contraire. Elle se dirigea vers la réception
et déclina son identité. Un employé à la barbe soignée lui
offrit un café et s'excusa du retard d'Harry. Sa tasse à la
main, Lydia déambula dans le vestibule, examinant les
campagnes et les récompenses affichées aux murs ainsi que
les brochures sur papier glacé. Parmi les clients de l'entreprise figuraient des constructeurs automobiles, une chaîne
de cafés nationale et un plan de santé publique. Les locaux
étaient moins spacieux qu'elle ne s'y attendait. Harry
apparut et la conduisit dans son bureau, débordant de
bonne volonté et tout disposé à l'aider.

— Je suis navré pour Madeleine, dit-il. C'était vraiment
affreux.

— Merci, dit Lydia. Attendez une minute, qu'est-ce qui
était affreux ?

Harry eut l'air décontenancé.

— De la voir partir. Nous ne le souhaitions pas, je vous assure, mais la situation était délicate et nous... bref, nous n'avions guère le choix.

Lydia décida de faire l'ignorante dans l'espoir d'en apprendre davantage. Karen répétait souvent que les gens se posaient en donneurs de leçons, quand ils en avaient l'occasion.

— Vous l'avez virée ?

Harry écarta les bras.

— Nous sommes vraiment désolés. Je lui fournirai volontiers une lettre de recommandation. Je le lui ai d'ailleurs proposé.

— Que s'est-il passé ?

Harry fronça les sourcils.

— Vous n'êtes pas au courant ?

— Je suis curieuse d'entendre votre version, improvisa Lydia. Mon oncle Charlie était très contrarié.

Harry ouvrit la bouche, mais Lydia se pencha en secouant la tête.

— De vous à moi, il manque d'objectivité quand il s'agit de la famille. Je sais que Maddie peut être une vraie tête de mule quelquefois, mais Charlie n'est pas le genre d'homme à s'en laisser conter.

— Il ne m'a pas cru, confessa Harry. C'était évident.

— Il est très protecteur. Quant à moi, je veux simplement découvrir la vérité.

— Pourquoi ?

Lydia sourit.

— Je fais partie de la famille et je suis chef d'entreprise, ce qui signifie qu'il y a de fortes chances que je doive procurer un emploi lucratif à ma délicieuse cousine un de ces jours. J'aimerais simplement savoir où je mets les pieds.

Harry paraissait ignorer que Madeleine avait disparu et Lydia ne voyait aucune raison de l'en informer.

Comprenant qu'elle n'avait pas sollicité cet entretien dans le but de lui remonter les bretelles, Harry se détendit. Lydia n'avait aucune peine à imaginer comment son entrevue avec Charlie avait dû se dérouler.

— C'est une fille formidable, poursuivit-il. Je veux dire une jeune femme, pardonnez-moi.

Lydia acquiesça tout en sirotant son café.

— Seulement, elle était imprévisible. Nos stages sont très prisés et nous avons une foule d'excellents candidats surqualifiés par rapport aux tâches que nous leur confions, mais nous avons tous commencé au bas de l'échelle, vous comprenez ? Il faut faire ses preuves dans ce métier.

Lydia voyait très bien le tableau : des jeunes gens brillants effectuant des stages photocopies-café.

— Savez-vous ce qui est essentiel dans les RP ? reprit-il.

— Communiquer avec la presse ?

Harry lui décocha un sourire si chaleureux qu'elle comprit pourquoi il faisait ce métier.

— Satisfaire ses clients. C'est la seule chose qui compte. Si votre couverture médiatique est un échec, il faut l'imputer à une campagne publicitaire désastreuse et ne pas chercher de mauvaises excuses. C'est de l'alchimie, voyez-vous, on ignore pourquoi certaines choses fonctionnent et d'autres pas. Essayer de capter l'attention du public, influencer l'opinion, c'est un peu comme mettre la foudre dans une bouteille.

Sornettes ! pensa Lydia, espérant que son visage ne la trahissait pas.

Le sourire d'Harry s'élargit.

— Tant que le client vous apprécie, vous pourrez lui faire tout gober et lui vendre n'importe quoi. Enfin, presque.

Lydia lui rendit son sourire. Cela ressemblait un peu aux enquêtes d'un détective privé. Le client savait souvent ce que vous alliez découvrir. L'essentiel n'était pas tant le résultat que la manière dont on procédait. Karen était très douée dans ce domaine. Lydia un peu moins. Elle devait encore apprendre à user de son charme. « Le public n'aime pas le genre dur à cuire, style *Le Faucon Maltais*, avait expliqué sa patronne. Ils préfèrent qu'on les caresse dans le sens du poil. C'est la moitié du job, croyez-moi. » Elle ouvrait ensuite le tiroir de son bureau et en sortait un joint à moitié fumé. Karen accompagnait toujours ses séances de formation d'une légère défonce. « C'est le seul moyen d'échapper à l'ennui », affirmait-elle, son charme et sa patience ayant été apparemment mis à rude épreuve par ses clients. Lydia aurait voulu lui ressembler quand elle aurait acquis de la bouteille.

— Le client est roi, je sais, affirma-t-elle.

— Maddie était formidable au départ. Vive. Jolie. Ce ne sont pas des choses à dire, je sais, s'excusa-t-il avec une grimace.

Lydia balaya cette remarque d'un revers de main.

— Alors qu'est-ce qui a mal tourné ? Elle a couché avec le type qui ne fallait pas ?

Harry secoua la tête, la mine grave.

— Vous ne savez vraiment pas ?

— Non.

Harry réfléchit, comme s'il voulait peser chacune de ses paroles.

— Elle a failli tuer un client.

Lydia réprima un fou rire. C'était ridicule. Mélodramatique à souhait.

— Comment s'y est-elle prise ? Elle a renversé du café brûlant sur ses cuisses ? Elle a fait tomber quelqu'un sans le vouloir ? Giflé un type qui lui tripotait les fesses ?

— Il n'y a vraiment pas de quoi rire.

Lydia ouvrit son calepin.

— Racontez-moi.

Harry jeta un coup d'œil vers la porte.

— Vous ne pouvez pas écrire ça. De toute façon, votre

oncle s'en est occupé. Je ne suis pas censé en parler à qui que ce soit. Je sais que vous êtes sa nièce, autrement je ne vous aurais rien dit. Je pensais que vous étiez informée. Attendez... Il s'interrompit, l'air affolé. Et si c'était un test ? Je n'ajouterai pas un mot de plus.

Le masque du publicitaire aimable était tombé et il transpirait à grosses gouttes.

— Je vous jure que mon oncle ne m'a pas envoyée ici, se défendit Lydia. Je ne lui rapporterai rien de ce que vous me direz. Je cherche à retrouver Madeleine, c'est tout.

— Vous la cherchez ?

— Elle a disparu. Si vous m'expliquez ce qu'il s'est passé, je vous laisserai tranquille. Et je ne prends pas de note, ajouta-t-elle en refermant son carnet.

— Elle a disparu ? Quelle histoire !

— Je dois la retrouver et m'assurer qu'elle va bien. Je vous en prie.

Harry déglutit avec peine, mais Lydia devina qu'il était prêt à tout déballer. Comme la plupart des gens.

— C'était vraiment bizarre, commença-t-il. Comme je vous l'ai dit, elle avait l'air d'aller très bien au début, et puis elle a changé. Elle ne souriait plus et elle paraissait être ailleurs. Je me suis demandé si elle ne prenait pas quelque chose.

— De la drogue ?

— Pas de la coke. Elle était peut-être dépressive parce qu'elle fumait de l'herbe. À moins qu'elle n'ait eu des problèmes personnels. J'ai un ami qui a commencé une thérapie et il a vraiment touché le fond pendant quelques mois avant de remonter la pente. Une sorte de détox émotionnelle, comme s'il devait éliminer toutes les toxines avant d'aller mieux.

— Elle avait l'air déprimée ?

— Plutôt en colère que triste, ce sont des choses qui arrivent.

Lydia comprenait. Elle avait passé la majeure partie de son adolescence et même au-delà à avoir envie d'incendier le monde entier.

— Ivan Gorin possède Dean Street House. Un club privé, précisa-t-il, notant l'expression perplexe de Lydia.

— Ah oui ?

— Vous pensez qu'ils n'ont pas besoin de relations publiques, n'est-ce pas ?

Lydia émit quelques paroles inaudibles pour dissimuler son ignorance.

— Gorin avait l'intention d'ouvrir un nouveau restaurant juste à côté. Il comptait utiliser le même nom, mais en le destinant au grand public. Il nous a engagés pour gérer le lancement, parce que nous sommes voisins.

Lydia feignit d'être impressionnée.

— On assistait à une soirée dégustation pour l'inauguration. Gorin voulait tester le menu. Comme tout le reste, d'ailleurs, c'est un maniaque du contrôle.

— Pourquoi Maddie était-elle là ? C'était une simple stagiaire, non ?

Harry haussa les épaules.

— Il l'avait rencontrée au bureau un jour et il l'avait invitée. C'est une jolie fille.

— Une jeune femme.

Harry se pencha en avant.

— Oui, pardon. Bref, on venait de servir le trou normand et je surveillais Ivan, qui avait été un peu trop familier avec Madeleine toute la soirée. Il flirtait avec le personnel féminin, surtout après quelques verres, alors je l'avais à l'œil. Au moment du dessert, ils se sont éclipsés.

— Comment ça ?

— Je n'y ai pas prêté attention sur le moment, mais elle l'a accompagné aux toilettes. Il a dû penser qu'il tenait sa chance.

— Et ensuite, que s'est-il passé ?

Harry avait les yeux dans le vague, comme s'il revivait la scène.

— Aucune idée. Ne voyant pas Ivan revenir, je suis allé vérifier. Je l'ai trouvé étendu sur le sol des toilettes pour hommes, livide, les lèvres bleues. J'ai vraiment cru qu'il était fichu. C'était horrible.

— Il était vivant ?

Harry hocha la tête.

— J'allais pratiquer la réanimation, mais en m'approchant, j'ai constaté qu'il respirait par la bouche et commençait à reprendre des couleurs, même s'il était vraiment dans un sale état.

— Et Madeleine ? Elle était là ?

— Non. Elle a dû filer par les cuisines ou par une autre issue. J'avais mon téléphone à la main, mais Ivan m'a attrapé le bras. Il m'a serré très fort en me regardant fixement. Il essayait de parler, mais il n'émettait que des sifflements. Je me suis penché et je l'ai entendu bredouiller « pas la police ».

— Donc, vous n'avez pas bougé ?

— C'est mon client et s'il ne voulait pas que j'appelle les flics, c'était son choix. Avec les flics, on aurait eu les médias sur le dos, et j'ai compris que ç'aurait été très gênant pour lui.

— Alors sans savoir si votre client avait fait quelque chose d'illégal, comme essayer de violenter Madeleine par exemple, vous cherchiez à le protéger.

— C'est mon boulot, mais je ne suis pas stupide. Je savais qui était Madeleine et j'ai appelé Charlie. Il est venu tout de suite.

Lydia leva la main.

— Une minute. Vous avez appelé Charlie. Charlie Crow ?

Harry opina.

Lydia resta imperturbable, alors que mille questions se bousculaient dans son esprit. Pourquoi Charlie ne lui avait-il pas parlé de cet incident ? Bonne question, qui en soulevait une autre : son oncle lui aurait-il caché autre chose ?

— Ivan allait-il mieux à ce moment-là ?

— Oui, il pouvait s'asseoir quand votre oncle est arrivé. Il articulait plus distinctement et ses lèvres étaient redevenues normales. Comme il ne tenait pas particulièrement à ce que cela s'ébruite, il m'a demandé d'inventer une histoire plausible pour expliquer son absence aux invités. J'ai prétexté que Madeleine et notre hôte s'étaient isolés dans un coin discret avec un clin d'œil entendu. Ne vous fâchez pas, ajouta-t-il en levant les mains. Le vieil Ivan en rut passait mieux que le type gisant dans les toilettes. Cet homme a sa fierté.

— D'autant que vous vouliez regagner ses bonnes grâces.

— Bien entendu. Et l'empêcher de nous poursuivre en justice à cause de Madeleine en ruinant la réputation de l'agence.

— Vous n'avez pas appelé une ambulance ?

— Je fais ce que l'on me dit. Surtout s'agissant d'un client tel qu'Ivan Gorin.

Le pouvoir de l'argent, comme toujours.

— Et où était passée Madeleine ?

— Je ne sais pas. Je ne l'ai pas revue depuis. Je pensais qu'elle m'appellerait pour s'excuser ou enverrait un message...

— Comment l'avez-vous virée puisque vous ne l'avez pas revue ?

— Je lui ai expédié un mail et un courrier. J'ai également laissé un mot sur son portable. Croyez-moi, elle a reçu l'information.

— Mais elle n'a pas répondu ?

Il s'agita sur son siège.

— Non. On a terminé ?

— Et Charlie ? Qu'a-t-il fait quand il a débarqué, cette nuit-là ?

— Aucune idée. Je suis allé limiter les dégâts au restaurant.

— Ivan a-t-il parlé à ses invités ?

— Non. Je suppose que Charlie et lui sont sortis par derrière. À moins que les deux endroits ne communiquent entre eux et qu'il ait regagné son club de cette façon.

— Et vous l'avez revu depuis ?

Harry hésita.

— Oui. Je crois que oui.

Lydia haussa les sourcils et patienta.

— En fait, maintenant que j'y repense, je n'en suis pas certain. En revanche, je lui ai parlé au téléphone.

— Avez-vous conservé la clientèle de Dean Street House ?

Harry gonfla fièrement le torse.

— Bien sûr. Nous sommes les meilleurs.

CHAPITRE TREIZE

Dean Street House étant situé à proximité de Minty RP. Lydia songea que la fidélité d'Ivan envers Harry était une solution de facilité plutôt que la reconnaissance de l'excellence des prestations de l'agence. Rien de l'extérieur n'indiquait l'entrée du club sinon le restaurant voisin. De l'autre côté se trouvait un bar à jus de fruits au rez-de-chaussée d'un studio de montage.

Lydia pressa l'interphone.

— Oui ?

Elle exhiba sa carte de visite avec un sourire.

— J'aimerais voir Ivan Gorin, s'il vous plaît.

Il y eut un bourdonnement, suivi d'un déclic. Lydia poussa le battant et la porte s'ouvrit sur un hall carrelé noir et blanc avec des lambris peints sur les murs. Un escalier en chêne s'ouvrait droit devant et, près d'un guéridon, il y avait plusieurs parapluies dans un support. On aurait dit le vestibule d'une demeure bourgeoise cossue. Lydia eut un moment de flottement, se demandant si elle se trouvait au bon endroit.

Une femme maigre comme un clou descendit l'escalier en s'aidant de la rampe.

— Puis-je vous aider ? demanda-t-elle avec un sourire à faire fondre la banquise.

— J'aimerais parler à Ivan. Est-il là ?

— Vous jouez de malchance, il vient de partir.

— Très bien. Pourriez-vous me donner son numéro de téléphone ? Je l'appellerai.

— Je n'ai pas le droit de communiquer les coordonnées de M. Gorin, mais vous pouvez le joindre par l'intermédiaire de son service de communication.

— J'en viens justement et j'ai appris une anecdote très intéressante à son sujet dont je voudrais discuter avec lui. Croyez-moi, il voudra me parler en personne. En privé.

Lydia tendit sa carte à la femme qui y jeta un bref coup d'œil. Impossible de savoir si le nom de « Crow » lui disait quelque chose.

— Je transmettrai le message, mais vous feriez quand même mieux de passer par son chargé de communication.

— Dites-lui de me contacter de toute urgence. C'est dans son intérêt.

La femme avait déjà tourné les talons, un pied sur la première marche.

— Merci pour votre amabilité, dit Lydia. Je ne manquerai pas de le signaler à Ivan.

Le téléphone de Lydia sonna au moment où elle quittait Dean Street House. Un SMS d'Emma. Lydia l'ouvrit non sans une certaine appréhension.

— Tu es libre pour un café ?

Lydia sentit la tension qui l'habitait retomber et prit conscience de son inquiétude à l'idée d'avoir blessé Emma. L'éventualité de perdre son amitié lui était insupportable.

— Carrément ! répondit-elle. Je suis à Soho, mais on peut se retrouver quelque part. Chez toi ?

Le soleil était de sortie quand elle déboucha dans la rue,

comme en accord avec son moral qui venait de remonter en flèche.

Un autre texto arriva.

— Ma mère garde les enfants et je suis au Liberty. Je te retrouve dehors ?

— J'arrive dans vingt minutes.

Emma adorait le design et était plutôt du genre casanier, même adolescente. Elle ne pouvait voir un coussin sans s'empêcher de le tripoter. Les deux amies avaient passé des heures à déambuler dans les allées du grand magasin pour admirer les beaux vêtements, les bijoux, les tissus et les tapis somptueux, en rêvant du jour où elles seraient adultes. Lydia s'imaginait se pavanant enveloppée d'un kimono en soie à motifs de paons au milieu d'une cour d'admirateurs. Emma avait réuni ses idées de déco intérieure dans un classeur pour le jour où elle posséderait sa propre maison.

Lydia se dirigea d'un pas vif vers Great Marlborough Street, où se dressait l'immense bâtisse à colombages style Tudor en noir et blanc, s'efforçant de ne pas penser à quel point sa vie s'était éloignée de son idéal. Emma, au moins, avait un foyer, une famille et paraissait heureuse. Ses jolis coussins en lin avaient tendance à être maculés de gâteaux de riz, mais Lydia savait qu'Emma n'aurait pas voulu qu'il en soit autrement.

Comme convenu, son amie l'attendait devant le magasin, vêtue d'un jean à la cheville et d'un haut fluide blanc, avec d'énormes lunettes de soleil sur le nez. C'était plutôt étrange de la voir sans Maisie et Archie pendus à ses basques et avec une petite sacoche en bandoulière et non un volumineux sac à dos débordant d'accessoires pour bébé. Elles tombèrent dans les bras l'une de l'autre en s'embrassant.

— Je suis désolée, s'écrièrent-elles en chœur.

Emma secoua la tête.

— C'est ma faute. J'ai mal réagi.

— Non, c'est la mienne, répliqua Lydia avec sincérité.

Cette brouille passagère avec Emma lui avait fait comprendre un point important : elle ne pouvait pas perdre son amitié. C'était impensable.

Emma la serra étroitement dans ses bras.

— Je suis tellement désolée, répéta Lydia, les lèvres dans les cheveux de son amie.

Emma remonta ses lunettes sur le sommet de son crâne.

— Tu n'y es pour rien. C'est moi la fautive. Je te demande seulement de jouer la carte de la sincérité et de ne pas me tenir à l'écart.

— D'accord, dit Lydia, classant mentalement cette idée dans la catégorie « grand n'importe quoi ». Qu'as-tu envie de faire avec ta liberté toute neuve ? enchaîna-t-elle en prenant la direction du métro. Manger un morceau ? Boire un verre ?

— Je pensais plutôt à poursuivre l'enquête. À moins que ta cousine n'ait reparu ?

Lydia secoua la tête.

— Ni l'un ni l'autre.

— C'est-à-dire ?

— Non à l'enquête ni au retour de ma cousine. Je ne veux pas t'effrayer. *Et encore moins risquer de te mettre en danger.*

Emma s'immobilisa brusquement.

— Je croyais avoir été très claire. Tu dois te confier. Tu as toujours été récalcitrante à propos de ta famille et je le comprends, mais tu es ma meilleure amie et nous ne sommes plus des enfants. J'aimerais que tu sois honnête avec moi.

— Je le suis, je t'assure.

— Très bien. Alors parle-moi de ton oncle Charlie. C'est bien le chef de la famille ?

— Exact.

— Et avant, c'était ton grand-père ?

— Grand-père Crow. Oui.

— Ils sont tous magiciens ou tu es la seule ?

Lydia qui buvait au goulot de sa bouteille d'eau faillit s'étrangler. Une femme palabrant sur son portable, surprise par son arrêt intempestif, lui heurta l'épaule.

Emma ouvrit de grands yeux innocents.

— Qu'est-ce qu'il t'arrive ?

— J'ai besoin d'un verre, dit Lydia en essuyant son menton et son cou ruisselants. Quelque chose de fort. Je vais te répondre, se hâta-t-elle d'ajouter, notant l'expression de son amie.

Emma s'adoucit.

— Il fait si beau. On va s'installer dans les jardins de Russell Square ?

Elles bifurquèrent en direction de Bloomsbury. Lydia se réjouit quand Emma eut la bonne idée de dévier la conversation sur ses enfants.

Lydia se reprocha de ne pas avoir pris de nouvelles du mari d'Emma, une preuve supplémentaire de sa négligence. Elle se promit de faire un effort à l'avenir.

— Et Tom ?

— Il va bien. Tu le connais. Toujours aussi cool.

Parvenue à Russell Square, Lydia coupa par le parc vers la monumentale façade néo-grecque du British Museum.

— Que dirais-tu d'un peu de culture d'abord ?

Emma poussa un soupir exaspéré en consultant sa montre avec ostentation.

— D'accord. Quarante-cinq minutes d'histoire me laisseront encore une heure et demie pour prendre un verre au soleil en écoutant les secrets que ma meilleure amie a gardés pour elle ces vingt dernières années.

Même si Lydia n'avait pas mis les pieds au musée depuis une éternité, elle n'avait pas oublié l'itinéraire. Une fois franchis les colonnes de pierre et le fronton sculpté de l'imposante entrée, elles pénétrèrent dans la cour intérieure avec sa vaste verrière, noire de visiteurs. Lydia se fraya un chemin à travers la foule, entraînant Emma dans la fraîcheur de la galerie 41, au troisième étage du musée.

Les murs bleu de jaspe et les vitrines étincelantes transportèrent Lydia dans le passé, au cours de ses déambulations avec son père. S'il avait respecté le souhait de sa femme d'élever leur fille loin de l'incarnation moderne de la Famille, il avait néanmoins souhaité lui apprendre sa propre histoire. Enfant, Lydia assimilait ces récits aux contes de Grimm ou aux légendes nordiques relatant les exploits de Loki de ses albums. Lors de sa dernière visite, Henry lui avait parlé plus longuement de son grand-père et de son arrière-grand-mère. Ils observaient un trésor viking, découvert par des chercheurs de métaux près de York, quand son père avait désigné une pièce d'or brillante, le pendant de celle qu'elle conservait dans sa poche et qui pouvait apparaître, disparaître ou décrire de lents cercles paresseux. Elle était furieuse de la voir enfermée dans une boîte, hors de portée, comme s'il s'agissait d'un simple disque de métal et non d'une créature vivante.

Inconsciemment, Lydia avait plaqué ses paumes contre la vitrine, désobéissant au panneau d'interdiction.

Son père avait posé une main sur son épaule.

— C'est une réplique.

Lydia l'avait dévisagé avec stupeur. Il lui avait décoché un léger sourire.

— On l'a échangée pendant les travaux de rénovation en prévision de l'exposition.

Lydia dépassa le trésor viking et le bouclier de cérémonie en bronze qui, selon son père, comportait au verso des inscriptions cryptées qui avaient déconcerté les historiens, mais que n'importe quel Crow aurait été capable de déchiffrer. Quand son père discourait sur l'histoire familiale, Lydia ignorait où s'arrêtait le mythe et où commençait la réalité et, elle devait l'admettre, c'était toujours le cas.

Elle fit halte devant la dernière vitrine de la salle et attrapa le bras d'Emma.

— Regarde !

L'épée avait été endommagée au cours des onze siècles qui avaient suivi sa fabrication. Le panonceau expliquait que la lame en fer à double tranchant était dotée d'un pommeau à cinq lobes et avait été découverte dans le lit de la Tamise, abandonnée là par un guerrier viking inconnu. La silhouette d'un corbeau gravé sur le pommeau était reconnaissable.

— On distingue encore des incrustations en or sur la poignée, tu vois ?

— C'est un oiseau ? demanda Emma, au moment où Lydia s'apprêtait à se lancer dans des explications.

— Un corbeau. Nous venons de Norvège.

— Nous ?

— C'est le plus vieil objet de notre collection familiale.

Emma plissa le front en lisant la notice à voix haute.

— Le pommeau est recouvert d'un damasquinage en fil d'argent et orné par un motif animal en or, suggérant un individu riche et prospère.

Lydia anticipa sa question.

— Le cartouche ne nous mentionne pas parce que les conservateurs ignorent notre existence. Mon père m'a appris que c'était Finnr Hrōk. Hrōk signifie un corbeau en vieux norrois, précisa-t-elle devant l'expression intriguée de son amie.

Après quoi, Lydia la guida dans la galerie dédiée à l'Europe des années 1600. On y voyait un boîtier de montre en laiton doré datant de 1675, orné sur le pourtour d'un entrelacs de feuilles et de branches avec, encadrée par le feuillage, la silhouette d'un oiseau.

— La famille Crow, précisa Lydia en désignant l'objet du doigt.

— Le cartouche n'indique pas...

— C'est exact. Mais tu voulais des explications, alors

voilà tout ce que je sais. De vieilles reliques, des histoires de famille et un tas de mythes qui ne sont sans doute pas vrais.

— D'accord, dit Emma sur un ton apaisant, c'est cool.

— Je voudrais te montrer encore une chose, déclara Lydia, dépassant au pas de course des statues de pierre, des bustes en marbre, des tapisseries anciennes et des miniatures complexes peintes à la main.

La galerie dédiée aux années 1900 jusqu'à nos jours contrastait par rapport aux précédentes. Après avoir slalomé au milieu de grappes de touristes et d'écoliers dissipés, elles quittèrent en quelques minutes un univers d'armes en métal martelé et d'antiques brassards en bronze pour passer à un meuble de télévision Art déco.

— Que sais-tu sur les autres ? demanda Lydia, alors qu'elles parcouraient la suite de l'exposition.

— Les quatre familles ? Il y a les Fox, les Pearl, les Crow et les Silver.

— C'est ça, approuva Lydia en s'immobilisant devant une petite fontaine en pierre dressée sur un socle. Le blason de la ville de Londres était gravé sur la partie supérieure aux courbes harmonieuses d'une belle simplicité.

— Elle a été érigée près du parc St John à Westminster pour commémorer l'armistice de 1943.

Emma fronça les sourcils.

— L'armistice ? Ça a quelque chose à voir avec la Seconde Guerre mondiale ?

— Une trêve entre les familles. Il y avait des règlements de comptes, des luttes pour le pouvoir, bref un chaos général. À en croire les récits, en tout cas. C'était à l'époque où nous possédions encore un certain pouvoir.

— La magie, murmura Emma, les yeux écarquillés.

— Oui, je suppose. Des capacités spéciales. Appelle ça comme tu voudras. (Lydia se sentait stupide d'énoncer à haute voix des mots comme « magie », qui relevaient plutôt des contes de fées. Raison pour laquelle, elle s'était gardée d'en parler à son amie.) Bref, ça allait de mal en pis. On déplorait des morts, de sorte que les chefs de famille se sont mis à discuter des moyens d'y mettre fin. Les négociations de paix ont duré des années, mais le déclenchement de la Deuxième Guerre mondiale, surtout le Blitz, a accéléré les choses et poussé les gens à se rassembler. On est plus fort ensemble, le patriotisme, etc. Ils se sont regroupés et ont conclu un accord d'entente mutuelle. Des zones géographiques de contrôle et d'influence leur ont été attribuées et chacun a promis de respecter le pacte.

— Et ensuite ? Que s'est-il passé ?

— Ça tient toujours, répondit Lydia. Du moins, je l'espère, ajouta-t-elle, songeant à la disparition de Maddie.

— Je parlais de la fontaine. Elle est fissurée.

Lydia hocha la tête.

— Oui. Il y a eu une fuite de gaz et elle a été brisée dans l'explosion. On l'a reconstituée et conservée ici. En terrain neutre. (Elle s'approcha et désigna les symboles sculptés de chaque famille.) Un collier de perles évoquant les Pearl, la coupe d'argent de la famille Silver, une tête de renard pour les Fox et nous, conclut-elle en s'abstenant de toucher la pierre, alors que ses doigts la démangeaient d'effleurer l'image du corbeau.

Emma agita les mains pour englober l'immense salle, la foule des visiteurs.

— Donc tout cela est vrai. Je veux dire, nous sommes au British Museum quand même.

Lydia acquiesça.

— Nous avons reçu le droit d'arborer le blason de la ville de Londres, une demi-mesure de reconnaissance en quelque sorte, un peu comme les armoiries représentant une guilde, celle des commerçants, mais il a été décidé ensuite qu'une guilde magique, c'était un peu exagéré. Donc, on nous a accordé un statut légal, enfin pas tout à fait. Aujourd'hui, ça n'a plus vraiment d'importance. Les Silver sont toujours de fieffés menteurs, mais ils ne sont plus ceux qu'ils étaient. Ils ne peuvent plus nous convaincre de sauter d'un gratte-ciel comme le Gherkin, par exemple.

— Incroyable !

— N'est-ce pas ? renchérit, Lydia, constatant avec surprise qu'elle s'amusait beaucoup.

Emma était littéralement suspendue à ses lèvres.

— Il paraît que les Crow étaient les plus puissants. C'est toujours vrai ?

La bonne humeur de Lydia s'évanouit instantanément.

— Oui. Je ne sais pas exactement ce que ça signifie, puisque j'ai grandi à l'écart.

— On dirait que ça te rend triste.

Lydia haussa les épaules.

— C'est curieux. On ne peut pas regretter ce qu'on n'a jamais connu, mais j'ai l'impression d'avoir raté un test que je n'ai même pas eu l'occasion de passer...

Elle s'interrompit quand deux petites femmes brunes vêtues de T-shirts roses identiques et de jeans courts s'arrêtèrent brusquement devant elles pour prendre un selfie.

Elles contournèrent les touristes, puis Emma passa un bras autour de la taille de Lydia et l'attira contre elle.

— Tes parents voulaient simplement te protéger.

Lydia s'écarta pour éviter un groupe de visiteurs.

— Je sais.

Elles enfilèrent la galerie en sens inverse.

Emma s'immobilisa devant un tableau.

— Tu as vu ? Cette toile représente un corbeau.

Lydia recula instinctivement d'un pas.

— Rien à voir avec nous. Du moins, je ne le pense pas. J'espère que non.

Il s'agissait d'une peinture sur un parchemin, qui ressemblait davantage à une toile qu'à du papier, protégée par une plaque de verre. C'était l'image stylisée d'un énorme corvidé représenté avec des trous noirs en guise d'yeux, les ailes déployées.

Emma se pencha pour lire le panneau.

— Nachtkrapp ou Nattravnen.

— Le Corbeau de Nuit, traduisit Lydia, la gorge sèche. C'est un mauvais présage. Ses yeux sont des orbites creuses. Et si tu le regardes en face, tu risques la mort.

Emma haussa les sourcils.

— Encore une histoire à dormir debout ? Pas étonnant que tu te sois sauvée en Écosse.

Lydia se força à sourire.

Emma tendit la main.

— C'est quoi ça, à ton avis ?

Lydia tourna les talons.

— Rien d'intéressant.

Le Corbeau de Nuit était un mythe provenant de Scandinavie, plusieurs siècles auparavant. *Il ne peut pas te faire de mal*, se dit Lydia en se dirigeant vers la sortie à grandes enjambées. Elle entendit la voix de Paul Fox résonner dans sa tête : *Envole-toi, petit oiseau.*

CHAPITRE QUATORZE

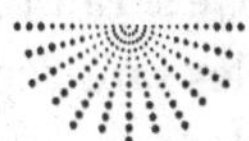

Après avoir éclusé quelques verres en compagnie d'Emma, Lydia se sentait passablement pompette. Elle consulta sa messagerie sur le trajet entre la station de métro et le restaurant. Il y avait un e-mail de Karen ayant pour objet : « Bonnes nouvelles ». M. Carter s'était déplacé à l'agence pour présenter ses plus plates excuses. Apparemment, son feuilleton conjugal s'était encore dégradé et Karen voulait savoir quand elle pensait revenir travailler. Lydia décida qu'elle n'avait pas l'esprit assez clair pour raisonner de façon logique.

Le bistrot embaumait les épices. Lydia entra dans la cuisine où Angel s'activait devant une énorme marmite de soupe.

— Et si on installait des caméras de surveillance ici ? questionna-t-elle sans préambule. Ça a l'air délicieux ? ajouta-t-elle en s'approchant. Qu'est-ce que c'est ?

Sans répondre, Angel saisit sur une étagère un bol qu'elle remplit à la louche et lui tendit.

— Pas de caméras. Charlie a dit que c'était inutile.

— Je ne suis pas Charlie.

Elle n'était pas Charlie Crow, bien sûr. Ni Henry. Ni

même Phœbé, une cousine éloignée. Elle était Lydia Crow, une quantité négligeable, qui avait des tueurs en puissance à ses trousses, sans parler des Fox venus en catimini remplacer sa porte par une autre dont elle n'avait ni besoin ni envie.

— On pourrait placer des caméras factices au rez-de-chaussée, suggéra-t-elle. Ce serait toujours mieux que rien.

Angel haussa les épaules sans répondre.

— Charlie vous a-t-il donné un budget pour les rénovations ?

— Oui, marmonna Angel sur ses gardes. Mais il a tout organisé à l'avance. Je ne suis là que pour superviser le bon déroulement des opérations.

— Et pour concocter des petits plats extraordinaires.

Incapable de résister davantage, Lydia plongea sa cuillère dans le bol. Les tomates, l'ail, l'oignon et le piment éclatèrent sur ses papilles avec la saveur naturelle des lentilles et du basilic, donnant à l'ensemble une consistance lisse et crémeuse, ni trop acide ni écœurante. On aurait dit la soupe à la tomate réconfortante de son enfance, en mille fois mieux.

Elle agita sa cuillère.

— Je n'ai jamais rien mangé d'aussi bon, je vous assure.

Angel ne réagit pas, mais son regard s'adoucit légèrement.

— C'est juste de la soupe, vous savez.

— Je vais avoir besoin d'argent, poursuivit Lydia. Je compte apporter quelques aménagements à l'appartement.

Angel lui tourna le dos pour prélever un oignon dans un panier.

— Il faudra demander à votre oncle.

Lydia poussa la porte du restaurant, ouvrit la caisse et en retira quatre billets de cinquante livres.

Angel lui emboîta le pas, l'oignon à la main.

— Je vais devoir en informer votre oncle, dit-elle.

— Aucun problème. Je garderai les factures.

Charlie avait insisté sur la question de la sécurité. Lydia savait parfaitement ce que cela impliquait.

 lampée d'eau. Elle se sentait en pleine forme, d'où l'avantage de biberonner durant la journée. Les billets se trouvaient toujours sur sa table de chevet, à côté d'un verre à moitié plein.

Elle se doucha et s'habilla sans se soucier de ne pas avoir répondu à Karen. Entendant la sonnerie de son téléphone, elle le posa à l'envers sur la table après avoir reconnu le numéro de sa patronne affiché sur l'écran. Sans plus réfléchir, elle descendit l'escalier et entra dans le bureau désaffecté. La table et le fauteuil étaient des articles de base du catalogue d'IKEA, mais mieux valait travailler sur un siège rembourré qu'assise sur son lit. Elle dévissa les pieds du bureau pour le transporter plus facilement avec le fauteuil dans l'escalier, puis dans l'appartement. Elle plaça la table au milieu de la pièce et le siège derrière, face à la porte et dos à la fenêtre. Si ce n'était pas très esthétique, c'était au moins fonctionnel. Ce qui lui allait très bien, puisque c'était temporaire et qu'elle ne tarderait pas à reprendre son travail. Elle n'était pas tout à fait sincère, lui souffla une petite voix intérieure, qu'elle réduisit au silence à l'aide d'un grand bol de café avant d'aller effectuer quelques achats.

Trois heures plus tard, Lydia admirait son œuvre. Des boîtiers de caméra vides étaient situés au rez-de-chaussée ainsi que dans le couloir menant aux toilettes réservées à la clientèle. Elle avait placé des caméras sans fil haut de gamme dans l'escalier, en face de son appartement et au-dessus de la porte de service du restaurant, près des poubelles, pour un suivi en temps réel sur son ordinateur portable. Charlie pouvait brouiller les images s'il s'en approchait, mais avec un peu de chance, il ne provoquerait pas de court-circuit, à moins de les toucher.

Installée dans son bureau improvisé, elle consulta ses e-mails et trouva une réponse de Verity. Elle confirmait avoir rencontré Maddie le 15 et laissait un numéro de téléphone, que Lydia composa sur-le-champ.

— Oui ?

— C'est Lydia Crow. Je vous appelle au sujet de Madeleine.

La voix de Verity était difficilement audible, noyée dans le brouhaha de la circulation.

— Je vous écoute.

Elle avait l'air essoufflée, comme si elle parlait en marchant d'un pas rapide.

— Vous affirmez ne pas avoir revu Madeleine depuis le 15. Avez-vous eu de ses nouvelles depuis ?

— Non. Comme je l'ai dit à votre oncle, nous avions rendez-vous dans un café, le mardi après-midi. Elle n'avait pas l'air de se rendre compte de ce qu'elle avait fait et j'étais vraiment fâchée. Je ne me suis pas attardée et nous ne nous sommes pas quittées en très bons termes.

— Vous vous êtes disputées ?

— Un peu, répondit Verity d'une voix plus claire, comme si elle se trouvait dans un environnement moins bruyant. Pour tout vous dire, j'ai pris l'initiative de ce rendez-vous parce que je pensais qu'Ivan lui avait peut-être fait des avances. Ce type et un vrai porc, et je voulais m'assurer qu'elle allait bien. Maddie s'est moquée de moi.

— Vraiment ?

— Oui, ce n'était pas très gentil.

— Comment qualifieriez-vous son humeur ?

Il y eut un bref silence au bout du fil.

— Surexcitée. On aurait dit qu'elle venait de gagner à la loterie ou quelque chose comme ça.

Lydia la remercia et s'en fut chez Charlie. Elle aurait pu se contenter de l'appeler, mais elle souhaitait lui parler de vive voix pour voir sa réaction.

Son oncle habitait sur Grove Lane dans une maison géorgienne classée de trois étages avec terrasse, située en retrait de la rue et dotée d'un jardin aux dimensions impressionnantes, planté d'arbres et de buissons qui lui conféraient une aura de mystère. Des chants d'oiseaux résonnaient partout quand Lydia emprunta l'allée. Le cri d'avertissement d'un corvidé retentit soudain et elle aperçut trois pies perchées sur un hêtre pourpre, à sa gauche.

— Bonjour, dit-elle poliment.

Quatre autres volatiles s'envolèrent et se posèrent le long du chemin, l'observant en silence.

La porte s'ouvrit avant qu'elle n'ait eu le temps de sonner. Charlie apparut sur le seuil en jean et T-shirt blanc, une tartine à la main.

— Content de te voir, Lyds, marmonna-t-il, la bouche pleine.

— Je ne fais que passer, annonça Lydia en traversant le vestibule avec ses moulures d'origine et son imposte vitrée en direction du salon.

Les murs immaculés étaient nus, le parquet en chêne recouvert d'un tapis tissé à la main et trois immenses fenêtres à cadre en bois occupaient un pan de mur. Le seul mobilier consistait en deux fauteuils confortables et une pile de livres en équilibre instable, indiquant que Charlie ne recevait guère dans cette pièce.

Il ne prit pas la peine de s'asseoir et s'adossa au mur, près de la cheminée éteinte.

— Que me vaut ce plaisir ?

— Tu ne m'avais pas signalé que tu avais parlé à Verity. Comment l'as-tu dénichée ?

— Je savais que Maddie travaillait chez Minty RP. Le directeur a été assez aimable pour me communiquer les noms des personnes avec lesquelles elle était en relation.

— Et pour quelle raison ne m'as-tu rien dit ?

Charlie sourit, avala la dernière bouchée de sa tartine et s'essuya les mains sur son jean.

— C'était un petit test. J'étais curieux de voir comment tu t'en tirerais toute seule.

Lydia dissimula son irritation.

— Donc tu étais au courant qu'elle ne travaillait plus là-bas. Pourtant, elle quittait la maison chaque matin sans que ses parents se doutent de rien. As-tu une idée de l'endroit où elle se rendait ?

Charlie haussa les épaules avec dans les yeux un pétillement à peine perceptible.

— Non.

Lydia éprouva une froide certitude au creux de l'estomac. Il mentait.

Elle attendit qu'il poursuive.

— Je croyais que tu souhaitais qu'on retrouve Maddie ? reprit-elle, voyant que rien ne se passait.

— Voyons, Lyds, quelle question !

Les yeux de Lydia se rétrécirent.

— Arrête de jouer avec moi.

Les lèvres de Charlie se retroussèrent en un sourire carnassier.

— Et à part ça, quelles sont les nouvelles ?

— L'homme qui m'a attaquée était russe, déclara-t-elle sans le quitter des yeux, guettant un signe, qui ne vint pas. Ce que tu as probablement découvert avant de le tuer.

Toujours aucune réaction. Charlie était décidément très fort.

— Détail intéressant, étant donné que Maddie a eu

une altercation avec un homme d'affaires russe du nom d'Ivan Gorin, poursuivit-elle. J'aurais dit qu'un gang russe a les Crow dans le collimateur, si ce n'est le fait qu'il aurait dû se retrouver à l'hôpital et que Maddie s'en est tirée sans une égratignure. Daisy et John n'ont pas mentionné de blessures ni de contusions, je me trompe ?

— Les gens savent qu'ils n'ont pas intérêt à s'en prendre à un Crow, dit Charlie avec une certaine suffisance. Tu soupçonnes quelqu'un d'autre ? Des pistes ?

Lydia s'abstint de mentionner Paul Fox. Son instinct lui soufflait qu'elle était en train de passer à côté de quelque chose d'important.

— Tu n'as pas l'air de t'inquiéter pour Maddie. Qu'est-ce que tu me caches encore ?

— Rien du tout, je te le jure.

— Ta parole ne vaut pas grand-chose.

Sur ces mots, elle s'en alla. Chercher noise au membre le plus puissant de la famille Crow n'était pas une bonne idée, même si c'était son oncle.

Le visage de Lydia était glacé. Elle s'éveilla avec la sensation d'un souffle froid sur ses joues et son nez et, tout en reprenant peu à peu ses esprits, elle enregistra que l'air qu'elle respirait était celui d'un jour d'hiver. En Écosse. Au sommet d'une montagne. Les instincts enfouis dans son subconscient depuis l'enfance avaient résolu le problème avant qu'elle n'ouvre les yeux, de sorte qu'elle parvint à dissimuler sa surprise. Jason se tenait au-dessus d'elle, l'observant avec inquiétude.

— Vous parlez en dormant, dit-il.

— Bonjour, dit Lydia, satisfaite d'avoir conservé son sang-froid. Ça vous dérangerait à l'avenir de ne pas vous introduire chez moi pendant que je dors ? Vous pourriez d'ailleurs respecter mon intimité et éviter d'entrer dans ma chambre.

— Même si vous m'invitez ?

— Ce serait différent. *Et ça ne risque pas d'arriver.*

— Voulez-vous savoir ce que vous racontiez dans votre sommeil ?

Lydia se redressa, serrant la couette contre elle.

— Je vous écoute.

Jason s'assit à l'autre bout du lit.

— C'était à propos de Fleet. Quand allez-vous lui avouer vos sentiments ?

Lydia encaissa le coup.

— Je ne veux plus rien entendre. Écouter aux portes n'est pas joli joli, vous devriez avoir honte.

— Je suis quelqu'un de sérieux, protesta Jason en haussant bizarrement les épaules.

Lydia se frotta les yeux encore embrumés de sommeil.

— Arrêtez d'apparaître sans prévenir. C'est mauvais pour ma santé.

— Désolé, s'excusa Jason, la mine contrite. Je vous ai entendue crier et j'ai pensé qu'un intrus s'en prenait encore à vous.

— Oh ! bredouilla Lydia, touchée.

— J'aimerais pouvoir vous aider, faire quelque chose. Je n'ai pas réfléchi quand j'ai frappé ce type, l'autre jour. J'avais peur, mais j'ai quand même agi. J'ai changé le cours des choses, vous voyez ? J'ai transformé le monde d'une certaine manière.

Lydia en avait conscience. Après avoir résolu sa première enquête à Aberdeen, elle avait eu le sentiment d'être enfin parvenue à faire bouger les lignes. Ce n'était pas très glamour, mais rassembler les preuves de l'infidélité d'un mari pour permettre à son épouse de tourner la page était déjà quelque chose.

Jason lui jeta un regard oblique.

Lydia se passa une main sur le visage. Aurait-elle bavé dans son sommeil par hasard ?

— Pourquoi me regardez-vous comme ça ?

— Vous paraissez différente.

— Je ne crois pas.

— Si, j'en suis sûr.

— Jason, je ne voudrais pas paraître impolie, mais je viens juste de me réveiller.

— Compris, dit-il, l'air un peu égaré.

Lydia s'étira et fit craquer sa colonne vertébrale.

— Qu'y a-t-il ?

— Je me déplace instantanément d'un endroit à un autre, comme la téléportation dans *Star Trek*. C'est pratiquement le seul truc sympa dans cette galère.

— Alors téléportez-vous, je vous en prie, dit-elle avec un geste de la main. Je ne vous retiens pas.

Il fit la grimace.

— Très drôle. Le hic est que je n'y arrive plus.

Lydia aurait donné n'importe quoi pour être seule, prendre sa douche et ingurgiter un litre de café.

— Et si vous réessayiez ?

Jason se leva, s'approcha du mur et poussa des deux mains.

— Vous voyez ? Impossible de traverser.

— Vous m'en voyez navrée.

— Avant votre arrivée, je pouvais me transporter où je voulais en un clin d'œil. Je traversais les murs comme un rideau de fumée. En revanche, j'étais incapable de toucher quoi que ce soit. Ni de rien ramasser. Pas même un crayon.

— D'accord.

— Mais après que vous avez débarqué ici, j'ai réussi à attraper un pot de fleurs et je me suis battu avec votre agresseur. J'ai dû faire un gros effort de concentration, car je sentais mes mains glisser à travers lui. J'ai quand même réussi à soulever le pot et à pousser ce type par-dessus la balustrade. Je pouvais sentir la matière au bout de mes doigts.

— Je ne vous remercierai jamais assez.

Deux plaques rouges apparurent sur les joues livides de Jason. L'air hagard, il se mit à faire les cent pas en gesticulant.

— J'ai cru au début que c'était l'adrénaline ou quelque chose de ce genre, ce qui est idiot puisque je n'ai plus d'adrénaline ni de corps d'ailleurs. Je me suis dit que c'était arrivé dans le feu de l'action, mais ce n'est pas ça non plus. C'est à cause de vous. En votre présence, je n'ai plus besoin de me rappeler que le monde réel est solide. Vous voyez ? ajouta-t-il en frappant le mur du plat de la main.

— Je n'y suis pour rien, protesta Lydia, je vous assure.

Jason sourit.

— C'est bon. Ça ne me dérange pas. Je descends vous chercher du café.

Lydia esquissa un sourire qui se mua en grimace.

— Oh, merci mon Dieu !

Le fantôme ouvrit la porte et sortit avec un dernier rictus dément.

 C'était Fleet qui lui proposait de la retrouver au parc pour « une petite discussion ». Lydia répondit : « RV au pont vers nulle part dans 30 minutes » et appuya sur « envoi » avant de changer d'avis.

Fleet l'attendait près des marches en fer forgé. Il n'était pas en service, à moins qu'il ne cherche à donner le change.

— Des vêtements de sport ? ironisa Lydia en s'approchant. La tenue décontractée du vendredi ?

— C'est mon jour de repos.

— Un flic est toujours sur la brèche.

Fleet sourit.

— C'est juste. Idem pour vous, non ?

Lydia dut se faire violence pour ne pas le toucher et prit son temps avant de répondre. La tenue de sport n'était pas de la frime et il avait visiblement transpiré. Loin d'être dégoûtée, elle mourait d'envie de se hausser sur la pointe des pieds et d'enfouir son nez dans son cou, de lécher sa peau et, très probablement, de faire quelque chose qui les ferait arrêter pour outrage public à la pudeur.

— Je ne suis pas obligée de vous répondre, fit-elle d'un ton abrupt.

— Entendu, rétorqua-t-il, les yeux rivés aux siens.

Lydia détourna le regard.

— Vous n'êtes pas censé dire ça.

— Parce que je suis flic ?

Elle opina du chef.

— Vous m'ordonnez de vous parler. Est-ce que j'ai le choix ?

Elle aurait voulu pouvoir ravaler ses paroles. La famille avant tout.

— Je veux veiller à votre sécurité.

— Vous pourriez m'offrir une protection rapprochée ?

Fleet acquiesça, la mine grave.

Elle lui adressa un sourire contraint.

— Et nous savons tous les deux que ce serait très efficace.

— Tout dépend du genre de menace. Il y a des limites.

Lydia expira à fond pour relâcher sa tension.

— J'aimerais que nous ayons une conversation normale.

— Une pause ? Je sais.

D'un accord tacite, ils gravirent les marches jusqu'au milieu du pont. Fleet s'accouda au parapet et dévisagea Lydia, comme s'il s'apprêtait à prendre la parole.

— Vous avez parlé de pression, commença-t-elle. Cela vient-il de ma famille ou d'ailleurs ?

— Difficile à préciser.

— Mais vous avez des soupçons ?

— Oui, en fait...

Fleet s'interrompit quand un joggeur les dépassa, les écouteurs vissés sur les oreilles, isolé dans sa bulle.

Elle s'approcha.

— De quoi s'agit-il ? Dites-le-moi, je vous en prie.

— Il y a environ six mois, j'ai eu affaire à un trouble à l'ordre public. Une gentille gamine riche et récidiviste. Ivresse et tapage, conduite dangereuse, dégâts matériels.

— Les femmes se font verbaliser pour ivresse, tapage et infractions mineures sans violence plus souvent que les hommes.

Fleet secoua la tête.

— Vous croyez ? Ce n'est pas mon expérience personnelle. Quoi qu'il en soit, cette fille a embouti une voiture. On l'a arrêtée parce qu'elle téléphonait en conduisant. Le rapport de police l'indique clairement, pourtant elle s'en est sortie avec un simple avertissement.

— C'est la routine ?

— Pour une gosse de riches blanche avec un casier judiciaire vierge et alors qu'il n'y a pas eu de blessé ? Bien sûr.

— Voyons voir, dit Lydia, l'estomac noué. L'avertissement n'a pas marché ?

— Exact. Il n'y a pas eu de poursuites. Personne n'a porté plainte. En fait, tout le monde a prétendu être en faute.

Voilà qui ressemblait fort à de l'intimidation, songea Lydia, comme à l'époque de triste mémoire où la famille Crow enfreignait joyeusement la légalité.

— Par la suite, elle a fait les quatre cents coups en ville et a cassé un lustre au Dorchester, reprit Fleet. C'est le genre de comportement qui vous fait remarquer et, avec ses antécédents, le ministère public pouvait la condamner et me retirer le dossier.

— Ce qui vous aurait bien arrangé.

Fleet haussa les épaules dans un geste presque imperceptible.

— Ce n'était pas vraiment un problème. C'est la routine, même si, bien sûr, je préfère de loin une affaire classée à une procédure en cours.

— C'est bon pour vos chiffres.

— Absolument. Je suis un flic moderne, je ne jure que par les stats.

— Et ensuite, que s'est-il passé ?

— Ma hiérarchie m'a informé que mieux valait classer l'affaire.

— Pas de poursuites ?

Fleet avala une gorgée au goulot de sa bouteille d'eau.

— Non. Mais que représentent quinze heures de travail acharnées ? Une goutte d'eau dans l'océan.

— Vous n'êtes pas rancunier.

Il lui offrit un sourire éblouissant.

— Jamais.

Il ne pouvait y avoir qu'une raison pour laquelle Fleet lui avait révélé sa frustration professionnelle.

— La jeune fille était une Crow, affirma-t-elle.

Il acquiesça, la mine renfrognée.

— Et vous pensez que mon oncle a le bras long ?

Fleet haussa les épaules.

— C'est une explication.

— Pouvez-vous me communiquer son nom ?

— Madeleine Crow.

CHAPITRE QUINZE

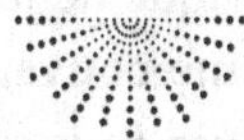

En pantalon de yoga et baskets immaculées, la coiffure impeccable, Daisy traversait le parking jouxtant le club de fitness, ses clés de contact dans une main, un élégant sac bleu pastel en bandoulière sur l'épaule. Lydia se hâta de descendre de voiture et l'interpella.

Sa tante fit volte-face et s'arrêta de mauvaise grâce.

— Je n'ai pas beaucoup de temps. Ça ne peut pas attendre ?

— Pas vraiment, rétorqua Lydia, surprise par l'attitude désinvolte de sa tante.

Où était passée la femme éplorée à qui elle avait rendu visite trois jours plus tôt ?

Daisy consulta sa montre.

— De quoi s'agit-il ?

— Tu n'as pas été tout à fait franche avec moi au sujet de Madeleine.

— Pardon ?

Lydia observa un homme musclé, moulé dans sa tenue en lycra, qui se dirigeait vers la salle de sport.

-Tu ne préfères pas qu'on discute dans ma voiture ?

Daisy jeta un regard circulaire.

— Très bien.

Lydia débarrassa les papiers gras qui encombraient le siège avant, réjouie de voir l'expression horrifiée de sa tante. Outre des paquets de chips vides, certains contenant des trognons de pommes moisis, il y avait trois bouteilles d'eau à moitié entamées, une brique de jus de fruits, une cannette de boisson énergisante, une couverture polaire, un oreiller ainsi qu'un rouleau d'essuie-tout. Il était visible que Lydia avait passé de longues heures en planque dans sa voiture.

— À combien de reprises a-t-elle été arrêtée ? questionna-t-elle.

Les coins de la bouche de Daisy s'affaissèrent.

— Ça n'est jamais arrivé.

— Qu'est-ce qui n'est jamais arrivé ?

— Elle avait de mauvaises fréquentations. C'était stupide de sa part.

— De qui s'agit-il ?

Daisy regarda ailleurs.

— J'ignore leurs noms.

— Elle a embouti une voiture. Par bonheur, il n'y a pas eu de blessé, mais elle a été verbalisée pour usage du téléphone portable au volant.

— Maddie n'aurait jamais fait ça. Elle a d'ailleurs obtenu le maximum au code.

Lydia ouvrit son calepin.

— Le détail de ses communications téléphoniques montre qu'un SMS a été envoyé une minute avant l'accident. J'aimerais que tu m'expliques ce qu'il s'est passé. Pourquoi n'a-t-elle pas eu un retrait de points sur son permis ? Elle a percuté un véhicule et le conducteur a souffert d'un traumatisme cervical, le fameux coup du lapin. Elle a eu de la chance de ne pas être convoquée devant la justice pour conduite dangereuse. Avec ses antécédents, elle aurait pu se retrouver en prison.

Les lèvres pincées en une ligne mince, Daisy évita de croiser le regard de sa nièce.

— Je ne peux pas t'aider si tu ne m'exposes pas tous les faits, insista Lydia. Je ne porte aucun jugement sur Madeleine, nous commettons tous des erreurs.

— Je sais. Personne ne condamne Madeleine. C'est moi qu'on tient pour responsable.

— Je ne reproche rien à personne, répéta Lydia. Je veux retrouver Maddie, un point c'est tout.

Daisy se décida enfin à la regarder en face. Lydia crut voir son expression s'adoucir, mais ses propos venimeux lui prouvèrent qu'elle avait tort.

— Charlie se sert de toi pour me rappeler que je suis son obligée. Il veut m'avoir à l'œil. Tu peux lui dire que j'ai bien reçu le message.

— Je ne suis pas... Attends une minute. C'est Charlie qui a arrangé les choses après l'accrochage de Madeleine ?

Daisy serra son sac de sport contre son cœur, comme un doudou.

— Ne fais pas l'imbécile. Qui d'autre aurait autant d'influence ?

— Tristan Fox.

Daisy la dévisagea, bouche bée.

— Tu as perdu la tête ?

— Maddie fréquentait Paul Fox. Il est possible que son père soit intervenu pour arrondir les angles.

Daisy secoua la tête avec une telle violence que Lydia craignit qu'elle ne se blesse contre la fenêtre.

— Impossible. Elle n'aurait jamais fait ça.

— Moi si, quand j'avais son âge. Il sait se montrer très persuasif.

Daisy ouvrit la portière.

— Ma Madeleine a plus de jugeote que toi, lança-t-elle avec mépris avant de descendre de voiture.

· · ·

Lydia referma la porte d'un coup de pied et se laissa tomber dans son fauteuil de bureau. Elle pêcha la pièce d'or dans sa poche, la lança en l'air et la rattrapa au vol, encore et encore, afin de retrouver son calme et ne plus entendre la voix empreinte de dégoût de sa tante.

Elle consulta sans grand espoir les réseaux sociaux de Maddie en se demandant ce qu'elle pouvait faire de plus. Elle ne comprenait pas pourquoi l'opinion défavorable de sa tante à son égard lui faisait si mal, mais le fait que son enquête piétinait n'arrangeait certainement pas les choses. Elle bouillonnait de frustration et la bouteille de whisky à moitié vide sur le comptoir de la cuisine l'appelait à grands cris. Aussi, quand elle entendit des pas sur le palier et vit une ombre se profiler à travers le verre dépoli de la porte, elle eut des envies de meurtre.

— Allez-vous-en ! hurla-t-elle sans donner au visiteur le temps de frapper.

La porte s'ouvrit et Fleet se profila sur le seuil, examinant la pièce d'un œil critique qui la hérissa littéralement.

— Je ne suis pas d'humeur à subir un interrogatoire, éructa Lydia avec un regard assassin. Et au fait, comment êtes-vous entré ?

— Grâce à Angel. Elle m'a appris que vous receviez des clients et que je devrais peut-être attendre mon tour. On dirait qu'elle a un peu exagéré, conclut-il avec un léger sourire.

Lydia se leva d'un bond avec un juron à demi étouffé.

— Excusez-moi, Fleet, mais je vais descendre tirer les oreilles à la cuisinière.

— Qu'est-ce qu'il vous prend ?

Lydia se figea, jugeant qu'il était plus sûr de laisser une certaine distance entre eux en s'abritant derrière son bureau.

— Que voulez-vous dire ?

— Pourquoi m'appelez-vous Fleet ?

— Je vous répète qu'Ignatius est un nom ridicule. En plus, ça rétablira l'équilibre.

— Comment ça ?

— Vous me considérez comme une « Crow » avant de penser à « Lydia ».

Fleet s'avança d'un pas.

— Ce n'est pas vrai.

Lydia qui trouvait la pièce fort vaste, vide et pleine de courants d'air, se sentit soudain à l'étroit.

— Je pense à « Lydia », riposta Fleet. Associée à « enquiquineuse ». Ça vous plaît mieux ?

Elle s'obligea à ne pas bouger. Elle ne voulait pas qu'il voie l'effet qu'il produisait sur elle. Que pouvait signifier le halo diffus qui l'entourait ? se demanda-t-elle. Descendait-il de Bacchus ou peut-être de l'une des familles ? Une idée lui traversa l'esprit.

— Quel est le nom de jeune fille de votre mère ?

Il s'approcha encore, la main tendue.

— Kamara. Venez près de moi.

— Pardon ?

Il tapota la table du bout des doigts.

— Il y a un obstacle entre nous. Je n'aime pas beaucoup ça.

Lydia sentit son cœur s'affoler et chacune de ses terminaisons nerveuses s'embraser. Elle n'éprouvait plus ni frustration ni colère. Sans réfléchir, elle posa la main sur la sienne et il l'emprisonna au creux de sa paume. Elle contempla leurs doigts enlacés avant de relever les yeux vers lui.

— Vous êtes vraiment bizarre, murmura-t-elle. J'ignore ce qu'il vous arrive, mais...

Fleet secoua légèrement la tête.

— Moi aussi. Je ne suis généralement pas du genre impulsif.

Elle manqua s'étouffer quand il caressa sa paume de son pouce.

— Ça vous arrive souvent ?

— Jamais. Ce n'est pas du tout mon style. J'obéis à mon instinct pour une fois.

— Ce n'est pas forcément une bonne idée.

Il lâcha aussitôt sa main.

— Voulez-vous que je m'en aille ?

— Je ne sais pas, mentit Lydia.

Il esquissa un sourire suggestif, comme s'il n'avait aucun doute sur la question et qu'elle n'avait qu'un mot à dire pour qu'il la persuade qu'elle ressentait la même chose.

À quoi bon se raconter des histoires ? Elle le désirait de toutes ses forces. C'était probablement le moment le plus voluptueux de sa vie, de ces deux dernières années, en tout cas.

— Venez là, murmura-t-il d'une voix douce. J'ai décidé de suivre mon intuition en ce qui vous concerne.

Elle contourna le bureau, se retenant à un angle pour ne pas tomber.

— Ah bon ?

Dès qu'elle l'eut rejoint, il l'enlaça et la jucha au bord de la table. Debout devant elle, il se plaça entre ses jambes légèrement écartées.

Lydia tenta de garder son sang-froid.

— Pas question, protesta-t-elle, l'air de dire « pas encore ». C'est d'un banal...

Fleet sourit et l'embrassa avec une passion qui lui fit voir des étoiles. Quand Lydia eut repris ses esprits, un peu plus tard, elle s'aperçut qu'elle se pressait contre lui avec ardeur, les bras noués autour de sa nuque.

— Bon sang ! s'écria-t-elle, les joues rouges de confusion et de désir mêlés.

— C'est tout ce que tu trouves à dire ? Je m'attendais à quelques vers de Keats, au moins.

— La ferme, Fleet ! marmonna-t-elle en l'attirant à elle pour un deuxième round.

CHAPITRE SEIZE

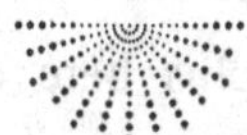

près avoir congédié l'inspecteur, Lydia sombra dans un sommeil profond, comblée après une séance de sexe torride. Elle fut réveillée par un vacarme épouvantable de voix, de portes claquées et la radio poussée à plein volume.

Hors d'elle, elle passa un jean et un corsage noir cintré, attacha ses cheveux en une queue de cheval approximative, dévala l'escalier en trombe et déboula dans la salle du rez-de-chaussée, où s'activaient au moins huit personnes, toutes parfaitement inconnues à l'exception d'Angel.

— C'est quoi ce bazar ?

— Je suis un peu occupée là, répondit la cuisinière, les bras encombrés de grandes barquettes de victuailles.

Un homme équipé d'une ceinture porte-outils, une clé à molette à la main, s'approcha.

— J'ai réparé la fuite, l'urinoir défectueux et la chasse d'eau dans les toilettes des messieurs, déclara-t-il.

— Venez, dit Angel en indiquant la cuisine, le nouvel évier vient d'être livré.

Lydia éteignit la radio.

— Arrêtez-vous, tous autant que vous êtes !

— Qu'est-ce qu'il y a ? fit Angel, les mains sur les hanches. Si vous avez un problème, parlez-en à votre oncle.

Lydia agita les mains en tous sens.

— Il m'a affirmé qu'il n'y aurait pas de travaux, ou alors trois fois rien, comme rafraîchir l'enseigne, par exemple, afin que l'endroit ait l'air réglo. Il n'a jamais parlé de rouvrir le restaurant.

— Alors vous êtes plus bête que vous en avez l'air, rétorqua Angel. L'évier, ajouta-t-elle à l'adresse du plombier. Je n'ai pas que ça à faire.

— J'habite ici, insista Lydia. Ça ne va pas du tout.

Angel s'immobilisa à la porte de la cuisine et lui jeta un regard inquisiteur.

— Ah non ?

— Je ne gère pas un bistrot.

— Exact, puisque c'est moi. Maintenant, si l'idée de vivre au-dessus d'un restaurant ne vous plaît pas, voyez ça avec le propriétaire.

De retour à son appartement, Lydia s'allongea sur son lit, les yeux au plafond, hésitant entre se rendormir ou sortir prendre un petit déjeuner. L'envie de se cacher sous l'édredon et se couper du monde l'emportait sur un café et des tartines. La sonnerie de son portable égrena *The White Stripes*. Un numéro inconnu.

— Oui ?

— Écoute-moi bien.

Lydia ferma les yeux.

Paul.

— J'ai un boulot pour toi.

— Moi aussi, j'ai quelque chose pour toi, rétorqua Lydia, songeant à un bon coup de genou à l'endroit le plus sensible de son anatomie

— Ça a l'air intéressant.

Au timbre sensuel de sa voix, elle devina qu'il souriait. Elle revit le restaurant italien où il l'invitait quand ils sortaient ensemble, les couleurs vives, l'odeur de l'ail, le cliquetis des couverts sur la porcelaine... Un nuage de chaleur et de douceur l'enveloppa, tel un duvet de plumes. Paul Fox savait s'y prendre ! Elle lança la pièce d'or en l'air, la récupéra au vol et, du bout des doigts, caressa la surface froide et rugueuse. Instantanément, le raffut provenant du rez-de-chaussée s'évanouit, en même temps que le sentiment de quiétude et de sérénité.

— C'est un cadeau ? demanda Paul sur un ton à la fois taquin et sensuel.

Lydia pouvait presque voir son charme s'échapper du haut-parleur du téléphone.

— Disons plutôt le majeur de ma main droite, rétorqua-t-elle en jouant avec la pièce au creux de sa paume.

— J'ai besoin de ton aide. Il ne s'agit pas d'un service gratuit, je te payerai. Je t'envoie un fichier.

— Je ne suis pas disponible. Ne m'envoie rien du tout.

— Ce n'est pas la bonne attitude professionnelle. La plupart des entreprises mettent la clé sous la porte au cours des trois premières années. En tant que start-up, tu ne devrais pas cracher dans la soupe.

— J'ai déjà un job et je ne compte pas ouvrir ma propre agence.

— Ce n'est pas ce qui est écrit sur ta nouvelle porte.

Lydia se demanda s'il était trop tôt pour se mettre à boire.

Au lieu de quoi, elle opta pour un comportement plus sain et appela Emma.

— Je cours pour ne pas être en retard à l'école, répondit son amie, hors d'haleine. Je peux te rappeler ?

— Je n'aurais jamais cru qu'il fallait le prendre au pied de la lettre. Tu ne peux pas marcher ?

— Très drôle. Ça va, toi ?

— Impeccable. Je t'appelle plus tard.

Lydia contempla son téléphone. Elle aurait voulu trouver une oreille complaisante auprès de laquelle se plaindre de l'arrogance de Paul Fox, qui s'était empressé de lui téléphoner pour fanfaronner au sujet de la porte. Il n'avait apparemment pas perdu sa sale habitude de l'asticoter. Il refusait de répondre à ses questions concernant Madeleine parce qu'il avait probablement quelque chose à voir avec sa disparition, mais il se croyait intouchable, certain que rien ni personne, sûrement pas la famille Fox, ne pouvait l'atteindre.

Il l'avait appelée. À deux reprises. Avec son portable.

Suis-je bête !

Elle composa le numéro avant de changer d'avis.

— Tu veux bien me rendre un service ?

CHAPITRE DIX-SEPT

— **J**e suis occupé, répondit Fleet.

Lydia marchait d'un bon pas sur le trottoir, slalomant entre les piétons.

— Parfait. Je passe te voir.

— C'est si important ? Bon, on se retrouve dehors.

Elle consulta sa montre. Presque midi.

— Rendez-vous au *Hare,* d'accord ? Je t'offre un verre.

Il y eut un silence au bout du fil. Lydia s'immobilisa, croisant mentalement les doigts.

— Intéressant, fit Fleet d'une voix neutre. J'arrive dans un quart d'heure.

Quarante-cinq minutes plus tard, Lydia avait vidé la moitié de sa bière et rembarré deux types après avoir décliné un déjeuner, un verre ou autre chose...

La porte s'ouvrit enfin sur Fleet.

— Ce n'est pas trop tôt, remarqua-t-elle.

— Tu m'as appelé pour me demander un service ?

Lydia se leva.

— Oui et alors ? Tu pourrais quand même t'excuser pour ton retard.

Il esquissa un sourire.

— Mon retard, hein ?

— Tu veux boire quelque chose ?

— Non merci, dit-il en s'installant. Je dois retourner au bureau dans dix minutes.

— Une affaire ?

Il fit une grimace.

— Une réunion budgétaire.

— Pas très sexy !

Elle se rassit et tendit sa bière à Fleet. Il avala une gorgée avant de la lui rendre.

— J'aurais besoin de consulter les relevés téléphoniques d'un numéro de portable.

— C'est ça le service ?

Lydia hocha la tête.

— Je ne t'aurais pas contacté si ce n'était pas important.

— Je devine qu'il y a un rapport avec ce dont tu ne peux pas me parler à cause de votre stupide code familial.

— Peut-être.

— Lydia ! soupira-t-il.

— Je sais que c'est beaucoup demander...

— Tout est enregistré de nos jours. Je n'aurai pas accès à la base de données sans lien avec une enquête ou un justificatif.

— Mais tu es inspecteur, non ?

— Ça ne change rien. Je n'ai pas droit à l'erreur. Ma mère me tuerait.

Lydia ne retira pas sa main quand il entrelaça ses doigts aux siens. Elle ferma les yeux, usant de son sixième sens, et décela un faible halo dénué de menace. Rien qui justifiait de garder ses distances ou de se méfier. Fleet avait tout fait pour la protéger. Certes, c'était un flic et elle le connaissait à peine, pourtant elle avait foi en lui. Alors que Charlie avait manqué de franchise, il l'avait mise à l'épreuve et lui avait dissimulé des informations.

Elle se pencha en avant.

— La famille ! ironisa-t-elle en baissant la voix. Bienvenue au club. Je peux te faire confiance ?

Fleet acquiesça, le regard attentif.

— Promets-moi de garder ce que je vais te dire pour toi. Tu as pensé qu'il y avait eu des pressions de ta hiérarchie lors de l'arrestation de Madeleine Crow, tu te souviens ? Ça voudrait dire que l'une des Familles a de l'influence à la Met, ou qu'elle serait noyautée de l'intérieur. Si l'on apprend que j'en ai parlé à la police, je risque d'avoir des problèmes. De très gros ennuis...

— Je comprends. Je ne suis pas en service et je ne suis pas là en tant que policier. Je ne ferai jamais rien qui puisse te nuire.

Elle le croyait. Quant à savoir si c'était à cause de la partie de jambes en l'air de la veille ou de sa propre faiblesse, elle l'ignorait. Peut-être ressemblait-elle à l'une de ces gourdes désespérément sentimentales ? Quoi qu'il en soit, elle avait besoin de lui.

Elle prit une profonde inspiration avant de se lancer.

— Madeleine Crow a disparu la semaine dernière. Mon oncle m'a chargée de la retrouver. J'ai essayé.

— Où l'a-t-on vue pour la dernière fois ?

— Elle quittait son domicile, comme pour se rendre au travail, alors qu'elle venait d'être licenciée.

Fleet hocha la tête.

— Je vois.

Il ne chercha pas à savoir pourquoi la Famille n'avait pas signalé sa disparition, ce dont Lydia lui sut gré.

— J'ai découvert que Madeleine fréquentait Paul Fox. J'ai son numéro de téléphone là, ajouta-t-elle en désignant son portable.

— C'était sérieux ?

— Oui. Et ce n'est pas une bonne nouvelle. Je ne peux pas informer Charlie, parce qu'il risque de perdre son sang-froid.

— Un aimable euphémisme. J'ai compris.

— Personne de la Famille ne doit savoir que Paul Fox trempe là-dedans.

— En admettant que ce soit le cas. Ce ne sont que des hypothèses.

— Je le sens. Mais si j'ai raison...

— Ça risque de barder.

— Consulter ses relevés téléphoniques des deux dernières semaines pourrait peut-être m'aider. Je ne sais pas. S'il a appelé Maddie, j'aurai une preuve.

— Que tu garderas pour toi ?

— Pour le moment. J'essaie de résoudre cette affaire sans faire de vagues, mais je dois absolument retrouver ma cousine.

Fleet tendit la main.

— Montre-moi ton portable.

— Tu acceptes ? C'est vrai ?

Fleet la dévisagea sans broncher.

— Je peux ouvrir une information judiciaire pour recherche d'une personne disparue. Je ne le ferai pas, rassure-toi. Mais imagine que je sois la police et que j'applique la procédure. Peux-tu me certifier qu'il s'agit d'autre chose que d'une impression ? Que j'aurai des motifs valables pour accéder à l'historique des appels de ce type ?

— Oui. On l'a vu quitter le Club Foxy en compagnie de Madeleine...

— Je n'ai pas besoin de plus de détails. Ta parole me suffit.

— Merci.

— Je peux te demander quelque chose ?

— Bien sûr. N'importe quoi.

— Tu as couché avec moi pour pouvoir me manipuler ?

Lydia se renversa sur son siège.

— Tu parles sérieusement ?

Fleet sourit.

— Il n'y a aucun problème si c'est le cas. Ça valait le coup. Mais je préfère savoir.

— Non. J'ai couché avec toi pour la simple raison que j'en avais envie. Et si je te demande ce service, c'est parce que j'ai besoin d'aide et que, inexplicablement, j'ai confiance en toi.

— D'accord. Pas la peine de me regarder comme ça. La question s'imposait.

— Absolument pas.

— Il faut voir le bon côté des choses. Tu peux me faire confiance, même si j'ai le chic pour te mettre en rogne.

— Je te pardonne. À condition que tu me procures les relevés.

Sur ces mots, elle se pencha par-dessus la table et l'embrassa. Parce qu'il était là et que l'occasion se présentait.

CHAPITRE DIX-HUIT

F leet tint parole. Le lendemain, il retrouva Lydia au pub et lui remit une enveloppe kraft contenant le détail des communications téléphoniques de Paul Fox au cours des deux semaines écoulées.

— C'était rapide, s'étonna-t-elle.

— Il s'agit d'une personne disparue. Et je connais bien quelqu'un qui travaille chez cet opérateur.

Lydia éprouva un pincement de jalousie. Ce qui était ridicule.

— Ah bon ?

— Oui, confirma-t-il avec un petit sourire.

— Ça ne me regarde pas. (Le sourire de l'inspecteur s'élargit.) Encore merci pour ton aide.

Fleet se rembrunit.

— Tu me tiens au courant si ça mène à quelque chose, d'accord ? N'entreprends rien seule, compris ? Si tu soup-çonnes ce type d'avoir enlevé ta cousine, tu ne dois pas intervenir personnellement.

— Bien sûr que non.

Il lui caressa la joue.

— Je suis sérieux. Appelle-moi. C'est mon job.

— Promis, dit Lydia.

Elle était impatiente de consulter le fichier, mais elle voulait être seule pour cela. Elle avait dépassé les limites en demandant l'aide de la police, même officieusement, et elle n'avait pas l'intention d'aggraver la situation en lançant les plus fins limiers de la Met sur les traces de Paul Fox.

Voyant que Fleet prenait son temps et n'avait pas l'air pressé de partir, elle le mit pratiquement à la porte.

— Tu n'as rien d'autre à faire ? Des criminels à attraper ? Un budget à gérer ?

Après un baiser qui lui tourneboula les sens et un dernier regard d'avertissement, il s'en fut. Lydia s'installa à une table donnant sur la rue et ouvrit l'enveloppe. Au bout de quelques minutes, constatant que les lignes se brouillaient, les caractères dansaient devant ses yeux, elle s'efforça de se contrôler et de se concentrer sur les numéros et la durée des appels. Sans les contacts correspondants, elle était dans le noir, à l'exception de ses propres coordonnées, bien entendu. (Paul l'avait contactée à deux reprises.) Elle chercha des appels récurrents et finit par en repérer un, qui se répétait tous les deux jours durant une vingtaine de minutes. Famille, ami ou collègue de travail ? Il s'agissait d'un numéro de portable, donc impossible à localiser. Bien sûr, elle pouvait toujours l'appeler pour en avoir le cœur net. Elle attrapa son téléphone et commença à composer le numéro avant de s'interrompre. Un autre revenait plusieurs fois. Les trois soirs précédents, Paul avait brièvement appelé un fixe entre 18 et 20 heures. Chaque communication n'avait duré que quelques minutes.

Lydia quitta le clavier pour chercher le numéro sur Google. Il correspondait à un restaurant turc à Maida Vale. Les Fox résidaient à Whitechapel. Si Paul téléphonait pour une livraison à domicile, pourquoi ne s'adressait-il pas à un traiteur de son quartier ? Sauf s'il rendait visite à quelqu'un à

Maida Vale. Une personne qu'il avait kidnappée ou qui souhaitait se cacher.

Lydia connaissait mal la rive nord de la Tamise. Les Crow vivaient à Camberwell depuis l'époque où ce n'étaient encore que quelques fermes serrées les unes contre les autres au bord du chemin menant à Londinium. Par conséquent, traverser la rivière donnait à Lydia l'impression d'être une étrangère s'extasiant devant les sites touristiques. Elle sortit du métro à Warwick Avenue par une journée douce et humide.

Au restaurant, les choses se passèrent comme sur des roulettes. Lydia s'apprêtait à sortir sa pièce d'or, mais l'employé, qui paraissait se morfondre derrière le comptoir, lui remit obligeamment le carnet de commandes quand elle le réclama. Après quoi, il rassembla ses cheveux en un chignon au sommet de son crâne et se plongea dans YouTube sur son portable. Des numéros de téléphone et des adresses étaient griffonnés en face des plats. Autant chercher une aiguille dans une meule de foin, songea Lydia en tournant les pages. Finalement, une adresse qui n'en était pas vraiment une lui sauta aux yeux. L'escalier menant au canal sur Blomfield Road.

— Vous avez livré là-bas hier soir ?

— Pas moi. Je ne m'occupe pas des livraisons.

— Mais quelqu'un l'a fait ? Vous n'exigez pas une adresse exacte ?

— Non, du moment que le client paye...

Lydia se dirigea vers Blomfield Road, là où Maida Vale devenait Vala petite Venise. Paul avait commandé un repas pour deux personnes sans donner une adresse exacte, raisonna-t-elle avec un frisson d'excitation. C'était un quartier résidentiel. Les berges étaient bordées de nombreuses maisons, certaines divisées en appartements distincts. Le porte-à-porte allait lui prendre un temps fou. Elle s'arrêta en haut des marches. Hormis la prudence, Paul avait peut-être indiqué ce lieu pour une autre raison. Et si l'endroit n'était pas facile à repérer ? Si, par exemple, il était mobile ?

Elle entreprit de descendre vers le canal. Un joggeur la dépassa sur sa droite, tandis qu'en contrebas, une mère attendait patiemment que son enfant enjambe la dernière marche.

Il y eut une trouée dans les nuages et un rayon de soleil illumina la chaussée humide, transformant les flaques d'eau en miroirs. En une fraction de seconde, ils s'étaient reformés, telle une nappe de brume changeant l'eau étincelante en une masse grise informe. Lydia sentit l'humidité s'insinuer dans ses cheveux et ses oreilles ; elle avait l'impression qu'il faisait plus froid au bord de l'eau. Plusieurs bateaux aux couleurs vives amarrés sur le canal étaient recouverts de bâches et semblaient fermés durant la saison hivernale tandis que d'autres, aux toits couverts de pots de fleurs, avaient l'air habités. Elle remarqua même une bouteille thermos au pied d'un transat, à croire que le propriétaire allait revenir d'un moment à l'autre.

Le site était pittoresque, même par une journée grise et morose. Comme aurait pu l'être le canal de Surrey, si le comité d'urbanisme ne l'avait pas laissé à l'abandon avec les bâtiments industriels en ruine, situés à l'emplacement actuel du parc. Grand-père Crow ne décolérait pas à ce propos. Il avait montré à Lydia des photos en noir et blanc en vantant les chemins de halage.

Elle admirait l'une des péniches peinte en rouge vif, quand un détail attira son attention. Un panache de fumée s'élevait de la cheminée d'un bateau, amarré sur la rive opposée. Elle croyait savoir que les feux de bois étaient interdits dans le centre de Londres, « une zone sensible pour la qualité de l'air », pourtant un filet de fumée grise s'élevait dans le ciel.

Lydia traversa le pont qui enjambait le fleuve avant de revenir sur ses pas en direction du bateau. L'endroit était beaucoup plus paisible de ce côté-ci. Les branches basses des arbres descendaient au ras de l'eau ; on en oubliait presque que l'on se trouvait au centre de l'une des plus grandes métropoles du monde. Presque.

À l'extérieur du bateau, il n'y avait aucun signe de vie. Les rideaux taillés dans une étoffe épaisse et sombre étaient hermétiquement clos, de sorte qu'il était impossible de savoir s'il y avait de la lumière à l'intérieur. Lydia sentit un picotement sur sa peau, une chaleur se répandre sur le dos de ses mains, puis le long de ses bras et de son cou jusqu'à hérisser son cuir chevelu, semblable à la sensation qu'elle éprouvait en présence d'un esprit tourmenté. Ou quand Jason lui tapait sur l'épaule pour rire. Lydia promena un regard circulaire, mais aucun fantôme ne se matérialisa. Les oiseaux s'égosillaient dans les arbres. Un type portant un bermuda et des tongs malgré le froid passa devant elle tout en parlant, le téléphone collé à l'oreille.

Lydia patienta un moment avant de se hasarder sur le petit pont, à l'arrière du bateau. Le picotement s'intensifia et Lydia prit soudain conscience que la ou les personnes qui se tenaient derrière les rideaux fermés étaient dotées d'une certaine énergie. Faible mais bien réelle. En outre, en respirant par la bouche, elle pouvait la sentir sur sa langue. Un Crow. Elle se figea, la main sur la porte de la cabine, tous les sens en éveil. Certes, elle était impuissante à subodorer la présence d'un Silver, d'un Pearl ou d'un Fox, mais des humains dépourvus de pouvoir magique pouvaient se cacher à l'intérieur. Combien le bateau pouvait-il abriter de créatures prêtes à se jeter sur elle ? Lydia repoussa l'image d'individus à la mine patibulaire bondissant de la cabine armés jusqu'aux dents, tels des clowns jaillissant d'une minuscule voiture au cirque. Il n'y a pas de quoi avoir peur, se rassura-t-elle. Elle avait son portable à la main, le GPS activé et le numéro de Fleet en raccourci. Elle aurait été mieux avisée de l'avertir de l'endroit où elle se trouvait, voire de demander des renforts, mais elle ignorait ce qui l'attendait et sa loyauté envers la Famille passait avant tout.

La poignée tourna sans bruit et Lydia entrebâilla la porte. Inutile de faire irruption et d'effrayer le ou les occupants des lieux.

— Madeleine ? appela-t-elle d'un ton léger et amical.

— Qui est-ce ? demanda une voix féminine, calme et assurée avec une pointe d'impatience.

Lydia ouvrit la porte et se glissa à l'intérieur.

Madeleine, bien vivante et apparemment en bonne santé, était assise, les jambes croisées, sur une étroite banquette capitonnée. Ses cheveux bruns soyeux étaient relevés en un chignon flou et ses yeux soulignés d'un trait d'eye-liner et d'une ombre à paupières avec des paillettes.

— Qui êtes-vous ?

Inutile d'essayer de dissimuler son identité, se dit Lydia. Madeleine pouvait la reconnaître pour l'avoir croisée dans des fêtes de famille ou aperçue sur des photos. Elle ouvrit grand la porte. Ses yeux mirent un petit moment avant de s'habituer à la pénombre qui régnait à l'intérieur.

— Ta cousine Lydia, répondit-elle. C'est une visite amicale.

— Ferme la porte.

L'entrée donnait sur le coin cuisine, puis sur le salon en enfilade. Elle ne pouvait faire autrement que de la rejoindre, comprit Lydia, voyant que Madeleine ne faisait pas mine de se lever. Perspective qui ne l'enchantait guère, car il n'y avait qu'une seule issue pour entrer et sortir.

Les lambris, les rideaux écarlates aux fenêtres et les lampions multicolores accrochés au-dessus conféraient à l'endroit une ambiance chaleureuse. Lydia réprima l'envie d'écarter les rideaux pour laisser entrer la lumière du jour et se dirigea vers le petit salon. L'aura des Crow y était plus puissante ; Lydia pouvait sentir des plumes sèches au fond de sa gorge et le goût du sang frais sur sa langue.

— Je ne rentrerai pas à la maison, déclara Madeleine. Pas la peine de te fatiguer.

— D'accord. Est-ce que je peux au moins rassurer tes parents ? Ils sont morts d'inquiétude.

Madeleine redressa le menton.

— Non.

— Pourquoi pas ?

— Pose toujours la question, répondit Madeleine sans sourire. Tu pourrais m'expliquer pour quelle raison tu me poursuis ?

Lydia pressentait que quelque chose ne tournait pas rond chez sa cousine sans parvenir à mettre le doigt dessus. Elle choisit la sincérité.

— Oncle Charlie m'a demandé de te retrouver. Et puis c'est mon job. Je suis détective.

— Pas à Londres.

Comment le savait-elle ?

— Effectivement. Je travaille à Aberdeen.

Pour la première fois, Madeleine sourit.

— Tu es partie, affirma-t-elle, s'animant à mesure qu'elle parlait. On me l'a dit. D'après ma mère, tu as brisé le cœur de ton père. Et celui de Charlie. Tu t'es sauvée et c'est tout ce qui compte. Donc, tu peux comprendre.

Lydia aurait voulu répliquer qu'elle n'avait pas disparu, laissant ses parents croire qu'elle avait été enlevée ou exécutée, mais Madeleine monologuait toujours avec de grands gestes.

— Ils étaient toujours sur mon dos à me dire ce que je devais faire ou ne pas faire. Tu es une Crow, la Famille passe avant tout, etc. Certainement pas. Ma priorité, c'est moi !

Lydia décida de la faire parler pour gagner du temps, espérant trouver un moyen de gérer la situation. Le soulagement d'avoir retrouvé Maddie vivante était tempéré par l'intuition que quelque chose n'allait pas.

— Qu'est-ce qu'ils t'ont empêchée de faire ? demanda-t-elle.

Madeleine secoua la tête.

— Un tas de choses. Ils m'ont enfermée dans une cage. Tu n'es pas au courant, parce que tu étais la petite chérie à papa-maman, mais nous autres, nous avons tous dû mettre la main à la pâte.

Elle s'interrompit et tendit l'oreille. Des bruits de pas et de voix résonnèrent au-dehors.

— Si oncle Charlie nous avait ordonné de sauter du toit, on aurait obéi, poursuivit Madeleine, une fois que les piétons invisibles se furent éloignés. Tous sans exception. Je ne sais pas comment ton père s'est débrouillé pour ficher le camp. Il est le seul à avoir réussi. Alors j'ai décidé de m'enfuir. Et ils doivent continuer de croire que je suis morte ou ce que tu veux, sinon je me retrouverais piégée à la case départ.

— Je t'aiderai, affirma Lydia. Je ne suis pas mêlée à tout ça. Une fois que j'en aurai fini avec cette histoire, je rentrerai chez moi. Je te soutiendrai et j'irai parler à Charlie. On ne peut pas te forcer à travailler pour la Famille si tu n'en as pas envie. Les anciens nous considèrent comme une sorte de mafia, mais ce n'est plus le cas. Les temps ont changé. Les Familles se sont rangées des voitures. Ce n'est plus comme avant.

Madeleine éclata de rire.

— C'est ce que tes parents t'ont raconté ?

Lydia décida de ne pas relever le sarcasme.

— Oui et Charlie aussi.

— Ils mentent.

Lydia ne savait plus que croire.

Elle se raidit quand Madeleine se pencha soudain vers elle. L'énergie qui se dégageait de sa cousine était palpable, et l'air autour d'elle s'épaissit. Lydia tenta vainement de reculer. Elle suffoquait, comme si sa respiration se bloquait dans ses poumons.

— Nous avons moins de pouvoir, c'est vrai, reprit Maddie, enveloppant la pièce d'un geste circulaire. Les Familles se sont affaiblies et leur magie a diminué, quand elle n'a pas totalement disparu, mais ça ne les a pas calmées pour autant. Au contraire. Elles sont insatiables. Et quelles en sont les conséquences ? La faim les rend impitoyables. Est-ce que tu sais en quoi consistent les activités des Crow ? As-tu la moindre idée de ce dont nous sommes capables ?

— C'est un club d'affaires locales. Les gens cotisent et oncle Charlie se débrouille pour qu'il n'y ait pas de problème. Une sorte de syndicat ou de table ronde.

— Ou un racket en échange de protection.

Lydia secoua la tête.

— Non. Ce n'est pas ça. Plus maintenant.

— Comment peux-tu le savoir ? Tu es la petite princesse. L'héritière d'Henry Crow. Trop spéciale pour se salir les mains.

— Je ne suis pas spéciale. C'est plutôt le contraire.

Madeleine se renversa en arrière ; on aurait dit qu'elle se vidait de son énergie.

— Ce cher vieux Charlie voulait que je m'en prenne à quelqu'un, expliqua-t-elle. Quand j'ai refusé, il m'a assuré que j'aurais des ennuis si je le doublais, si je ne faisais pas exactement ce qu'on me disait, alors je me suis sauvée. Définitivement.

— Écoute, je suis sûre qu'il y a eu un malentendu, avança Lydia, mal à l'aise. Dans le cas contraire, je t'aiderai à t'installer quelque part.

Madeleine fronça les sourcils.

— Comment ?

— Je n'ai pas d'argent, mais tes parents sont très à l'aise, et je suis plutôt douée pour obtenir ce que je veux. Je parie que j'arriverai à les convaincre de t'aider financièrement à commencer une nouvelle vie. Mais je dois d'abord les informer que tu vas bien. D'accord ?

Madeleine la fixa un long moment. Lydia était incapable de deviner ce qu'elle pensait.

— D'accord, dit-elle enfin.

— On y va ? proposa Lydia en désignant la porte.

Elle surprit un frémissement dans les yeux de sa cousine. La peur, l'incertitude ou autre chose ? Elle n'aurait su le dire.

— Pas maintenant. Je ne suis pas prête. J'irai demain.

— Seule ?

— Non, avec toi. Je te retrouverai au coin de la rue et on ira ensemble. Ils vont piquer une crise, j'en suis sûre.

— Je ne pense pas. Ils seront si heureux de te voir.

Madeleine haussa les épaules.

— Peut-être.

Lydia tapa dans ses mains.

— Allez, va préparer tes affaires.

— Demain.

Lydia lui jeta un regard sceptique.

— Tu crois vraiment que je vais te laisser me filer de nouveau entre les doigts ? Tu vas venir avec moi.

— Je te répète que je ne suis pas prête.

— Très bien. Tu n'auras qu'à dormir chez moi ce soir. Prépare tes affaires.

Ce serait un bon début si elle réussissait à persuader sa cousine de quitter ce bateau. Peut-être pourrait-elle ensuite la convaincre de parler à ses parents, au téléphone du moins.

— Tu ne me fais pas confiance, dit Madeleine.

— Je ne te connais pas. Ne le prends pas mal.

Debout près de la porte, Lydia regardait sa cousine entasser des vêtements dans un fourre-tout rayé et ses produits de beauté dans une trousse argentée. Elle décelait chez elle quelque chose d'indéfinissable qui la chiffonnait.

— À qui appartient ce bateau ? questionna-t-elle. Tu ne squattes pas, j'espère ?

Occupée à ranger ses multiples pinceaux de maquillage avec un soin et une précision méticuleux, Madeleine ne leva pas les yeux.

— Il est à Paul.

— Paul Fox ?

— Tu le connais ?

— Oui. Il doit passer te voir ?

Madeleine retourna à ses pinceaux avec un haussement d'épaules. Lydia mourait d'envie de la secouer et éprouva un brusque élan de sympathie pour John et Daisy.

Sa cousine enfin prête, Lydia l'entraîna vivement vers la porte.

CHAPITRE DIX-NEUF

À leur arrivée, le bistrot était plongé dans l'obscurité, mais Lydia ne se soucia pas d'allumer. La lueur des réverbères éclairait assez pour voir où l'on mettait les pieds. Elle ne souhaitait qu'une chose : savoir sa cousine en sécurité derrière une porte verrouillée à double tour. Elle avait les nerfs à vif, comme si quelqu'un tapi dans l'ombre allait poser une main sur son épaule d'une seconde à l'autre. Elle ne savait trop si elle devait croire la version des faits de sa cousine, assez désespérée pour renoncer à une vie très confortable.

Madeleine se plaignit de l'escalier, comme de l'absence d'ascenseur. Elle pénétra dans le salon nu et promena autour d'elle un regard dégoûté avant de se diriger vers la chambre de Jason.

— Je ne peux pas rester ici, affirma-t-elle.

— C'est juste pour une nuit, répondit Lydia, agacée. De toute façon, tu ne dormiras pas là.

— Merci, mon Dieu ! s'écria Madeleine en examinant le mobilier sommaire d'un œil critique.

Assis sur son lit, les jambes croisées, la mine renfrognée,

Jason se mit à faire de grands gestes obscènes. Heureusement que Madeleine ne pouvait pas le voir, se félicita Lydia.

Elle entraîna sa cousine dans le couloir.

— Viens, dit-elle. Suis-moi.

La chambre de Lydia ne trouva pas non plus grâce à ses yeux, mais Lydia passa outre les objections de sa cousine.

— Tu peux coucher ici ou sur le canapé. Tu as le choix, alors cesse de te plaindre.

— Je préfère le lit, dit Madeleine d'un ton hargneux. Mais pourquoi tu ne dors pas dans la petite chambre ?

— J'aime mieux le canapé, mentit Lydia.

Jason sortit de nulle part.

— Vous pouvez prendre ma chambre, lui souffla-t-il à l'oreille.

Lydia sursauta.

— Non, merci, dit-elle sans tourner la tête.

— Pardon ? dit Madeleine.

— Rien, fit Lydia.

— Vraiment bizarre, murmura Maddie en rabattant la couette avant d'inspecter la literie d'un air soupçonneux.

Lydia laissa sa cousine s'installer. N'ayant pas de couette supplémentaire, elle alla emprunter une couverture à Jason.

— Vous pouvez dormir ici, ça ne me dérange pas, insista le fantôme. Je passerai la nuit au salon.

— Non. C'est moi qui l'ai invitée ici et donc c'est mon problème. Merci quand même.

— Mais le lit ne me sert à rien. Je n'ai pas besoin de dormir.

— Non, non, ça ira très bien comme ça.

L'idée de coucher dans la chambre d'un fantôme lui paraissait tout simplement effrayante. Lydia se pelotonna sur le canapé et se plongea dans un livre. Elle faillit appeler ses parents pour les remercier de l'avoir protégée de cet imbroglio familial. En même temps, pour se rassurer, elle aurait voulu entendre Charlie affirmer qu'il n'avait pas commis les méfaits dont Madeleine l'accusait. Quoi qu'il en soit, elle avait retrouvé sa cousine. Vivante et en bonne santé. C'était tout ce qui comptait.

Lydia sentit ses paupières se fermer, elle posa le livre par terre et éteignit la lumière. Le canapé n'était guère confortable, mais elle avait connu pire. Sa dernière pensée fut pour Fleet. Accepterait-il de la revoir une fois l'affaire réglée ?

Lydia se réveilla d'un coup sous une décharge d'adrénaline. Elle ouvrit les yeux en passant en revue différentes hypothèses, comme un bruit dans la rue, par exemple. Son esprit se vida quand elle distingua la silhouette d'un gigantesque corbeau dans la pénombre ; on aurait dit un trou noir dans l'univers. Paniquée, elle laissa échapper un cri étouffé.

Le long bec incurvé bougea quand l'oiseau se déplaça. Si elle le regardait en face, elle verrait des tunnels à la place des yeux, elle en avait la certitude. Le Corbeau de Nuit se trouvait bel et bien dans sa chambre. Cela n'avait aucun sens, ce n'était pas possible. Elle n'avait jamais eu aussi peur de sa vie. Elle ferma les yeux pour ne plus voir l'horrible spectacle. L'odeur des plumes était suffocante. Oppressée par l'obscurité totale, elle parvint à entrouvrir les paupières.

Le bec avait disparu. La silhouette se redressa et se contracta, les ailes devinrent des bras. Quand la créature se pencha, un rideau de cheveux lui cacha le visage et Lydia sentit les pointes lui chatouiller la joue. Une odeur de shampoing coûteux lui monta aux narines et elle comprit qu'il s'agissait de Madeleine. Elle avait eu une hallucination. Une terreur nocturne. Un cauchemar.

Elle ouvrit la bouche pour demander à sa cousine ce qu'elle fabriquait dans sa chambre au milieu de la nuit, au risque de la faire mourir de peur, quand elle sentit quelque chose de lourd peser sur sa poitrine. C'était désagréable, mais pas douloureux. Elle voulut parler et ne put émettre le moindre son. Elle tenta d'inspirer à fond, sans succès. La pression était trop forte et elle ne parvint pas à remplir ses poumons.

— Salut cousine, dit Madeleine. Si tu essaies de parler, tu auras encore plus mal, je te préviens.

Lydia s'aperçut qu'elle plaquait ses mains sur sa poitrine. Elle écarquilla les yeux et haussa les sourcils, essayant de se faire comprendre par une mimique : « Qu'est-ce qu'il se passe ? »

Madeleine esquissa un sourire fantomatique dans l'obscurité.

— Je ne sais pas à quel jeu tu joues, dit-elle. Je me demande si tu cherches vraiment à m'aider en ramenant la pauvre petite Madeleine à ses parents qui l'aiment. (Elle s'interrompit pour souffler sur une mèche qui lui tombait sur les yeux.) C'est ton problème si tu ne sais pas où tu mets les pieds. À toi de voir, conseil d'amie.

Les bras et le corps complètement détendus, Madeleine n'avait pas l'air d'exercer le moindre effort, à croire qu'elle se contentait de poser les mains sur le buste de Lydia. Celle-ci tenta vainement de se dégager. On aurait dit qu'une pile de livres très lourds s'entassait là. De gros volumes lestés de plomb pour faire bonne mesure. Elle s'agrippa aux épaules de sa cousine et la repoussa de toutes ses forces, mais Madeleine ne bougea pas d'un pouce, à croire qu'elle s'était transformée en statue de pierre. La pression sur la poitrine de Lydia s'accentua, intolérable. Elle vit des étoiles danser sous ses paupières closes, tandis que l'obscurité s'épaississait autour d'elle. Respirer lui était de plus en plus douloureux. Son esprit était paralysé, pareil à une mouche prisonnière d'un bocal qui se heurte aux parois. L'affolement la gagna. Elle se rappela les paroles d'Harry décrivant Ivan allongé sur le sol des toilettes, les lèvres bleues. Comme s'il avait été privé d'oxygène, étouffé.

Sa vision se brouilla, tout devint noir jusqu'à ce qu'il n'y ait plus qu'un minuscule cercle au centre, un point brillant, puis plus rien.

— Je suis en train de mourir, songea Lydia. Je devrais paniquer.

Le noir ambiant était paisible, tranquille, complètement vide. C'était merveilleux : elle n'éprouvait plus ni peur, ni douleur, ni désir.

Une voix familière prononçant son nom la ramena brutalement à la réalité.

— Lydia !

« Salut, Jason ! » tenta-t-elle de répondre, mais elle en fut incapable. Elle s'aperçut qu'elle avait les yeux grands ouverts. Elle distinguait des points lumineux en forme d'épingle, de minuscules étoiles qui explosaient à chaque vague de souffrance. Elle aurait voulu signifier à Jason de disparaître, que c'était trop tard et qu'elle souhaitait retourner à ce délicieux écran vide. Retomber dans l'obscurité, libre, sans aucune entrave ni douleur.

Soudain, la pression se relâcha et elle reprit son souffle. On aurait dit que sa poitrine se déchirait, l'air emplit ses poumons et ses idées commencèrent à s'éclaircir. Jason luisait légèrement dans la pénombre du salon, enlaçant Madeleine si étroitement qu'ils semblaient ne faire qu'un. Le visage de sa cousine trahissait la surprise et l'incompréhension, tandis qu'elle était entraînée par une force invisible.

Lydia roula au pied du canapé et crapahuta vers la porte, les poumons et la gorge en feu, aspirant l'oxygène à grandes goulées. Si elle parvenait à récupérer son téléphone, elle pourrait appeler à l'aide. Elle sentit un mouvement derrière elle et s'écarta au moment précis où Maddie s'élançait à l'endroit qu'elle venait de quitter. Sa cousine se retourna et la saisit par les cheveux. Comprenant qu'elle ne pourrait pas se libérer, Lydia décida de passer à l'attaque.

Elle déplia les bras, cherchant à atteindre le visage de

Madeleine. Elle avait suivi des cours d'auto-défense et appris à viser les points faibles de l'adversaire, les yeux par exemple. Lydia avait été une élève assidue, mais n'aurait jamais vraiment imaginé mettre ces techniques en pratique. Ses membres étaient sans force, ses doigts engourdis par le manque d'oxygène, mais elle essayait de s'accrocher à Madeleine. Elle sentit la peau de son cuir chevelu se décoller, quand Madeleine lui renversa la tête en arrière. Lydia lui décocha un coup de coude dans le plexus solaire et sentit que sa cousine lâchait prise. Elle virevolta sur elle-même, la frappa au visage et lui enfonça son genou dans l'abdomen.

Pour sa part, Jason ne restait pas inactif. Il ceintura Madeleine de ses bras, répandant un froid glacial autour de lui. Maddie n'opposait plus aucune résistance et, respirant à grand-peine, Lydia put enfin s'échapper.

— Ne me fais pas de mal, supplia Madeleine d'une voix de petite fille effrayée.

Sans se laisser émouvoir, Lydia lui passa des menottes en plastique autour des poignets et des chevilles. Après quoi, elle s'empara de son téléphone pour appeler Charlie. Il était peut-être le méchant de l'histoire et il y avait probablement du vrai dans ce que Madeleine lui avait raconté à son sujet, mais contrairement à sa cousine, il n'avait pas essayé de la tuer.

— Je ne peux pas, souffla Jason au même moment avant de se volatiliser.

Et comme si les liens étaient en papier, Madeleine se libéra et bondit sur ses pieds.

QUELQUES SECONDES OU DE LONGUES MINUTES PLUS TARD (Lydia n'aurait su le dire, n'ayant plus aucune notion du temps) elle se força à ouvrir les yeux. Le sang battait à ses tempes et même le faible éclairage de la pièce lui était pénible. Elle était allongée sur le canapé. Assise sur la chaise pliante bancale. Madeleine porta sa cigarette à ses lèvres, le visage illuminé par une flamme orange quand l'extrémité s'embrasa. Pas de briquet ni d'allumette. Le cerveau de Lydia avait beau fonctionner au ralenti, elle ne pouvait pas contrôler sa terreur. Quels pouvoirs possédait donc sa petite cousine ?

— Je ne voulais pas te faire mal, déclara Maddie dans le noir.

Un peu tard pour les excuses, songea Lydia. Elle avait des contusions partout sur le corps, son cuir chevelu était en feu et sa tête sur le point d'exploser.

— Tu étais mon idole, mon modèle quand j'étais petite, reprit Madeleine. J'étais surexcitée quand j'ai appris que tu étais revenue.

Lydia lutta pour se redresser. Sa poitrine lui faisait horriblement mal, comme si elle s'était battue contre un monstre à la Hulk. Chaque respiration était une souffrance. La jeune fille assise en face d'elle lui avait sans doute brisé une côte ou deux dans la bataille.

Maddie haussa les épaules et tira une grande bouffée de sa cigarette.

— J'enrageais de te voir te démener pour lui, même si je peux le comprendre, reprit-elle d'un ton qui suggérait le contraire. Il sait être très persuasif.

— Qui ça ? Charlie ?

Sans répondre, Maddie jeta son mégot sur le tapis et l'écrasa du bout de sa chaussure. Lydia remarqua alors qu'elle s'était rhabillée, son sac posé à ses pieds.

— Je voulais que tu saches que tu as eu raison de prendre le large, poursuivit sa cousine. La prochaine fois, tu devrais te cacher à l'autre bout de la Terre.

— Tu as pensé à tes parents ? Ils sont morts d'inquiétude.

Le silence retomba. Lydia pouvait à peine distinguer les traits de sa cousine dans la lumière tamisée, mais elle devina qu'elle était folle de rage. Elle sentit des plumes épaisses encombrer le fond de sa gorge et se mit à tousser, tandis qu'une violente douleur explosait dans ses côtes.

— Tu pourrais venir avec moi, proposa Madeleine. Nous sommes les seules de la famille à posséder un certain pouvoir. Nous pourrions monter notre propre affaire.

Lydia faillit protester, mais préféra s'abstenir. La méprise de Madeleine la concernant était sans doute la raison qui lui avait sauvé la vie.

— Merci, dit-elle, mais j'ai pour règle de ne pas m'associer à ceux qui tentent de me trucider dans mon sommeil.

Madeleine sourit.

— Je ne voulais pas te tuer. J'étais simplement curieuse.

— S'il s'agit d'un test, il existe d'autres moyens.

— Je ne crois pas. Une frousse bleue provoque une fantastique poussée d'adrénaline.

— Peut-être, mais je crois que je vais rester ici.

Un nouvel accès de colère. Des plumes et des griffes, l'odeur du sang.

— Pas pour travailler pour Charlie, mais pour moi-même, s'empressa de préciser Lydia. J'ai été éloignée de la Famille pendant mon enfance et maintenant je veux des éclaircissements.

— Aucun intérêt, décréta Madeleine en sautant sur ses pieds.

Lydia se raidit, se préparant au pire.

Maddie secoua la tête

— Pour ma part, j'en ai fini avec la Famille. À partir de maintenant, je veux vivre à ma façon.

— Où comptes-tu aller ?

Lydia n'attendait pas une réponse sincère.

Sa cousine n'en fit pas. Elle remonta la fermeture Éclair de son blouson et ramassa son sac. Puis elle s'immobilisa devant Lydia et la toisa de la tête aux pieds.

— Ne t'avise pas de me suivre.

CHAPITRE VINGT

Lydia n'avait pas l'intention de suivre sa cousine, cette meurtrière. Comme dans un cauchemar, elle verrouilla la porte du rez-de-chaussée, regagna son appartement et entra dans le salon obscur. Au bout de quelques minutes, elle récupéra son portable et expédia un SMS à Charlie. Il était très tard et il ne le consulterait probablement pas avant plusieurs heures, mais il n'y avait pas vraiment urgence. Madeleine était partie.

La fatigue la submergea et elle retourna dans sa chambre en traînant les pieds – elle n'avait aucune envie de dormir dans cette pièce.

Il lui restait une dernière tâche à accomplir avant de se coucher.

— Jason ?

Elle jeta un regard circulaire à la recherche du fantôme, s'attendant à le voir apparaître d'un moment à l'autre. Il ne se montra pas, mais le rideau se mit à bouger, comme agité par la brise malgré la fenêtre close.

— Encore merci pour tout, dit-elle d'une voix chargée d'émotion, le regard fixé dans cette direction.

Avant même d'ouvrir les yeux, Lydia prit conscience de

la présence de Charlie et de ses parents dans la pièce. L'odeur des Crow était réconfortante, quoique presque entièrement dominée par la fragrance capiteuse des fleurs fraîchement coupées. Lydia prit son temps avant de s'agiter et feindre de se réveiller.

Sa mère s'inclina et la serra dans ses bras, l'enveloppant de son parfum. Lydia se crut retombée en enfance. Elle savoura l'instant, la délicieuse sensation d'être choyée et protégée. Quoi qu'il arrive, ses parents l'aimaient et la soutenaient. Elle l'avait toujours su, mais en notant le teint blême de sa mère, les traits autour de ses yeux et de sa bouche qui semblaient plus creusés qu'à l'accoutumée, elle en eut soudain une conscience aiguë.

Sa mère se redressa.

— Papa est là aussi.

Son père était assis dans un fauteuil que Lydia ne se rappelait pas avoir jamais vu, les pieds sagement joints, les mains croisées sur son manteau plié sur ses genoux.

— Bonjour Papa, dit-elle en se relevant péniblement.

Son père regarda autour de lui.

— Je ne suis pas ton père, ma belle. J'attends l'autobus, mais je peux t'aider à chercher ton papa si tu veux.

— Il allait bien ce matin, glissa Susan. Sinon, je n'aurais pas insisté pour qu'il m'accompagne.

Charlie lui tapota le bras.

— C'est le stress de se retrouver dans un environnement inconnu. Il ira mieux une fois rentré à la maison.

Lydia regarda sa mère se pencher vers Charlie, comme pour y puiser du réconfort. Curieusement, elle n'avait jamais réfléchi au lien qui les unissait ; Charlie était le beau-frère de Susan, ils s'étaient connus quand ils étaient jeunes, avec toute la vie devant eux, et voilà qu'aujourd'hui Henri, le frère de Charlie, se retrouvait dans la chambre de sa fille, prostré dans son coin, l'air perdu.

— Comment te sens-tu ? s'enquit sa mère.

Lydia se força à sourire.

— Ça va, merci.

— Bien sûr qu'elle va bien, intervint Charlie. C'est une dure à cuire, notre Lydia.

— Quelle heure est-il ? demanda Henri. On est en retard ?

— Non, mon vieux, répondit Charlie. Ne t'inquiète pas.

— Je ferais mieux de le ramener à la maison, décida Susan.

Elle entoura Lydia de ses bras et l'étreignit de toutes ses forces. Ensuite, elle enfila son manteau et aida son mari à mettre le sien.

— Au revoir, lança Henry à la cantonade avec un sourire poli. Merci pour votre accueil.

Après leur départ, Charlie se tourna vers sa nièce.

— Tu as besoin de quelque chose ?

— D'une explication. Pourquoi m'as-tu caché la vérité au sujet de Madeleine ? Tu savais qu'elle était forte. Et instable. Tu aurais pu me prévenir.

— C'était une erreur.

Lydia se félicita d'être couchée dans son lit, sinon elle serait tombée à la renverse. Dire que le grand Charlie Crow reconnaissait s'être trompé...

— Tu n'as pas à t'en faire, ajouta-t-il. Elle est partie et, telle que je la connais, elle ne reviendra pas.

— Bien sûr que je m'inquiète. Elle aurait pu me tuer.

— C'est vrai, dit Charlie, la mine sombre.

Lydia repensa aux confidences de sa cousine, à ses révélations sur Charlie. Ses parents lui avaient seriné qu'il n'était pas fiable, mais elle n'avait pas envisagé une seconde qu'il la mettrait délibérément en danger. C'était son oncle. Il faisait partie de la Famille.

— J'ai essayé de l'aider, plaida-t-elle.

— Je sais. C'est ma faute.

Lydia se rallongea, feignant une lassitude qu'elle n'éprouvait pas. Elle avait besoin de temps pour digérer et mettre au point la version qu'elle allait servir à son oncle. Elle était certaine qu'il ne tarderait pas à lui demander des détails.

— Je suis vraiment désolé, répéta Charlie. Je l'ignorais. Je t'assure que je ne mens pas.

Lydia l'avait toujours considéré comme une force de la nature, un géant mesurant au moins trois mètres. Pour l'heure, recroquevillé sur lui-même, il semblait plus petit, à croire qu'il avait perdu de sa superbe.

— Et tu t'es arrangé pour la couvrir quand elle conduisait en état d'ivresse, par exemple, sans parler du reste.

Le silence retomba. Lydia se demanda si Charlie allait faire semblant de ne pas comprendre.

— Elle se testait, finit-il par répondre. Elle avait découvert qu'elle pouvait déplacer des objets par la pensée et elle conduisait sans les mains.

— En envoyant des SMS ?

Il haussa les épaules.

— Je t'ai dit qu'elle avait certains pouvoirs, pas que c'était une lumière.

— Tu m'as demandé de la retrouver.

— Je ne pensais pas que tu y parviendrais. Pas vivante en tout cas.

Son ton détaché était insupportable. Lydia eut comme une révélation : il parlait sans détour. Aussi sincèrement que Charlie Crow en était capable, en tout cas. C'était agréable d'être considérée comme digne de confiance, appréciée à sa juste valeur. Elle se ressaisit – c'était exactement de cette façon qu'il manipulait son monde pour parvenir à ses fins. La loyauté familiale, sans doute, mais la flatterie de compter parmi les heureux élus. La propension atavique d'être à l'intérieur de la grotte, au plus près du feu.

— John et Daisy sont au courant ?

Charlie hocha la tête.

— Ils ont peur ?

— Oui. Ils étaient fiers d'elle, mais... Ils ne se doutaient pas de sa vraie nature et ils n'avaient plus aucun contrôle sur elle.

— C'était peut-être ça le problème. Essayer de la contrôler ?

Charlie se passa une main lasse sur le visage.

— Nous avons mal géré la situation tous autant que nous sommes. Je n'ai pas réfléchi... Je ne la croyais pas capable de mal agir.

— Tu n'avais pas pris la mesure de ses pouvoirs ? devina Lydia. Même si tu l'entraînais tous les jours après son licenciement.

Charlie fit une grimace.

— Je vois qu'elle t'a raconté.

Lydia se garda de répondre.

Charlie se mit à jouer avec une pièce de monnaie, la lançant en l'air avant de la faire rouler entre ses doigts.

— C'était grisant, expliqua-t-il. Je n'avais pas les idées claires. L'euphorie après tout ce temps. Tu connais les vieilles légendes ?

— Qu'on pouvait se transformer en corbeau et voler, qu'on était capable de voir à des kilomètres, deviner les souhaits de quelqu'un d'autre, changer l'eau en bière ou communiquer par télépathie.

Ses parents avaient beau l'avoir élevée loin de la Famille et de Camberwell afin de lui offrir une enfance normale, Henry Crow, son père, ne lui avait jamais caché sa vraie nature. Les histoires qu'il lui racontait le soir, avant d'aller au lit, étaient les mêmes que celles de n'importe quel autre rejeton Crow.

Charlie lança la pièce que Lydia rattrapa au vol.

— Donc tu es au courant, observa-t-il.

— Oui, mais c'est du passé. Quelle importance aujourd'hui ? La vraie vie a repris ses droits et nous avons fait la paix avec les autres familles. Nous n'avons besoin de rien d'autre.

— Peut-être pas. Mais l'envie est toujours là. Regarde-moi.

Ce qu'elle fit. La pièce de Charlie lui brûlait les doigts, les tatouages qu'il avait aux bras semblaient s'animer et ses yeux étaient pareils à deux lacs sombres, des orbites creuses trahissant le désir.

— Tu es nostalgique du bon vieux temps, déclara Lydia. C'est pour cette raison que tu veux rouvrir le restaurant, n'est-ce pas ?

Charlie tendit la main pour récupérer la pièce.

— Je voulais également te fournir une occupation. Ici. Un endroit qui te ressemble, pour que tu restes auprès de nous.

— Mais je t'ai dit que je ne souhaitais pas rouvrir le restaurant. Je déteste qu'on s'agite autour de moi et je n'ai pas l'intention de passer mes journées à préparer des cafés et des sandwichs.

— Je me suis trompé, concéda Charlie avec un sourire contrit.

— Tu peux le dire.

— Mais j'avais raison sur un point. Tu as besoin de t'occuper. Sinon, tu serais passée en coup de vent, comme d'habitude. Une tournée de la famille, quelques nuits chez tes parents, un pot avec ta gentille copine... trois petits tours et puis s'en va.

Charlie et sa manie de contrôler et diriger tout le monde.

— Je ne veux pas tenir un bistrot.

— Compris. J'ai lu l'inscription sur ta porte.

— Je n'y suis pour rien. Elle est apparue un beau jour.

Charlie fronça les sourcils.

— Un cadeau anonyme ? Apparemment, quelqu'un te connaît mieux que moi.

Lydia ne mentionna pas Paul Fox. Charlie avait beau se montrer tolérant et raisonnable, signaler qu'elle avait un jour enfreint les règles et fricoté avec l'ennemi n'était peut-être pas une bonne idée.

— J'ai un appartement et un travail, rétorqua-t-elle. En Écosse.

— Crow Enquêtes et Investigations, ça sonne bien, poursuivit Charlie. Que dirais-tu de t'installer ici ? Gratuitement ?

Lydia était tentée d'accepter, mais la raison l'emporta.

— C'est un piège ? Et pourquoi insistes-tu tellement pour que je reste ?

— Il n'y a pas de piège, protesta Charlie, le regard fuyant. La famille passe avant tout, tu le sais. Et puis, j'ai une dette envers toi.

— Pour avoir failli me faire tuer ?

Charlie se leva. Il avait retrouvé sa haute taille, son aspect inquiétant, son masque impénétrable. Lydia se demanda s'il n'était pas en train de lui dévoiler un trait de sa personnalité que sa tante Daisy semblait tant détester.

— Oui, répondit-il simplement.

Après le départ de son oncle, Lydia prit une longue douche brûlante et s'habilla. Elle prit le temps de se maquiller et de mettre de l'ordre dans son bureau, en évitant de loucher vers la porte. Crow Enquêtes et Investigations.

Elle appela Emma.

— Qu'est-ce que j'attends, à ton avis ?

— En ce moment ? répondit son amie, déconcertée.

— Charlie me propose d'habiter ici sans payer de loyer, ce qui m'aiderait pas mal si je démarrais mon agence. La trésorerie est le point faible les deux premières années, quand on lance son entreprise.

— Alors tu comptes rester ?

L'espoir et l'excitation qu'elle décela dans la voix d'Emma provoquèrent une sorte de déclic. Oui, Paul Fox était un crétin prétentieux qui jouait au plus fin. Oui, Charlie Crow la manipulait à sa guise. Oui, ses parents avaient eu raison de l'éloigner de Camberwell pour la protéger. Or il ne s'agissait pas d'eux, mais d'elle-même, de ce qu'elle voulait vraiment.

— J'y pense sérieusement, répondit-elle.
— Agis au lieu de réfléchir. Reste et c'est tout.

CHAPITRE VINGT-ET-UN

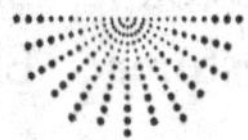

Lydia s'installa à son bureau et ouvrit son ordinateur. Elle rédigea un e-mail de démission à l'attention de Karen, la remerciant pour la formation qu'elle lui avait offerte et lui proposant ses services au cas où elle aurait besoin d'un contact en Angleterre. Elle pressa le bouton d'envoi, heureuse de la diversion en entendant un coup discret à la porte du salon.

— Entrez !

Jason pénétra dans la pièce, une tasse à la main qu'il posa sur le bureau avec un sourire triomphant. Il semblait très content de lui, le visage ouvert, l'air très jeune. La gorge nouée, Lydia le revit aux prises avec Maddie, alors qu'il cherchait à la protéger et à l'aider. Pour la seconde fois.

— Jason...

— Tout va bien, coupa-t-il. Buvez votre thé.

— Je préfère le café.

Elle avala une gorgée du breuvage, à peine tiède, et se demanda combien de temps il avait fallu à Jason pour effectuer le trajet depuis la cuisine.

— J'ai rajouté du sucre, précisa-t-il. C'est recommandé en cas de choc.

— Merci.

— Vous ressemblez à votre mère.

Lydia se repassa les événements de la matinée.

— Mon père allait vraiment mal, dit-elle, incapable de réprimer les larmes qui lui montaient aux yeux.

— Je pense que c'est à cause de vous.

Lydia en eut le souffle coupé, comme si elle avait reçu un coup de poing dans l'estomac. Elle se renversa sur son fauteuil.

— Pourquoi dites-vous ça ?

Il leva les mains dans un geste d'excuse.

— Ce n'est pas méchant de ma part, mais réfléchissez. J'étais incapable de rien faire avant votre arrivée et je n'avais parlé à personne depuis trente ans.

— C'est vrai, j'ai toujours eu un sixième sens pour les fantômes. Je peux aussi sentir les Familles et leurs pouvoirs. Disons que j'ai le don de détecter la magie.

— Il y a autre chose. Je ne pouvais rien toucher ni ramasser quoi que ce soit. Et encore moins préparer du thé.

— Donc vous êtes devenu plus fort.

— Oui, depuis que vous vous êtes installée ici.

Lydia marqua une pause, le temps d'assimiler ses paroles.

— Vous croyez vraiment que c'est à cause de moi ?

— Peut-être. Et je pense que c'est pareil pour votre père. Il souffre d'Alzheimer ?

— En quelque sorte. D'après Charlie, c'est parce qu'il aurait refoulé sa magie pendant toutes ces années. Comme il l'a empêchée de s'extérioriser, elle s'est retournée contre lui. Même si les Crow ne sont plus ce qu'ils étaient, ils ont encore assez de pouvoir pour causer du tort.

— Si vous lui insufflez de l'énergie, comme vous le faites avec moi, il est possible que ses symptômes empirent quand il se trouve en votre présence. Qu'en pensez-vous ?

. . .

Lydia avait besoin de temps, d'espace et de sérénité pour réfléchir à l'hypothèse de Jason et à ses conséquences, en admettant qu'il ait raison. Charlie tenait à aller au bout de son idée et rouvrir *La Fourchette* au public. Son mea culpa n'était qu'un écran de fumée et, de toute évidence, il n'allait pas modifier ses projets.

Lydia s'était formellement opposée à organiser une pendaison de crémaillère pour la circonstance. Si elle repérait un seul journaliste de Time Out ou de Metro, elle sauterait dans le premier train pour Aberdeen, avait-elle prévenu son oncle. Elle avait regretté ces mots aussitôt qu'ils avaient franchi ses lèvres. Charlie avait probablement compris qu'il s'agissait de vaines paroles ; or, il ne fallait jamais formuler envers un Crow des menaces que l'on ne mettrait pas à exécution.

Il avait hoché la tête d'un air résigné.

— Tu veux couler l'affaire et faire perdre de l'argent à ton pauvre vieil oncle. Je me doute que tu dois avoir tes raisons.

Elle survola la presse locale ainsi que les sites Internet, explora le quartier en quête d'affiches ou de prospectus, et revint bredouille. Une fois qu'Angel eut accroché l'écriteau « ouvert » à la vitre avant de passer derrière le comptoir, Lydia s'installa à une table d'angle avec son exemplaire du Guide pratique de la magie, certaine que la journée serait un flop, que ce serait le calme plat le reste de la semaine et que *La Fourchette* fermerait définitivement ses portes le mois suivant.

À peine cinq minutes plus tard, comme pour démentir ses prévisions optimistes, deux ouvriers entrèrent acheter un café et des roulés au bacon à emporter. Ils jetèrent un regard approbateur alentour et l'un d'eux leva le pouce en direction de Lydia.

— À demain, lança-t-il gaiement avant de partir.

Elle préféra ne pas répondre.

Puis, comme si un ancien sceau se brisait, une femme en tailleur et trench-coat beige passa la porte.

— C'est ouvert ? demanda-t-elle.

— Oui, confirma Angel, tout sourire. Sur place ou à emporter ?

La femme promena un regard autour d'elle, entra et referma la porte.

— Sur place.

Elle fut suivie par une jeune femme vêtue d'une doudoune, les cheveux rassemblés en queue de cheval. Le bistrot ne désemplit pas pendant la première heure, surtout pour des boissons chaudes et des gâteaux à emporter. Quelques personnes s'étaient installées dans la salle, qui résonnait du cliquetis des couverts sur la porcelaine et du bruissement des journaux.

Lydia abandonna sa lecture et alla proposer son aide à Angel.

— Juste pour cette fois.

— Merci, mais ça va bientôt se calmer. De toute façon, Léon viendra m'aider pour le coup de feu du déjeuner.

— Qu'est-ce que c'est ? s'enquit une jeune maman, portant son bébé endormi contre sa poitrine, en désignant une tartelette portugaise.

Lydia passa derrière le comptoir pour la servir pendant qu'Angel s'activait autour de la machine à café. C'était assez amusant pendant, disons, dix minutes. La simplicité des échanges, la satisfaction de voir un client repartir avec des pâtisseries maison, les yeux brillant d'une lueur de plaisir anticipé.

Comme prévu, le flot se tarit vers 10 heures et Angel put replonger dans son livre. Soudain, elle distingua un visage derrière le hublot de la porte de la cuisine et poussa le battant. Elle sentit un souffle glacé sur sa main, mais parvint à garder son calme en apercevant Jason debout sur sa droite, louchant avec convoitise vers la salle bruyante qu'il apercevait derrière elle.

Lydia attendit de refermer la porte avant de lui adresser la parole. Elle ne tenait pas à ce qu'Angel la croie plus excentrique qu'elle ne l'était réellement.

Jason avait l'air tendu, plus sombre que jamais.

— Ça va ?

— Oui, oui. C'est que...

Lydia patienta, tandis qu'il retournait se planter devant la porte pour regarder à travers la vitre. Elle faillit lui dire de s'écarter, qu'on risquait de le voir, avant de se rappeler que c'était impossible.

— Je n'arrive pas à croire qu'il y ait eu autant de monde aujourd'hui, déclara-t-elle.

Jason évita de croiser son regard.

— C'est sans doute l'attrait de la nouveauté, reprit-elle. Ça désemplira quand les gens se rendront compte que c'est un bistrot comme un autre et ils passeront à autre chose, n'est-ce pas ? Qu'est-ce qui ne va pas ? insista-t-elle, mal à l'aise, voyant qu'il ne réagissait pas.

— Cet endroit, finit-il par dire. Il a l'air différent et pareil à la fois.

Lydia sourit.

— Parce qu'on l'a rafraîchi.

Il se tourna vers elle, la mine affligée.

— Les choses bougent. Tout le monde évolue. Regardez-vous. Vous paraissez heureuse.

— C'est faux, rétorqua-t-elle pour le rassurer.

— Si, vous l'êtes. À votre arrivée, vous aviez l'air « tragique ». Maintenant, vous avez un but. Un objectif.

— Ce n'est pas la définition du bonheur.

— Peut-être pas. En tout cas, c'est complètement différent.

— Et alors ? Où est le mal ?

Lydia tâchait de suivre, mais Jason parlait à toute vitesse, d'un débit saccadé, tandis que les contours de sa silhouette devenaient flous, comme lorsqu'il était agité ou contrarié.

— Le monde change, sauf moi. Je suis coincé ici.

— J'en suis désolée, dit Lydia, consciente de l'inanité de ses propos. Vous avez changé vous aussi. Vous êtes plus fort qu'avant.

— Amy aimait *La Fourchette*. Ses parents souhaitaient organiser la réception chez Paco... Je me demande s'il existe toujours. Il servait des tacos absolument incroyables.

— Je ne peux pas vous dire.

— Bref. Amy n'a pas lâché prise. Elle se fichait que la salle soit trop petite pour danser ou que l'endroit appartienne aux Crow.

— Elle était au courant ?

— Comme tout le monde. Mais elle s'en moquait. Elle tenait à *La Fourchette* parce que ce bistrot représentait quelque chose pour elle. Qu'est-ce qu'elle voulait dire, à votre avis ?

Lydia ne répondit pas. Elle n'en avait aucune idée.

— Voilà plus de trente ans que je suis bloqué ici. J'ai examiné chaque centimètre carré et je ne comprends toujours pas. Pourquoi était-ce si important ? Et pour quelle raison fallait-il que...

Il s'interrompit et ses épaules se soulevèrent quand il prit une profonde inspiration.

Lydia était incapable de faire un geste. Elle ignorait comment réagir face à quelqu'un en souffrance, submergé par l'émotion. Elle s'efforça d'exprimer sa compassion au lieu du masque dur qu'elle adoptait généralement en pareille occasion. Ce qui s'avérait de plus en plus difficile, le temps passant.

Jason cessa de geindre.

— Que faites-vous ? questionna-t-il d'une voix plaintive, impatiente.

— J'écoute. Je prête une oreille attentive.

Jason inclina la tête.

— C'est vrai ? Vous avez l'air constipé.

Lydia cessa de faire semblant.

— Trop aimable.

Jason ébaucha un sourire.

— J'apprécie vos efforts.

— Merci.

Jason ne planait plus. Sa silhouette avait pris de la consistance, comme s'il était devenu plus dense avec sa veste de costume dont on distinguait nettement chaque pli et sa barbe clairement visible sur sa mâchoire.

— Je ne sais vraiment pas ce que ça veut dire, répéta-t-il.

— Je pourrais essayer de le découvrir. Pas pour vous forcer à la main, ou je ne sais quoi, mais pour votre information uniquement.

— Vous m'accepteriez comme client ? Je ne peux pas payer, vous savez.

— Vous m'avez sauvé la vie deux fois. J'ai une dette envers vous.

Le visage de Jason s'éclaira.

— C'est vrai. Je sais me rendre utile. Je pourrais être votre assistant.

— Je n'ai pas besoin d'assistant, répliqua Lydia, qui faillit ajouter : « Et puis vous êtes mort ».

— Super, merci ! jubila Jason avant de disparaître.

Merveilleux.

ELLE ÉVITA DE SE RENDRE AU BUREAU DE FLEET, TROP PROCHE de son domicile ; elle tenait à être professionnelle jusqu'au bout des ongles. Si elle s'installait à Londres, cela signifiait que Fleet serait promu du statut de simple flirt à celui de contact officiel à la police. Pour avoir ses entrées à la Met, elle devrait réfréner sa libido et ne pas céder à ses pulsions.

Et peu importait son sourire affolant, sa voix grave et virile ou ses belles mains puissantes.

Lydia le regarda s'avancer sur le trottoir de Tower Bridge. Par chance, le sourire ravageur n'était pas de mise. Il affichait un air renfrogné, comme s'il en voulait au monde entier. Avec un pincement au cœur, elle nota que cela le rendait encore plus attirant et qu'elle le désirait comme jamais. *Mince !*

— Le coin est sympa, dit-il en guise de bonjour. Pourquoi ne m'as-tu pas donné rendez-vous à l'endroit habituel ? Le pont vers nulle part est beaucoup plus près.

— Les choses ont changé.

— Je sais.

Il se pencha pour l'embrasser et interrompit son geste. Elle devait avoir esquissé un mouvement de recul inconscient.

— Désolée, s'excusa-t-elle, embarrassée. Je n'aurais pas dû... Nous n'aurions pas dû.

Il roula des épaules en une sorte de haussement.

— Oh, je n'en suis pas si sûr. C'est très bon pour la tension. Le stress. La circulation du sang. Très sain.

Lydia sourit, soulagée de constater qu'il prenait la situation avec humour.

— Désormais, tu devras t'entraîner ailleurs.

Fleet s'adossa au parapet du pont. La Tamise s'étalait derrière lui, tandis que le soleil déclinait à l'horizon. Lydia éprouva une joie presque douloureuse à l'idée d'être rentrée au bercail.

— Ah bon ? dit-il. Tu n'en fais pas un peu trop, là ? Donc, il ne s'agit pas d'un rendez-vous mondain ? ajouta-t-il après un silence pesant.

— Pas exactement. Je voulais t'annoncer que j'ai démissionné de mon job à Aberdeen.

— Tu envisages de rester à Londres ?

— Pour l'instant. Et sache aussi que Madeleine Crow ne te causera plus d'ennuis.

— Vraiment ?

— Enfin, je ne crois pas. En fait, j'en suis pratiquement sûre.

— Et je dois m'en réjouir.

Lydia s'interrogea sur cette formulation ambiguë ; ce n'était pas vraiment un constat, ni une question non plus. À croire qu'il n'avait pas très envie d'obtenir une réponse.

Lydia sentit son bras effleurer le sien sur le muret et devina qu'il se penchait vers elle. Elle risqua un œil et surprit son regard intense fixé sur elle.

— C'est un résultat, souligna-t-elle. Quoi qu'il en soit, ce n'est plus ton problème.

Il hocha la tête, l'air morose.

— Tu ne m'as pas posé de questions à propos de Bortnik.

Lydia contempla l'eau. Une lueur embrasait l'horizon. Le soleil couchant à Aberdeen offrait un spectacle somptueux. La luminosité cristalline de l'Écosse passait par toutes les nuances du rouge à l'orange, plutôt que cette teinte grisâtre provoquée par la pollution, mais elle s'en accommodait aussi bien.

— Il y a du neuf ?

Fleet prit son temps avant de répondre. Au bout d'un moment, elle se hasarda à l'observer. Il l'étudiait.

— Pas de nouvelles pistes, dit-il.

Lydia s'efforça de rester impassible. Elle ne voulait pas mentir, mais tout était différent maintenant qu'elle avait décidé de ne pas repartir. Si elle n'était pas mêlée aux activités de la Famille, elle en faisait néanmoins partie. Elle savait à qui accorder sa loyauté et comment faire la part des choses.

— Je veux surtout que tu sois en sécurité, déclara-t-il.

— C'est le cas. Et je ne m'inquiète pas pour Bortnik et consorts.

Lydia se rendit compte que ses mots avaient dépassé sa pensée.

Il sourit – un vrai sourire – et parut se détendre.

— Parfait. Et si on allait fêter ça autour d'un verre ?

Siroter une boisson chaude et réconfortante, assise en compagnie de cet homme à une table d'angle, à l'abri des regards, dans la lumière tamisée d'un pub, attiserait le feu qui couvait en elle jusqu'à la consumer entièrement, songea-t-elle. Mauvaise idée, lui souffla une petite voix intérieure. *Sauve-toi, Lydia !*

— D'accord, s'entendit-elle répondre. C'est moi qui t'invite.

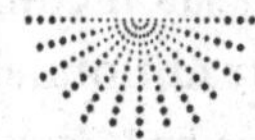

CHAPITRE VINGT-DEUX

Quelques jours plus tard, Lydia comprit qu'elle ne pouvait plus tergiverser. On avait attenté à la vie d'une Crow et si elle ne s'en occupait pas, Charlie s'en chargerait. Et qui sait comment cela finirait ?

Elle lança la pièce d'or, une seule fois, pour lui porter chance, et pressa la sonnette de l'entrée sobre et discrète de Dean Street House. L'interphone crépita et elle déclina son identité.

— J'aimerais voir Ivan.

— Il est absent, répondit une voix féminine.

— Très bien, je vais l'attendre, dit Lydia en s'asseyant sur une marche du perron.

Elle dégaina son téléphone portable, fit défiler l'écran et feignit de prendre un selfie, lorsque la porte fut déverrouillée et s'ouvrit.

Le vestibule n'avait pas changé depuis sa dernière visite et elle ne fut pas surprise de voir apparaître la femme qui l'avait reçue l'autre jour, l'air plus hostile et rébarbatif que jamais.

— Vous ne pouvez pas prendre de photos ici, éructa-t-elle. Nos membres tiennent à préserver leur vie privée.

Lydia ne perdit pas son temps en vaines plaisanteries. Sourde à ses protestations, elle esquiva le cerbère qui lui barrait le chemin et grimpa les marches quatre à quatre.

L'escalier formait un coude et débouchait sur un large palier qui desservait plusieurs portes à panneaux, dont une seule était entrebâillée. Se fiant à son instinct, Lydia poussa le battant donnant sur un salon confortable, meublé dans le style classique des clubs traditionnels londoniens : de vieux fauteuils en cuir, des tables basses et d'épais tapis. Garnie de petit bois, la cheminée n'était pas allumée et des voilages obscurcissaient les fenêtres, protégeant les occupants du monde extérieur ou inversement.

— Gorin, appela Lydia.

Un visage dissimulé derrière le haut dossier de l'un des fauteuils apparut. Une face ronde, blême et malsaine, surmontée de cheveux noirs – sûrement teints – gominés et plaqués en arrière, comme les mafieux au cinéma.

— Qui êtes-vous ?

Lydia s'installa sur la chaise en face d'Ivan, qui haussa les sourcils. Un journal surmonté de lunettes de lecture était plié sur ses genoux ; un gobelet à moitié rempli d'un liquide transparent trônait sur une table basse.

Lydia ne put s'empêcher de demander.

— Vodka ?

Il lui lança un regard de haine pure.

— C'est de l'eau.

— Ordre du médecin ?

— Qui êtes-vous ? répéta-t-il.

— Lydia Crow, répondit-elle en s'adossant à sa chaise.

La femme maigre apparut sur ces entrefaites et Lydia comprit ce qui l'avait retenue si longtemps. Elle était accompagnée par deux armoires à glace qui avaient l'air impatients de brûler les calories de leur déjeuner en tabassant quelqu'un.

— Laissez-nous, ordonna Ivan, sans lâcher la visiteuse du regard.

La femme, qui avait ouvert la bouche pour s'excuser ou s'expliquer, la referma et s'en fut, les deux malabars sur ses talons.

— Vous avez essayé de tuer Madeleine Crow, déclara Lydia sans ambages. Mais votre sbire s'en est pris à moi par erreur.

Les yeux d'Ivan papillotèrent.

— J'ignore de quoi vous parlez. Vous devez me confondre avec quelqu'un d'autre.

— Je ne crois pas. Ne vous bilez pas. Charlie Crow n'est pas au courant de ce malheureux impair et je n'ai pas l'intention de l'en informer.

Ivan inclina la tête.

— Pour l'instant, je suppose.

— Il ne s'agit pas d'un chantage, mais d'une visite de courtoisie. Sachez que Madeleine a agi à l'insu de notre famille et que Charlie Crow déplore les torts causés.

— C'est fascinant, mais je ne vois pas en quoi cela me concerne. Je mène une vie paisible et je n'ai jamais entendu parler de ces gens-là.

— Je ne suis pas missionnée pour parler au nom de ma famille, mais au mien propre. Cela dit, j'aimerais avoir votre parole que vous n'allez pas continuer à traquer Madeleine ou un autre membre de ma famille par esprit de vengeance.

Apparemment, Ivan préférait se taire plutôt que de parler à tort et à travers. Lydia ne pouvait s'empêcher d'admirer sa maîtrise de soi. Elle espérait que son initiative n'était pas une mauvaise idée, mais elle était allée trop loin pour reculer. Elle avait fait son choix.

— Je regrette sincèrement les désagréments que vous avez subis, déclara Ivan après une pause interminable.

Karen aimait répéter qu'un bon enquêteur ne devait pas hésiter à s'acoquiner avec des individus louches. « Le renseignement est la carte maîtresse de ce jeu, et cela signifie qu'il faut parfois faire bon accueil au diable lui-même. » Ivan n'était pas vraiment le diable, mais il s'en approchait. Lydia lutta contre l'envie de quitter cette pièce étouffante, dévaler l'escalier et s'enfuir très loin.

— Bien, dit-elle vivement. Voici la seconde raison de ma visite. (Elle lui tendit sa carte de visite, fraîchement imprimée le matin même.) Si vous avez besoin d'un détective sérieux, je suis à votre disposition.

Ivan s'en saisit et y jeta un rapide coup d'œil.

— « Crow Enquêtes et Investigations ? » lut-il, l'air surpris.

— Discrétion, tarifs raisonnables et efficacité garantie, exposa Lydia. Je vous serais reconnaissante de faire appel à nous en cas de besoin.

Ivan se pencha en avant.

— Vous voudriez travailler pour moi ? Je ne comprends pas. Pourquoi feriez-vous ça ?

Lydia afficha un sourire éclatant.

— Après que vous eûtes lancé un contrat sur la tête de ma cousine, vous voulez dire ? Vous aviez un compte personnel à régler, n'est-ce pas ? Or aucun différend ne nous oppose, vous et moi. Et je veux vous le prouver en vous traitant de manière professionnelle. Vous n'avez pas à craindre de représailles, une quelconque vendetta ou une rancune tenace, le genre de querelle qui peut dégénérer. Vous connaissez ma famille. Et les trois autres également, je suppose. Ce qui signifie que vous savez l'importance d'une trêve.

Ivan avala sa salive et Lydia lut la peur dans ses yeux.

— Je ne cherche pas d'ennuis, bredouilla-t-il. Ni avec vous ni avec votre oncle.

Lydia se leva.

— Parfait. Je vous laisse à votre vodka matinale.

Elle était presque arrivée à la porte quand Ivan l'interpella.

— Vous avez bien dit « nous » ? Je pensais que vous parliez en votre nom propre.

Lydia haussa les épaules.

— C'est exact. Mais cela ne signifie pas que je travaille seule. Ce serait une grave erreur de croire que je n'ai pas de relations.

Il brandit le bristol.

— Alors c'est vrai ? C'est sérieux ?

— Bien sûr, confirma Lydia avec toute l'assurance dont elle était capable. Mortellement.

FIN

REMERCIEMENTS

Ce livre n'aurait pu voir le jour sans le soutien affectueux de ma famille et de mes amis, lisant les premières ébauches, me remontant le moral quand j'étais au bord du désespoir ou fêtant les petites victoires. Vous êtes extraordinaires tous autant que vous êtes et j'ai beaucoup de chance de vous avoir dans ma vie.

Je remercie tout particulièrement Dave, Holly et James, Keris Stainton, Clodagh Murphy, Matthew Dashper-Hughes et Stephanie Burgis.

Sans oublier Emma Ward pour m'avoir réconfortée et permis d'utiliser son nom !

Un livre est une œuvre collective et ce récit n'aurait pas existé sans le travail essentiel de mes correcteurs-relecteurs-réviseurs, ainsi que de mon graphiste. En particulier : Jenni Gudgeon, David Wood, Tricia Singleton, Beth Farrar, Kerry Barrett et Stuart Bache. Merci à tous.

Comme d'habitude, ma gratitude va à ma merveilleuse agente Sallyanne Sweeney pour son soutien, ses judicieux conseils et ses encouragements, alors même que je m'obstinais à changer de genre et m'éparpillais dans toutes les directions.

Enfin, un grand merci à toi, cher lecteur, pour m'avoir donné de ton temps et aidée à concrétiser mon rêve.

J'espère ne jamais te décevoir.

À PROPOS DE L'AUTEUR

Avant d'écrire des romans, Sarah était journaliste indépendante pour des magazines, blogueuse et rédactrice, combinant cette « carrière » avec celle de puéricultrice dilettante (autrement dit, mère de famille).

Elle vit dans la campagne écossaise avec son mari et ses enfants, boit des litres de thé, adore l'œuvre de Joss Whedon et dirige un atelier d'écriture.

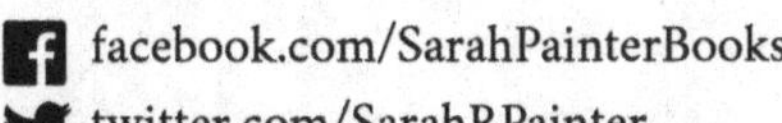

facebook.com/SarahPainterBooks
twitter.com/SarahRPainter
instagram.com/SarahPainterBooks

9 781913 676247